Nicola Förg
Scharfe Hunde

PIPER

Zu diesem Buch

Was haben der renitente Besitzer einer Outdoor-Agentur, ein holländischer Camping-Urlauber und eine begüterte Werdenfelser Oma miteinander zu tun? Erst einmal nichts, außer dass sie alle an einer Eisenhut-Vergiftung starben. Drei Suizide? Drei Morde? Ging es um ein touristisches Großprojekt und der Niederländer war womöglich inkognito vor Ort?, fragt sich das Kommissarinnenduo Irmi Mangold und Kathi Reindl. Doch bevor die beiden in den Fall eintauchen können, stürzt kurz vor Garmisch ein ungarischer Lkw um. Heraus purzeln unzählige Käfige mit sehr jungen Hundewelpen. Der Fahrer schweigt. Und zum großen Erstaunen der Ermittlerinnen wird im Fahrerhaus die Adresse der verstorbenen Werdenfelser Oma entdeckt.

Nicola Förg, Bestsellerautorin und Journalistin, hat mittlerweile dreiundzwanzig Kriminalromane verfasst, an zahlreichen Krimi-Anthologien mitgewirkt, einen Island- sowie einen Weihnachtsroman vorgelegt. »Hintertristerweiher«, ihr von der Presse vielfach gelobter Roman, ist »eine feinsinnige Familiengeschichte, die über Generationen hinweg reicht und einen spannenden Bogen schlägt von den Wirren des Zweiten Weltkriegs bis zu den Wirrungen in der Jetztzeit.« (*Münchner Merkur*). Die gebürtige Oberallgäuerin, die in München Germanistik und Geografie studiert hat, lebt heute mit Familie sowie Ponys, Katzen und anderem Getier auf einem Hof in Prem am Lech – mit Tieren, Wald und Landwirtschaft kennt sie sich aus. Sie bekam für ihre Bücher mehrere Preise für ihr Engagement rund um Tier- und Umweltschutz.

Nicola Förg

Scharfe Hunde

Ein Alpen-Krimi

Mehr über unsere Autorinnen, Autoren und Bücher:
www.piper.de

Von Nicola Förg liegen im Piper Verlag vor:
Alpen-Krimis
Band 1: Tod auf der Piste
Band 2: Mord im Bergwald
Band 3: Hüttengaudi
Band 4: Mordsviecher
Band 5: Platzhirsch
Band 6: Scheunenfest
Band 7: Das stille Gift
Band 8: Scharfe Hunde
Band 9: Rabenschwarze Beute
Band 10: Wütende Wölfe
Band 11: Flüsternde Wälder
Band 12: Böse Häuser
Band 13: Hohe Wogen

Glück ist nichts für Feiglinge
Das Winterwunder von Dublin
Hintertristerweiher

Ungekürzte Taschenbuchausgabe
ISBN 978-3-492-31317-9
1. Auflage April 2018
2. Auflage September 2022
© Piper Verlag GmbH, München 2017,
erschienen im Verlagsprogramm Pendo
Umschlaggestaltung: U1 berlin/Patrizia Di Stefano
Umschlagabbildung: Bodo Schieren/Getty Images (Tür und Schloß),
Andy Crawford/Getty Images (Schatten)
Satz: Satz für Satz, Wangen im Allgäu
Gesetzt aus der Adobe Caslon
Druck und Bindung: CPI books GmbH, Leck
Printed in the EU

Für Iris aus der Schweiz und
Nico aus Holland

*Es wird ein Tag kommen, an dem die Menschen
über die Tötung eines Tieres genauso urteilen werden,
wie sie heute die eines Menschen beurteilen.*

Leonardo da Vinci, italienischer Maler und Universalgenie (1452–1519) –
bis heute ist dieser Tag nicht gekommen.

PROLOG

Es wurde jeden Tag beschwerlicher. Ihr Gesicht zuckte. Die Knie sackten ihr weg. Das Fieber kam und ging. Allzu oft wollte sie nicht zum Arzt gehen. Schnell galt man als verrückt. Sie war nicht verrückt. Oder doch?

Von irgendwoher ertönte ein Knarzen. Oft hörte sie Geräusche, die nicht real waren, und sah Doppelbilder, verschwommene Schemen. Wie jetzt. Jemand war durch die Terrassentür hereingekommen. Aber dieser Mann konnte doch kein Trugbild sein. Er redete auf sie ein. Schnell, laut, aggressiv. Sie wich langsam zurück.

Ein Schlag traf sie ins Gesicht. Ihr Vater hatte sie einmal geschlagen, aber das lag ewig zurück. Ihr Schulranzen war in den Dorfweiher gefallen, sie hatte das nicht gewollt, aber ihr Vater hatte zugeschlagen mit den Worten: »Du dumme Pute!« Dabei war es der Lois aus ihrer Klasse gewesen, der sie getriezt hatte und ihr den Schulranzen entrissen. Dann war die Tasche in den Weiher geflogen, selbst der Lois hatte das nicht gewollt. Aber für ihren Vater hatte das nicht gezählt, sie war immer schuld gewesen. Mädchen hatten zu kuschen. Recht hatten die Jungs, die Lehrer, der Herr Pfarrer, der Herr Doktor und der Zahnarzt, der so entsetzlich aus dem Mund roch, wenn er sich über einen beugte.

Das alles schoss ihr durch den Kopf. Dann folgte ein zweiter Schlag, und sie fiel auf die Couch.

»Bitch!«, brüllte der Mann. »Don't even think about it!«

Er fluchte in einer Sprache, die sie nicht verstand. Dann riss er ein paar Bücher aus dem Regal und drosch mit einem Baseballschläger in die Vitrine mit dem Meißner Porzellan, wo die Tänzerinnen standen und die schönen Tierfiguren. Das schmerzte sie mehr als die Schläge.

»I'll be back«, sagte er. Im Hinausgehen trat er noch gegen eine große Bodenvase. Wasser ergoss sich über den Teppich, die langstieligen Sonnenblumen fielen auf den Boden. Ihr kam es so vor, als schnappten die Blumen nach Luft, als würden ihre schweren Köpfe augenblicklich altern.

Sie ging langsam ins Gäste-WC und sah in den Spiegel des Alliberts. Blut lief aus dem Mundwinkel, doch es schmerzte kaum. Im Spiegelschrank stand eine Flasche mit Jod, das brannte nicht. Es waren auch nicht die Schmerzen der Erniedrigung, die sie quälten.

Nein, ihre Schmerzen waren anderer Art. Sie hätte jemanden ins Vertrauen ziehen müssen – keinen Arzt, aber doch eine ihr vertraute Person. Gab es so jemanden überhaupt? Und auch diese Person hätte sie wahrscheinlich für verrückt erklärt. Doch wenn sie das Ungeheuerliche, das Dunkle ausgesprochen hätte, dann hätte sie ihm Platz eingeräumt.

Ihr graute es hinauszugehen, zu hell war es im Garten. Und nachts waren dort die Geister. Sie kamen aus ihren kleinen Gräbern.

1

»Und hier eine echte Rarität: ein Lanz HL, Baujahr 1928. Schon mit Allrad und Knicklenker!«, rief der Ansager. »Und dahinter gleich ein Lanz HR 2, beide vorgestellt vom Mair Franzl hier aus Ohlstadt.«

»Ist der schön!«, rief Jens entrückt. »Weißt du, der junge Kaufmann Heinrich Lanz war ein echter Visionär. Er hat Rundschreiben verfasst, um den Bauern klarzumachen, wie viel effektiver die maschinelle Landwirtschaft sei. Und im Jahr 1921 wurde dann der Urbulldog vorgestellt, großartig!«

Irmi lächelte. Irgendwie bezaubernd, dass ein Mensch, der mit Landwirtschaft so viel zu tun hatte wie ein Nilpferd mit Spitzentanz, eine solche Begeisterung für Bulldogs entwickelte.

»Muss ich mir Sorgen machen? So schön find ich den Mair Franzl eigentlich gar nicht. Mir ist er zu klein und zu dünn.«

»Nicht der Fahrer, sondern sein Ackerschlepper!«

»Ach so«, meinte Irmi und lachte.

Der Ansager blätterte in seinem Manuskript. »Und jetzt kimmt a Stihl.«

»Haben die etwa mal Bulldogs gebaut?«, fragte Irmi verdutzt. Beim Thema Stihl konnte sie mitreden, schließlich hatte sie eine heiß geliebte Motorsäge von dieser Firma, die sie nie verlieh. Getreu dem Motto, dass eine Frau ihren

Mann, ihr Pferd und ihre Motorsäge besser nicht aus der Hand gab. Nun ja, der Mann war eigentlich nur in Teilzeit ihrer, Pferde waren ihr unheimlich – aber die Stihl, das war ihre Leidenschaft.

»Ja, zwischen 1948 und 1963 hat Stihl auch Traktoren gebaut«, erklärte Jens. »Allerdings nur insgesamt zweitausend Stück.«

Wieder was gelernt, dachte Irmi. Und das von einem Fischkopp, der keine Ahnung hatte, wie man mit einer Stihl-Motorsäge umging.

»Und jetzt kimmt a Porsche P III vom Feistl Sepp aus Sindelsdorf!« Der Ansager gab wirklich alles, so frenetisch wie er bei jedem Teilnehmer brüllte.

»Mir gefällt die elegante rote Schnauze«, meinte Jens.

»Ich weiß nicht, rot ist nicht meine Farbe«, sagte Irmi.

»Och, ich erinnere mich da an so einen roten BH …« Jens grinste anzüglich.

»Ja, ja, brüll noch lauter, damit das ganze Oberland meine Dessous kennt«, zischte Irmi.

»Schau, da kommt der Bernhard«, lenkte Jens von der Unterwäschedebatte ab.

Irmis Bruder Bernhard tuckerte mit seinem Kramer KL 180 heran. Der Schlepper war unverwüstlich und zum Kreiseln und Schwadern immer noch im Einsatz.

»Also, der hat wirklich eine schöne Schnauze«, befand Irmi. »Die Bulldogs von Kramer schauen einfach am nettesten aus. Grün ist eine so dezente und freundliche Farbe.«

»Also, dass ihr Bayern einem Schwaben zujubelt?« Jens grinste.

»Es ist doch nur ein Bulldog aus Schwaben, der schwätzt

ja it«, konterte Irmi. »Und der Rost macht ihn sexy, find ich. Traktoren sind schöner, wenn sie nicht so gelackt und restauriert sind.«

»Ach, das beruhigt mich! Ich bin ja auch schon etwas rostig und unrestauriert«, behauptete Jens. »Und wenn du lieber einen grünen BH in Kramergrün …«

»Ich lass dich gleich hier zurück, allein unter Fremdsprachlern!«, drohte Irmi.

Im nächsten Moment wurde sie durch den Ansager unterbrochen, dessen Mikro pfiff wie eine Maus, die gerade von einer Katze gefangen wurde und um ihr Leben quiekte. »Des is a Güldner vom Geisler Willi … naa … des is ja die Nummer 98, des is der … ah ja … der Mangold Bernhard aus Schwaigen. Burschen, warum haltets eich ned an die Reihenfolge! Da wird ma ja ganz damisch!«

Ja, bei so einem Oldtimertreffen hielt man tunlichst die Regeln ein, insbesondere wenn es einen derart beherzten Ansager gab. Mittlerweile waren schon hundert Oldtimer an ihnen vorbeigeschnauft, -geschnaubt und -gescheppert. Fünfzig Jahre und älter waren sie. Am besten gefielen Irmi die Exemplare, die von einem langen harten Arbeitsleben erzählten – so wie ihr Kramer.

Oldtimer-Bulldog-Treffen waren »in«, und das heutige in Ohlstadt war ganz besonders gut besucht. Es war ein perfekter Tag, nicht zuletzt, weil die Landwirte guten Gewissens freimachen konnten – es war ein Sonntag im Herbst, und die Hauptarbeit des Jahres war getan. Nachts hatte es noch geschüttet wie aus Kübeln, doch in der Früh hatte es aufgerissen. Es war ein kühler Morgen gewesen, Nebel waren aus dem Moor gestiegen, die Sonne hatte mit den Wassertropfen in den Spinnennetzen Ringelreihen getanzt. Inzwischen waren die Temperaturen angenehm lau mit einem leichten Windchen.

Die Lederhosen- und Dirndldichte war hoch auf der Veranstaltung. Obwohl Jens sich wie ein Schnitzel über Irmi im Dirndl gefreut hätte – den Gefallen tat sie ihm nicht. Sie hatte eh nur ein Exemplar, das sie vor Jahren mal erstanden hatte, und das war so eng, dass sie sich beim Verschnallen wahrscheinlich ein paar Rippen gebrochen hätte. Mal ganz davon abgesehen, dass sie keine Luft bekommen hätte. Irmi war sich sicher, dass Menschen weder über Kiemen atmen noch auf Porenatmung umstellen konnten. Sie hasste Dirndl, insbesondere weil man dann noch eine Strumpfhose benötigte, die in den Hüftspeck einschnitt und deren Zwickel immer zu tief saß, auch wenn man die Nylonwurstpelle zwei Nummern zu groß kaufte. Dafür endete die Dirndlbluse kurz unter der in ihrem Fall durchaus üppigen Oberweite. Zwischen Bluse und Strumpfhose blieb immer ein Stück frei, was ungut ins Kreuz zog.

Nein, Irmi war eine ganz schlechte Vertreterin ihrer Heimat. Sie konnte auch nicht Ski fahren, aß nie Kesselfleisch und konnte sehr gut ohne Schweinshaxn leben. Außerdem sprach sie kaum Dialekt. Bei Befragungen kam es einfach besser an, wenn man ansatzweise Hochdeutsch konnte. Generell wurde man von Menschen aus dem restlichen Deutschland besser verstanden, was allerdings manchen Bayern und speziell den Werdenfelsern eher unwichtig war. Eher im Gegenteil. Nur manchmal lockerte ein Dialektwort zur rechten Zeit verstockte Bauernschädel.

Aber heute hatte Irmi frei, es war sowieso recht ruhig

gewesen die letzten zwei Monate. Bei der anhaltenden Hitze hatten alle Schwerkriminellen wahrscheinlich reglos im Keller gesessen und auf Abkühlung gehofft. Gut, es waren zwei junge Männer ertrunken, es gab die üblichen Bergabstürze – aber nichts, was die Mordkommission mehr zum Schwitzen gebracht hatte als diese Saharahitze.

Jens war wie immer auf der Durchreise, er musste morgen nach Mailand weiter. Dennoch war es natürlich Schwesternpflicht, Bernhard beim Bulldogtreffen zu applaudieren. Eigentlich mochte ihr Bruder solche Events nicht, aber der Mann und die drei Söhne der Nachbarin Lissi hatten ihn zum Mitmachen überredet. Lissis Männer waren Mitglieder bei den Eicherfreunden und hätten die Firmengeschichte des Traktorunternehmens selbst im Schlaf herausprudeln können. Die vier Eicher-Freaks hatten mit zwei Tigern, einem Panther und einem Leopard gleich vier der blauen Raubkatzen am Start. Auf Bulldogtreffen heimsten sie Preise ein für die längste Anreise oder die stärkste Gruppe und waren auch schon dreimal zur Traktor-WM nach Bruck/Fusch am Großglockner gefahren.

»So, und jetzt für die, die sich ned so auskenna«, erklärte der Ansager. »Bulldog hoaßt der Traktor, Trecker oder Ackerschlepper, seit die Firma Heinrich Lanz Mannheim die legendären Lanz Bulldog Ackerschlepper herstellt hot. Der Name is von dene ersten Motoren kemma, die Ähnlichkeit mit dem Gesicht einer Bulldogge g'habt ham solln. Andre sogn, des lag daran, dass der Motor bellt hot als wie a Bulldogge. Der Fendt im Allgäu hingegen hot seine ersten Schlepper Dieselross g'nannt, um dem skeptischen

Landwirt zum vermitteln: Der is bräver als dei Ackergaul, is leichter zum pflegen, und statt Heu frisst er halt Diesel. Des stimmt ja aa!«

In Zeiten von Autos, die vor Elektronik strotzen und beim leisesten Pieps den Dienst versagen, wecken solche Motoren irgendwie archaische Sehnsüchte, dachte Irmi.

»Der Bulldogkonstrukteur Fritz Huber hat schon recht«, meinte Jens noch immer ganz verzückt. »Ein Schlepper kann nicht einzylindrig genug sein.«

Irmi lächelte in sich hinein. Männer – da waren sie alle gleich. Ob studierter Preiß oder Werdenfelser Bauernschädel.

Die Karawane der Bulldogs schien gar kein Ende nehmen zu wollen. Es waren auch Exoten dabei: ein Normag-Zorge, ein tschechischer Zetor, ein McCormick aus einer seltenen Baureihe, ein Bührer aus der Schweiz. Und auch einen Hatz TL 24 von 1956 sah man eher selten im Oberland. Sein Fahrer verzog keine Miene, sondern saß etwas vornübergebeugt auf dem grünen Gefährt. Na, der hat ja wenig Spaß, dachte Irmi. Jens schoss ein weiteres Foto. Von ihm aus hätte man wahrscheinlich noch ein paar Hundert Modelle ansehen können. Irmi hingegen befand, dass ihr Bier in der Flasche langsam lack wurde. Nach inzwischen 123 Bulldogs hätte man sich eigentlich mal ein neues holen und sich hinsetzen können. Das lange Stehen bekam ihrem Kreuz nicht wirklich.

Den Platz hatte Jens ausgesucht: Sie standen in einer Kurve, wo die Route einen scharfen Knick machte. Hier hatte man einen besonders guten Blick – erst von vorne, dann von der Seite – auf all die alten Ackerschlepper.

Irmi sah dem knatternden Hatz hinterher. Plötzlich veränderte sich etwas in den Augen der Leute auf der anderen Straßenseite. Rufe, Flüche, Menschen, die zur Seite sprangen – der Hatz fuhr weiter stur geradeaus. Er hüpfte über die Bordsteinkante und tuckerte hinein in eine Garageneinfahrt. Irgendwie geriet der Fahrer nun in Schräglage und verriss das Steuerrad. Anstatt frontal in das Garagentor zu brettern, ging die unruhige Fahrt quer durch ein Blumenbeet, durch den ganzen Garten und endete im Zaun, wo der Hatz feststeckte und seine Räder durchdrehten. Der Mann war zur Seite gekippt.

Sekundenlang passierte nichts. Die Blicke der Menschen hatten sich festgesogen an dem Geschehen. Doch dann brandete auf einmal eine Woge an Geräuschen heran. Irmi war als eine der Ersten losgelaufen, und sie war auch zusammen mit einem jungen Mann als Erste bei dem Fahrer, der leblos am Boden lag.

Irmi ertastete einen schwachen Puls. Die Gesichtsfarbe des Mannes war ungut bläulich. Kalter Schweiß stand auf seiner Stirn.

Der junge Mann hatte schon den Notarzt alarmiert und brachte den Mann nun in stabile Seitenlage.

»Ich bin Sanitäter«, sagte er. »Sind Sie Ärztin?«

»Nein, Polizistin.«

Der junge Mann sah überrascht auf.

Irmi zuckte mit den Schultern und betrachtete den Fahrer genauer. Dass ein Mann mittleren Alters einen Herzinfarkt erlitt, kam vor in der Sonne. Doch irgendetwas in ihrem Inneren war auf einmal hellwach, die leichte Biermüdigkeit verflogen. Irgendetwas stimmte nicht.

Der Sanka hatte sich inzwischen durchgearbeitet, die Sanitäter hantierten, der Notarzt brauste heran. Irmi kannte ihn. Er war gebürtiger Pfälzer, lebte in Peißenberg und schien ständig im Einsatz zu sein. Er war einer von denen, die bereit waren, überall auszuhelfen. Ein Workaholic, der dem Leben und dem Nachgrübeln darüber Arbeit entgegenstemmte. Er dürfte in Irmis Alter sein. Anscheinend verbrachte er wenig Zeit daheim, verbrämte womöglich seine Flucht vor dem Privaten mit dem Dienst an der Menschheit. Dass er nun bald aufhören würde, wie Irmi gehört hatte, war ihr unheimlich. Sie selbst war auch so ein Workaholic – würde sie jemals aufhören können?

Auf der Rückseite des Gartens, an den eine Kuhweide anschloss, schwebte der Hubschrauber ein. Die Kühe buckelten davon, in einem gewissen Sicherheitsabstand hielten sie an, drehten sich fast synchron um, als hätten sie das einstudiert, diese tierische Drehung nach links im Herdengleichklang – und glotzten zurück. Der Traktorfahrer wurde verladen, und das gelbe Luftinsekt entschwebte schnell. Der Notarzt kam zurück und grinste Irmi schief an. »Schlechte Werbung fürs Oldtimerfahren«, bemerkte er.

»Na, der Bulldog hat ja gut durchgehalten«, sagte Irmi mit einem Seitenblick auf den Oldie, den irgendjemand ausgemacht hatte. Er stand da, die Schnauze unschuldig in den etwas verbeulten Jägerzaun gesenkt. »Herzinfarkt?«

»Zumindest mal massive Herzrhythmusstörungen. Was mich allerdings stört …« Er zögerte.

»Ja?«

»Der Schweiß und na ja … die Tatsache, dass er sich eingenässt hat.«

Irmi suchte den Blick des Arztes, der auffällig leise sprach. »Sie meinen …?«

»Unkontrollierter Harndrang, außerdem muss er sich vor oder während der Ausfahrt übergeben haben, es waren da so allerlei Reste an der Jacke.«

Mit dem Pfälzer Dialekt klang das Unerhörte immer noch ganz harmlos, aber von der Leichtigkeit des Familiensonntags war nichts mehr übrig.

»Das heißt konkret …?«

»Er könnte etwas gegessen haben, was ihm gar nicht gutgetan hat«, sagte der Pfälzer mit einem leichten Lächeln, das seine Augen jedoch nicht erreichte.

»Reden wir jetzt von einem schlechten Tiramisu oder was Dramatischerem?«

»Eine Salmonellenvergiftung ist auch dramatisch. Ich war da mal am Gardasee, als ich …«

»Danke, ersparen Sie mir die Details. Reden wir von Gift?«

»Sie wissen doch, die Dosis macht das Gift. Vierzehn Bier am Tag sind unter Umständen tödlich. Langfristig, meine ich. Aber dieser Mann hatte was im Körper, was da überhaupt nicht hingehört. So, und jetzt empfehle ich mich, schöne Frau.« Der Notarzt ging davon. Irmi sah ihm nach. Er blieb noch hie und da stehen, plauderte kurz, augenscheinlich kannten ihn viele hier, bevor er schließlich in seine Notarztkarosse stieg und losfuhr.

Die Schaulustigen verzogen sich allmählich. Die Veranstalter hatten schnell reagiert, indem sie die Route umgelenkt hatten, denn es waren insgesamt 303 Fahrzeuge gewesen. Irmi war davon überzeugt, dass viele der Fahrer und Zuschauer gar nicht mitbekommen hatten, was passiert war. So ein Hubschrauber landete gerne mal, weil sich der Gottfried nebenan in der Tenne erhängt hatte oder die alte Zilli einem Schlaganfall erlegen war oder der Flori, der Sohn vom Schwager, wieder mal eine Alkoholvergiftung hatte. Solche normalen Begebenheiten in den Familien brachten einen Werdenfelser nicht gleich in ungebührliche Wallung.

Jens hatte ein Stück entfernt auf sie gewartet und kam nun näher. Irmi versuchte auf Privatmodus umzuschalten. »Jetzt hab ich dir den Tag verdorben. Hast du gar nicht mehr zugeschaut?«

»Ach, die Bulldogs stehen alle auf der Festwiese. Ich kann mir jeden einzelnen noch ansehen, wenn ich das möchte. Ich sehe aber lieber dich an, und du siehst … na ja …«

»Na ja was? Beschissen? Verschwitzt? Alt? Faltig?«

Jens schüttelte nachsichtig den Kopf. »Dass ihr Frauen immer gleich so negativ seid. Du siehst nie beschissen aus. Nein, du hast das Knobelgesicht. Du rätselst über diesen Mann, und sein Abgang macht dir Kopfzerbrechen. Weil du glaubst, der wird dich noch beschäftigen?« Das war eigentlich mehr eine Feststellung als eine Frage.

»Das kann sein. Ich hoffe nicht. Ich weiß nicht.« Himmel, sie hatte sich auch schon intelligenter ausgedrückt. Aber ihr Gehirn war immer noch im falschen Modus.

»Trinken wir ein Bier? Ein kaltes?«, fragte Jens.

»Unbedingt.«

Die beiden gingen nebeneinanderher, ein unsichtbares

Band verknüpfte sie zu einer Einheit. Irmi hätte niemals Händchen gehalten oder sich untergehakt. Schon gar nicht hier, wo man sie kannte. Solche raren Momente hob sie sich für anderswo auf. Und Jens hatte das über die Jahre gelernt. Er übte Zurückhaltung. Sie hatte ihn in der Vergangenheit ein-, zweimal so rüde und barsch abgewehrt, dass man als Mann hätte beleidigt sein können. Doch Jens war nicht so, er schloss solche Dinge irgendwo ein. Irmi wusste, dass sie es nicht überreizen sollte. Zu viel Ballast, der aufgehäuft war und immer mehr wurde, konnte auch schwere Türen sprengen.

Vor dem Festzelt waren Bänke aufgestellt, man musste nicht im stickigen Inneren sitzen, wo die Luft stand und die Musikanten gerade *Dem Land Tirol* intonierten. Irmi und Jens quetschten sich zu Lissi und ihren Männern auf die Bierbank. Natürlich wurde über den Unfall gesprochen, aber es war Jens, der mit Traktorfragen ablenkte vom Bruchpiloten. Irmi wusste, dass er das für sie tat. Für so etwas liebte sie ihn. Auch für so etwas.

Schließlich war Aufbruch. Irmi und Jens schlenderten zu den Bulldogs. Um einen Lanz Baujahr 1938 stand eine Schar von Zuschauern und verfolgte die Prozedur am Glühkopfmotor, einem ventil- und vergaserlosen Zweitaktdiesel mit Kurbelgehäuse-Aufladung. Zum Starten musste erst mal die Glühnase im Zylinderkopf mit einer Lötlampe erhitzt werden. Nach etwa fünf Minuten wurde das Lenkrad entfernt, seitlich eingesteckt und diente als Schwungrad. Und dann grummelte er los, der Lanz! Das Volk applaudierte.

Zwei Männer neben Irmi redeten über einen absoluten Raritätenbulldog, der siebzigtausend Euro eingebracht hatte.

»Leck mi fett. Für siebzigtausend würd ich sogar mei Alte hergeben, nein, für weit weniger!«, rief der eine und sah Irmi dann gleich entschuldigend an.

Jens wurde schließlich eingeladen, mit einem von Lissis Söhnen mitzufahren, was er dankbar annahm. Er warf Irmi einen Seitenblick zu. Ihm war klar, dass Irmi ins Büro fahren würde. Mal kurz nachfragen. Nur mal so.

Im Büro erfuhr Irmi, dass der Mann in die Unfallklinik Murnau eingeliefert worden war. Dort bekam sie nur die Auskunft, dass er auf der Intensivstation des UKM lag, mehr war nicht zu erfahren. Beim Veranstalter fand sie den Namen des Fahrers heraus. Der Bulldog mit der Nummer 123 gehörte einem gewissen Julius Danner. Der Name sagte ihr irgendetwas, doch ihr wollte ums Verrecken nicht einfallen, woher.

Da würde sie wohl den Computer bemühen müssen. Über die Jahre hatte sie sich zähneknirschend mit der Computerarbeit abgefunden, doch sie wäre nie auf die Idee gekommen, in einem Forum mitzublubbern und sich einen albernen Namen wie kätzchen352, hexe55 oder mausezähnchen zu geben. Und wie Mausezähnchen in Wirklichkeit aussah, wollte sie sich lieber gar nicht vorstellen. Die Menschheit verblödete galoppierend, die Hirne weichten auf.

Sich jenseits des Büros einem Computer auch nur auf weniger als einen Meter zu nähern war Irmi so fern wie der Südpol. Sie bestellte auch keine Kleidung im Internet. Das überließ sie Bernhard, dessen Helden Engelbert Strauss, Siepmann und Grube hießen. Und da gab es auch für sie feine Fleecepullover.

Bei ihrer Recherche nach Julius Danner stieß Irmi auf eine Agentur namens Skydreams, deren Betreiber er war. Die Homepage zeigte opulente Bilder, eine Diashow lief durch. Die Vita von Julius Danner war umfangreich: Er war fünfundvierzig Jahre alt, hatte Sport studiert und war mehrere Jahre als Guide der Explora-Hotels in Chile gewesen. Als zertifizierter Ballonfahrer verfügte er sogar über eine Lizenz, um die Ballone anderer deutscher Ballonunternehmen kontrollieren zu dürfen. Außerdem war er Gleitschirm-Fluglehrer, staatlich geprüfter Bergführer und entführte offenbar Touristen in Südamerika auf himmelhohe Gipfel. Vulkane waren sein Spezialgebiet – rund um Klassiker wie den Aconcagua oder den Popocatepetl hatte er seine Programme gesponnen, die so klangen, als müsse man für die Teilnahme über eine gewaltige Fitness verfügen.

Da dürfte der Verunglückte selbst doch auch gute Lungen gehabt haben, oder etwa nicht? So einer war doch sicher absolut durchtrainiert? Natürlich verstarben auch und gerade junge Hochleistungssportler an Herzinfarkten, aber die hatten vorher meist tief in die Chemiekiste aus dem weiten Reich des Dopings gegriffen. Oder war sie da schon auf einer Spur? Der Peißenberger Pfälzer hatte Gift angedeutet.

Irmi betrachtete das Foto von Julius Danner. Irgendetwas in ihr wehrte sich, diesem Mann Drogenmissbrauch zu unterstellen. Sie fuhr den Computer herunter, unzufrieden, unruhig, getrieben – ohne genau zu wissen, was da in ihr wühlte.

Als sie daheim ankam, lag da nur ein Zettel, dass alle noch bei Lissi seien. Die Nachbarin hatte aufgetischt, bei ihr sah Essen immer wie ein Kunstwerk aus. Sie arrangierte banalen Käse und Aufschnitt mit ein paar Kräutern und Blumen auf wertigen Keramikplatten, und schon hatte man den Eindruck, als wäre man mittendrin in einem Food-Fotoshooting für eines dieser Landmagazine, die nur Städter lasen.

Es wurde spät und ein klein wenig feuchtfröhlich. Zu Hause schlief Jens binnen Sekunden ein. Kein Abschiedssex mehr.

Am nächsten Morgen stand Irmi um fünf auf und braute Jens einen starken Kaffee. Als er um halb sechs vom Hof fuhr, horchte sie seinem Auto nach. Dann war es auf einmal still. Nur aus dem Stall hallten ein paar Geräusche herüber. Der ältere Kater sprang auf Irmis Schoß und gab einen Laut von sich, der wie »Ähh« klang. Sie hatte von ihm noch kein einziges Miau gehört – immer nur dieses »Ähh«. Dafür konnte er es variieren, von anklagend bis schmeichelnd. Die jetzige Tonlage vermeldete eindeutig: »Hunger.« Irmi füllte ihm einen Napf und trank ihren Kaffee auf dem Hausbankerl vor der Tür.

Jedes Mal, wenn Jens wieder weg war, fühlte sie sich leer – und ein kleines bisschen erleichtert. Sie war nun wieder frei, »ich« zu sagen. Sie fühlte sich wohl im »wir«, aber lieber nur temporär.

Als Irmi ins Büro kam, traf sie Sailer auf dem Gang.

»Gestern hots aan derbröselt, hört ma. Und Sie waren vor Ort?«, sagte der ohne eine Begrüßung oder sonstiges unnötiges Beiwerk.

Sailer, dessen Verwandtschaft das ganze Werdenfels, bis weit in den Pfaffenwinkel und den Landkreis Tölz hinein mit einem Spinnennetz überzogen hatte, wo an den Knotenpunkten irgendwo Kusinen, Vettern, Groß-, Klein-, und Mittelneffen saßen, der wusste immer alles.

»Der Schwoger is mitg'fahrn, er sammelt Dieselrösser«, schickte Sailer noch zur Erklärung hinterher.

»Aha. Und allwissend, wie Ihre Anverwandten so sind, Sailer, wissen Sie sicher auch, wen es derbröselt hat?«

»Den Danner, den Julius.«

»Und zu dem Mann haben Sie irgendwas zu sagen?« Das drohte mal wieder so ein typisches Sailer-Gespräch zu werden, wo man dem Kollegen mühevoll dünnere und dickere Würmer aus der Nase ziehen musste.

»Der Danner ...« Sailer rollte mit den Augen.

»Den Namen kennen wir ja nun. Und weiter?«

»Oiso der Danner ...«

»Sailer!«

»Wissen S', Frau Mangold, erinnern S' Eahna no an den Fall mit dem Buchwieser, den wo ma auf der Kandahar derschussn hot?«

»Ja«, sagte Irmi und versuchte ruhig zu bleiben. Buchwieser war Lehrer in der Eliteschule des Klosters Ettal gewesen und erschossen auf der Kandahar-Piste aufgefunden worden. Ja, sie erinnerte sich.

»War der auch Traktor gefahren, oder was, Sailer?«

»Mei, der Buchwieser war a ähnlicher Typ wie der Danner. Kopf durch die Wand. Laut. Rigoros. Verstehen S'?«

»Nicht so ganz.«

»Der Julius Danner is aa a Querulant. Der schadt dem Tourismus.«

»Inwiefern?«

»Der mog die CoolCard ned.«

Allmählich wurde es Irmi nun doch zu bunt. »Sailer, Sie reden in Rätseln. Julius Danner mochte was für ein Dingsbums nicht? Ich kenn nur ein Coolpack!«

»Ned a Coolpack. Des is a Card. A Karte hoit. Die Ilse, was mei Cousine zweiten Grades …«

»Sailer, können Sie heute noch zum Punkt kommen?«

»Es gibt im Loisachtal, im Ammertal, in Murnau und im Allgäu draußen die sogenannte CoolCard. All inclusive oder wie des hoaßt. Und da kann der Gast dann alles umsonst machen – Bergbahnen und Schifflefahren und ins Museum.«

»Das klingt doch eigentlich gut.«

»Ja, aber der Danner und ein paar andere meng des wohl ned, zwengs der Wettbewerbsverzerrung. War aa vui in der Zeitung, der Danner.«

Irmi erinnerte sich vage, hatte aber maximal die Überschriften der Artikel gelesen.

»Ich darf zusammenfassen, Sailer: Julius Danner ist ein Querulant, und er liegt mit einer All-inclusive-Karte im Zwist? Warum denn das?«

»Weil er hot a Flugschule für Gleitschirme, Sie wissen scho, die mit dene Lappen in der Luft rumfliagn. Ja mei, aber des kann uns ja egal sein«, beendete Sailer seine wirre Rede.

Was die Flugschule mit der Karte zu tun haben sollte, erschloss sich Irmi nicht. Sie beschloss, lieber nicht nachzufragen. Dennoch wollte ihre unbestimmte Unruhe nicht weichen.

»Um auf Ihre Frage zurückzukommen, Sailer. Ja, ich war vor Ort, ich stand zufällig genau daneben. Ich hab sogar mit dem Notarzt gesprochen und gewartet, bis dieser Julius Danner im Heli war.«

»Und des ham S' ned g'macht, weil Eahna fad war, sondern weil Sie was wittern.« Sailer versuchte sich an einer merkwürdigen Nasenbewegung, wie ein Riesenkaninchen mit Zuckungen sah das aus.

Irmi ließ ihn einfach stehen. Warum unterstellten ihr alle, sie sei quasi scharf darauf, einen Fall an Land zu ziehen? Sie war doch nicht in der Eifel, wo sich diese Kommissarin mit dem fragwürdigen Modegeschmack mehr »Action« für ihren Polizeialltag wünschte. Eine Serie, die nicht mal in der Eifel gedreht worden war, sondern bei Siegburg. Aber egal, sie lebte auch nicht in Hängarsch, das korrekt natürlich Hengasch hieß, und ihre Mitarbeiter waren ein bisschen pfiffiger als die der Fernsehkollegin.

Apropos Mitarbeiter – wo steckte eigentlich Kathi? Als hätte diese Irmis Überlegungen gespürt, trampelte die jüngere Kollegin ins Zimmer. Kathi war blass und zaunrackendürr wie immer, doch irgendwas sah anders aus als sonst. Sie hatte die Haare schwarz gefärbt.

»Machst du auf böse Hexe oder auf schwarz wie Ebenholz? Was soll diese Typveränderung?«, erkundigte sich Irmi.

»Hör mir bloß auf! Drum bin ich auch zu spät. Ich hab einen Kupferton draufgetan, und das Ergebnis war Karottenorange mit Lilastich. Ich also was Dunkelbraunes drüber, dann war's komplett lila. Da half nur noch schwarz, oder?«

Irmi grinste. »Hat was von Cher.«

»Na toll. Die ist ja fast hundert und dreißigmal operiert. So will ich nicht enden. Gibt's sonst was Neues?«

Irmi erzählte vom Bulldogtreffen und von den Andeutungen, die der Notarzt und Sailer gemacht hatten.

Kathi stieg überraschenderweise ein. »Klar, die Cool-Card. Die gibt es im Außerfern auch. Die Ruine Ehrenberg ist drin, glaub ich, der Hahnenkamm und das Schiff am Heiterwanger See. In der Tiroler Zeitung war erst kürzlich wieder ein Artikel drin. Es hat sich nämlich die WmC! formiert.«

»Ist das eine Diätpille?«

»Weg mit der CoolCard! heißt das. WmC – Ausrufungszeichen.«

»Das klingt wirklich wie eine Abnehmpille. Weg mit dem Hüftspeck. Ausrufungszeichen.« Im Gegensatz zu ihrer Kollegin könnte sie diese Pille durchaus gebrauchen. »Okay, Kathi, es weiß also jeder, dass es so eine Karte gibt, bloß ich nicht?«

»Du musst nur die Äuglein aufsperren, Irmi. Am Eingang vieler Gemeinden, die da mitmachen, steht ein Schild mit dem Motto ›Nebenkostenfrei ins Urlaubsglück‹. Hast du das noch nie gesehen? Mit einem blöden Steinbock drauf, der ein noch blöderes Krönchen trägt?«

Irmi überlegte. »Na ja, jetzt, wo du es sagst. Ich hatte aber nicht den Eindruck, das müsse mich interessieren.«

»Die Frau Hauptkommissar beherrscht eben die Kunst der Ausblendung. Immer nur den aktuellen Fall im Blick.« Kathi knuffte Irmi in den Oberarm. »Und wird dieser Dingsbums ein Fall?«

»Woher soll ich das denn wissen?«

»Indem wir in Murnau im Klinikum anrufen!«

»Wie willst du das machen? Dich als seine Gattin ausgeben? Warum interessiert uns ein verunfallter Traktorfahrer?«

»Weil du diesen besonderen Blick draufhast. So … so …«

»Nicht du auch noch! Raus!«, rief Irmi und wedelte mit den Armen. Sie musste unbedingt an ihrem Pokerface arbeiten. Offenbar sah man ihr jede Gefühlsregung an.

Dann beugte sie sich über ein paar Unterlagen. Sie hatte zu tun, und darüber vergaß sie schließlich auch den Herrn Danner.

Als sie am Abend heimfuhr, nahm sie zum ersten Mal das Schild wahr, das am Ortseingang von Oberau stand. Ein Pfeil zeigte nach links. »Noch 7 Kilometer zum Urlaubsglück.« Der Steinbock hatte Glupschaugen und stand auf einem stilisierten Bergkamm. Das Krönchen saß ihm keck und albern zwischen den Hörnern. Die Schrift war rot und aggressiv, eigentlich hätte ihr das wirklich auffallen müssen.

Langsam fuhr sie weiter, bis sie das Schild passierte, das

den Weg zu Lissis Hof wies: »Urlaub auf dem Bauernhof«, darunter das Biokreis-Schild. Und der Steinbock. Sie bog spontan ab und traf auf Lissi, die in ihrem Gemüsegarten werkelte.

»Irmi, wie schön! Sonst seh ich dich tagelang gar nicht und nun so oft! Ist Jens wieder weg?«

»Ja, heute ganz früh.«

Lissi nickte. In dieser Geste lag große Zuneigung zu Irmi und tiefes Verständnis. »Magst was trinken?«

»Gern.«

Während Lissi im Haus verschwand, setzte sich Irmi in das Salettl, das nach Westen ging und gerade von der Abendsonne beschienen wurde.

Der ganze Hof war ein Ort, der Lissis Erdverbundenheit widerspiegelte. Ihre Bodenhaftung, ihr Geschick mit Pflanzen, ihrer Gabe, aus alten Wurzeln Kunstwerke zu schaffen, aus alten Klematisranken Kränze zu winden. Lissis Kreativität entlockte ganz einfachen, alltäglichen Dingen neues Leben. Irmi bewunderte das sehr, denn sie selbst hatte eher den braunen Daumen der Dörrnis. Dementsprechend sah der Hof von ihr und ihrem Bruder so aus wie viele Höfe hier: in erster Linie zweckmäßig.

Lissi kam mit zwei Hugos wieder. »Ist zwar angeblich schon wieder out, schmeckt mir aber immer noch am besten. Ist viel Mineralwasser drin, kaum Prosecco. Ich glaub, ich hatte gestern etwas viel erwischt.«

»Jens auch.« Irmi prostete Lissi zu und schloss die Augen. »Ich glaub, ich sollte mal bei dir Urlaub machen.«

»Bitte sehr, eine unserer Ferienwohnungen ist grad frei«, bemerkte Lissi lächelnd.

Ihre Nachbarin vermietete zwei Wohnungen, das wusste Irmi, aber sie hatte nie näher nachgefragt oder sich gar eine der Wohnungen angesehen. In dieser Region vermietete man eben an Fremde, früher war das ein Zubrot für die Hausfrau gewesen, doch in der Nachfolgegeneration hatten viele die Vermietung aufgegeben. Zu aufwendig, zu wenig Verdienst, zu hohe Kosten. Eher ein Klotz am Bein als eine Geschäftsidee.

Zum zweiten Mal heute erfasste Irmi eine leise Betroffenheit. Sie war wohl wirklich viel zu sehr auf ihren Job fokussiert, um das Leben um sich herum wahrzunehmen. Das lag sicher auch daran, dass sie nicht neugierig war. Neid war ihr immer fremd gewesen. Irmi schaute nur dann argwöhnisch auf andere, wenn es um einen Fall ging. Wenn sie auf der Hut sein musste, um nicht in einen Strudel von Lügen hinabgezogen zu werden. Außerhalb ihrer Fälle huschte das Leben der anderen vorbei wie Schilder auf einer schnellen Autofahrt – verschwommen und unlesbar.

Irmi schlug die Augen wieder auf. »Lissi, was ist eigentlich diese CoolCard?«

Viele andere hätten nun gefragt: Warum willst du das wissen? Lissi hingegen beantwortete Fragen nur selten mit Gegenfragen. Sie nahm die Menschen ernst, und sie war nicht zynisch. Genau das zog Irmi so an. Manche hätten Lissi als naiv bezeichnet, aber Lissi war einfach ein klarer Mensch, dessen Weg klar war. Sie musste nicht allzu viel fragen.

»Das ist eine All-inclusive-Karte. Wir gehören auch zu diesem Verbund.«

»Und wie funktioniert das?«

»Wenn du als Vermieter da mitmachst, erhalten deine Gäste diese Karte. Wir müssen pro Tag und Gast einen Obolus abgeben an die Cool GmbH. Aus diesem Pool werden dann die Anbieter von hundertfünfzig Aktivitäten bezahlt.«

In dem Moment wurden sie vom heranstürmenden Sohnemann Felix unterbrochen. »Mama, die Lisa kalbt, der Papa braucht Hilfe!«

Es war immer überraschend, wie flink Lissi trotz ihrer Rundlichkeit war. Schon war sie aus dem Liegestuhl gesprungen. »Irmi, ich muss. Gruß an den Bernhard.«

Mutter und Sohn sausten davon, der Sohn hoch aufgeschossen, die Mama ein Kugelblitz. Alle drei Söhne hatten die hagere Statur des Vaters geerbt, auch Nachzügler Felix, aber er hatte außerdem Lissis Kreativität und ihre Tierliebe mitbekommen.

Irmi fuhr nach Hause, wo sie allein mit dem wie immer fast leeren Kühlschrank war. Wenigstens enthielt er noch einen Kräuterquark und zwei Karotten. Knäckebrot gab es in der Speis, ein Bier auch.

2

Es war Sailer, der den Dienstagmorgen von gemächlichem Erwachen auf Alarm katapultierte. Er hatte ein ziemliches Organ, so wie er in Irmis Telefon röhrte.

»Der Danner is verstorben. Heut früh.«

»Woher wissen Sie das?«

Diese Frage hätte Irmi sich schenken können. Von einer Verwandten natürlich, die als Intensivschwester arbeitete und auch erzählt hatte, dass die Frau von Julius Danner in der Klinik zusammengeklappt sei und immer nur gebrüllt habe, dass ihr Mann ermordet worden sei.

»Ja, und was soll ich jetzt machen?«, fragte Irmi.

»Nach Murnau ins UKM fahren. Ein Dr. Weidenhof hat angerufen und gesagt, dass er Sie sprechen will. Und Sie san ja no dahoam, da ham Sie's ned so weit.«

Irmi kannte Dr. Weidenhof, er war trotz seines illustren Berufs ein Bekannter von Bernhard und spielte in derselben Musikkapelle wie er. Auch wenn der Doc, wie ihn alle nannten, wenig Zeit hatte – das Flügelhorn war seine Passion. Er war kein Halbgott in Weiß, sondern ein bodenständiger Werdenfelser, wie Bernhard auch.

Irmi runzelte zunächst die Stirn, doch bevor sie nun weiß Gott wie lange herumtelefonierte, fuhr sie wirklich besser ins Unfallklinikum in Murnau. An der großen Tankstelle am Ortseingang war die Hölle los, weil der Sprit heute besonders günstig war. Geiz war in Deutschland geil – da stellte man sich auch mal eine Dreiviertelstunde in die Schlange, um drei Euro zu sparen.

Beim Betreten der Klinik schauderte Irmi. Der Besuch von Krankenhäusern verursachte bei ihr gewisse Beklemmungen. Zugleich wurde ihr bewusst, wie gut es ihr eigentlich ging. Eine schnatternde Gruppe verschleierter Frauen kam ihr entgegen, auch das war hier ein alltägliches Bild. Viele Ölbarone ließen Familienmitglieder hier behandeln und waren dann monatelang mit der ganzen Entourage vor Ort. Es ging um viel Geld, ganze Geschäftszweige rund um Murnau lebten davon. Sollte das Öl eines Tages einbrechen, die Wolkenkratzer versanden, das Meer sich das abgerungene Land zurückholen und die Saudis wieder in Zelten sitzen, würde das für die Region empfindliche Einbußen bedeuten.

Irmi fragte an der Pforte nach und wurde ins verwirrende System der Aufzüge entlassen.

Dr. Uwe Weidenhof saß in seinem Büro.

»Irmi, wie schön, dass du so schnell da bist. Gut schaugst aus!«

»Mein Kollege hat sich etwas kryptisch geäußert. Julius Danner ist tot, das ist natürlich traurig, aber …«

»Ich weiß, dass du vor Ort Erste Hilfe geleistet hast. Deshalb wollte ich dich informieren, bevor das alles richtig offiziell wird. Ich habe seiner Frau gesagt, dass wir obduzieren wollen. Sie war auch dafür, ich habe mich sonst aber sehr bedeckt gehalten. Denn wir tippen auf eine Vergiftung.«

»Vergiftung? Das hat auch der Notarzt angenommen.«

»Ich bin mir sicher, dass es Eisenhut war. Die Obduktion wird das wohl bestätigen.«

»Eisenhut?«

»Eisenhut ist die giftigste Pflanze Europas. Alle Teile sind giftig, vor allem die Wurzel und die Samen. Schon fünf Blütenblätter können zum Tode führen. Darum heißt er im Volksmund auch Würgling oder Ziegentod. Früher verwechselte man die Knolle öfter mal mit Sellerie- und Meerrettichwurzeln. Man verarbeitete die Blätter, und es kam zu Vergiftungen.«

»Das ist mir bekannt. Wir hatten auch mal ein paar Pflanzen hinterm Haus. Mein Bruder hatte Bedenken wegen der Tiere und hat sie ohne Handschuhe rausgerissen. Hinterher hatte er massive Taubheitsgefühle.«

Der Arzt nickte. »So was passiert an den Hautstellen, die mit dem Eisenhut in Kontakt kommen. Nach der Einnahme leidet man zunächst an Kältegefühlen, nervöser Erregung, Übelkeit, Krämpfen und Herzrhythmusstörungen. Eine Vergiftung erkennt man an mehrfachem Erbrechen, an kolikartigen Durchfällen, kalten Schweißausbrüchen und einer fahlen oder marmorierten Haut. Vergiftete beschreiben ein verändertes Wärmeempfinden, und zwar so, als hätten sie statt Blut Eiswasser in den Adern. Außerdem wird von Mundtrockenheit oder einem Brennen und Kribbeln im Mund, den Fingern und in den Zehen berichtet.«

Uwe Weidenhof betrachtete Irmi, die weiter schweigend zuhörte.

»Zusätzlich tritt häufig Ohrensausen auf. Und der optische Bereich ist durch ein seltsames Gelbgrünsehen beeinträchtigt. Der Vergiftete hat Krämpfe und starke Schmerzen, bleibt aber noch lange bei Bewusstsein. Der

Tod tritt schließlich durch Atemlähmung oder Herzversagen ein.«

Das klang grausam.

»Ahnt man denn nicht, dass man vergiftet wurde?«, wollte Irmi wissen.

»Anfangs nicht. Man tippt wohl eher auf eine Magen-Darm-Erkrankung. Bei einer schweren Salmonellenvergiftung würfelt es einen ja auch ganz gehörig.«

»Aber wann treten diese massiven Symptome ein?«

»Meist innerhalb von drei Stunden.«

Irmi dachte nach. »Dieser Danner war auf einem Bulldogtreffen. Die Fahrzeuge haben sich ab neun Uhr aufgestellt, und um dreizehn Uhr hat die Rundfahrt begonnen. Wenn es ihm daheim schon so schlecht gegangen wäre, dann wäre er doch kaum hingefahren. Bei seinem Zusammenbruch war es kurz vor zwei, das heißt …« Irmi versuchte ihre Gedanken zu sortieren.

»Die letale Dosis muss er also gegen zehn oder elf Uhr eingenommen haben. Und zwar auf dem Treffen«, sagte der Arzt.

»Freiwillig?«, fragte Irmi leise.

»Irmi, das ist dein Gebiet. Ich glaube allerdings, dass ein Selbstmörder, der zu so was Fiesem wie Eisenhut greift, das woanders einnimmt. An einem Ort, wo er nicht gefunden wird, und nicht vor Hunderten von Menschen.« Er schüttelte den Kopf.

»Wann habt ihr das endgültige Ergebnis?«

»Ich möchte eine Obduktion in der Gerichtsmedizin in München veranlassen. Du kannst das doch bestimmt abklären, Irmi?«

Das war nicht der ganz offizielle Dienstweg, aber Irmi nickte. Auf dem Totenschein stand »Todesursache unbekannt«, und mit ihrem Auftauchen war die Polizei ja informiert. Sie würde die Staatsanwaltschaft verständigen, und diese würde eine Obduktion anordnen müssen.

»Wie soll ich weiter verfahren? Was sage ich der Ehefrau, wenn sie anruft? Sie wollte wissen, wann sie ihren Mann beerdigen kann. Bisher habe ich mich der Gattin gegenüber – wie gesagt – etwas bedeckt gehalten. Ich wollte erst mit dir reden. Frau Danner sprach die ganze Zeit davon, dass ihr Mann ermordet worden sei. Sie kam mir erst etwas hysterisch vor, aber nun?«

Irmi überlegte kurz. »Das ist sehr umsichtig von dir. Kannst du warten, bis das endgültige Ergebnis vorliegt?«

»Ja, von mir aus. Ich …« Sein Pager ging. »Ah, es eilt. Ich darf mich verabschieden, Irmi, wir haben ja ohnehin bald Gewissheit.«

Irmi stand bedröppelt am Gang. Eisenhut! Wie war der in den Körper von Julius Danner gelangt? Hatte er das Gift freiwillig eingenommen und durch diese ganze Öffentlichkeit womöglich irgendwas erreichen wollen? Hatte er sich einfach in der Dosierung vertan? Hätte das ein Statement werden sollen? Oder war er ermordet worden? Doch dann hätte ihm jemand auf dem Bulldogtreffen das Gift verabreicht haben müssen! Vor Hunderten von Menschen, wie der Arzt ganz richtig gesagt hatte. Wie sollte man da einen Verdächtigen ausmachen? Die Polizei würde rekonstruieren müssen, wen er getroffen hatte. Ein problematisches Unterfangen inmitten der bierseligen Traktorgemeinde.

Und waren Giftmorde nicht immer Sache von Frauen? Steckte womöglich Danners eigene Frau dahinter? Aber die sollte doch von Anfang an vermutet haben, dass ihr Mann ermordet worden sei. Andererseits gab es auch gute Schauspielerinnen …

Das fing gar nicht gut an.

Langsam fuhr Irmi ins Büro zurück. Es kam ihr alles so unwirklich vor. Spätestens heute war sie vom sonntäglichen Bulldogtreffen in ihren Polizeialltag zurückkatapultiert worden.

Es war siebzehn Uhr, als Uwe Weidenhof Irmi die Nachricht überbrachte: Es war tatsächlich Eisenhut gewesen.

»Ich habe Frau Danner, die gerade hier war, noch ein bisschen vertrösten können. Sie will natürlich wissen, was los ist. Eine sehr vehemente Dame ist das.«

»Danke, wir werden Frau Danner in jedem Fall aufsuchen. Du kannst aber nicht … ich meine, es ist unmöglich …«

»Irmi, meine Gute! Ich kann dem Toten leider nicht ansehen, ob er das Gift freiwillig eingenommen hat oder ob es irgendwo untergemischt wurde. Nur bei Schussverletzungen im Rücken kann ich mir relativ sicher sein, dass es kein Selbstmord war. Du verstehst?«

Irmi legte auf. Witzbold! Selbst bei einem Rückenschuss konnte man sich nicht sicher sein. Es hatte mal einen Fall gegeben, bei dem sich jemand eine diffizile Vorrichtung gebaut hatte, um den Schuss auszulösen, weil er das Ganze wegen der Versicherung als Mord inszenieren wollte.

Kathi tauchte auf, ließ sich auf den aktuellen Stand bringen und meinte: »Da hast du es, oder! Meine Mama sagt auch immer, dass es eigentlich Wahnsinn ist, wo überall Eisenhut rumsteht. Offenbar wissen die wenigsten, wie giftig die Pflanze ist.«

»Das ist doch eigentlich ganz gut. Blödheit schützt vor vielem. Nur wer Eisenhut kennt, wird damit Schaden anrichten. Vielleicht hat Danner das Zeug aus Versehen eingenommen?«

»Meinst du, er ist auf einem Bulldogtreffen mal schnell in einen Vorgarten gehüpft und hat ein paar Blätter Eisenhut gepflückt, obwohl er eigentlich Johannisbeeren brocken wollte, oder was?«, erwiderte Kathi.

»Die wachsen jetzt nicht mehr.«

»Was? Ach so, ja, dann halt Brombeeren. Das ist doch alles Quatsch mit Fruchtsoße. Der Danner wurde ermordet.«

»Das behauptet auch seine Frau«, sagte Irmi.

»Oder sie war die Mörderin?«, gab Kathi zu bedenken.

»Dann fragen wir sie doch mal.«

Die Adresse der Danners lag in Riegsee. Als sie ankamen, herrschte eine kitschig schöne Abendstimmung. Am See war es windig, der Himmel strahlend blau, auf dem Wasser waren kleine Schaumkronen zu sehen. Bilderbuchbayern. Bloß die Rindviecher auf einer der Wiesen sahen komisch aus.

»Was ist das denn?« Kathi starrte aus dem Fenster.

»Neuweltkameliden«, meinte Irmi grinsend.

»Was?«

»Das sind Alpakas. Sie gehören wie Lamas zu den Kamelartigen und laufen als sogenannte Schwielensohler auf zwei Ledersohlen. Wie alle Kameliden sind sie Wiederkäuer, haben aber im Gegensatz zu den normalen Wiederkäuern nur einen dreigeteilten Magen.«

»Aha, danke für den Vortrag. Woher weißt du das alles?«

»Ich hatte mich mal dafür interessiert, welche zu kaufen, was Bernhard aber kategorisch abgelehnt hat.«

»Na, das glaub ich. Eingefleischter Kuhbauer wird von Neuweltkamel bespuckt. Der hätte dich glatt vor die Tür gesetzt«, behauptete Kathi lachend.

»Die spucken nur bei Bedrohung und wären als Schwielensohler super für unsere Moorböden gewesen. Außerdem haben die so einen seelenvollen Blick.«

»Na, merci, Jens hat doch auch einen seelenvollen Blick. Bleib lieber bei dem!«, riet Kathi feixend.

»Pfft«, machte Irmi, und dann waren sie auch schon vor dem Haus der Danners angekommen. Es war ein umgebautes ehemaliges Gehöft, vor dem ein großes Schild mit der Aufschrift »Skydreams« prangte. Zur Linken standen in einer Dreiergarage ein VW-Bus, ein Mini und der Hatz, den irgendjemand nach Hause gebracht haben musste. Irmi und Kathi durchquerten einen kleinen Steingarten, der vor dem Haus lag und in dem ein Brunnen den Großteil des Platzes einnahm.

Kaum ertönte die Türglocke, begann drinnen ein kurzbeiniger kleiner Hund, etwas Weißes mit verzwirbelten Haaren, zu bellen.

Durch die Eingangstür aus Glas, die sich in dem alten Haus seltsam modern ausnahm, sahen sie Nadja Danner, die auf sie zukam und öffnete. Sie schalt den Hund, zischte: »Aus!«, woraufhin der Hund die Rute einzog und über den Boden davonschlich. Irmi versetzte es einen Stich, aber sie war nicht hergekommen, um die Hundehaltung der Danners zu beurteilen. Viel zu oft gerieten sie in Haushalte und auf Höfe, wo die Tierhaltung höchst fragwürdig war. Die Kinderhaltung im Übrigen auch. Immer wieder hatten sie die Amtsveterinäre und das Jugendamt informiert. Doch beide reagierten eher zäh, ignorierten die Missstände, spielten auf Zeit. Bis es zu spät war für die Tiere und die Kinder.

Als Polizistin stand Irmi ohnehin schon an vorderster Front. Die Hoffnungslosigkeit der Menschen lastete schwer genug auf ihr. Wenn dann aber die zuständigen Behörden auch noch Dienst nach Vorschrift machten, empfand sie das als zermürbend.

»Bitte, kommen Sie herein«, sagte Nadja Danner, nachdem sich Irmi und Kathi vorgestellt hatten. Sie war groß, schlank, aber nicht dürr, ihre blondierten Haare hatte sie zu einem Zopf geflochten. Auch ohne ihren leichten Akzent hätte man sie als Osteuropäerin eingeordnet, was nicht nur an den slawischen Wangenknochen lag. Irmi und Kathi hatten vorher recherchiert und wussten, dass Nadja Danner Ende dreißig war. Mit dreizehn war sie als Spätaussiedlerin aus Kasachstan nach Deutschland gekommen.

Im breiten Flur, den sie nun entlanggingen, hingen Bilder von Bergen. Gewaltige Berge, die alle in eine Richtung zu kippen schienen. Sie kitzelten von unten die Wolken, die Fabelwesen in den tiefblauen Himmel malten. Vulkanberge, die aus orangeroten Wüsten emporragten, einer, aus dessen Schlund eine Rauchsäule aufstieg. Bilder von Indios mit bunten Mützen und von Alpakas, die bunte Troddeln an den Ohren trugen und geflochtene Halfter.

»Schön«, sagte Irmi.

»Alles Bilder aus Chile. Jul liebte Patagonien und die Atacamawüste.«

Sie bat die beiden Kommissarinnen in ein Büro. Auf der einen Seite des Raums stand ein moderner funktionaler Schreibtisch aus Metall, dahinter ein passendes Regal mit vielen Ordnern. Auf der anderen Seite befand sich eine urbayerische Eckbank, deren Bezüge schon ein wenig in die Jahre gekommen waren. Das ganze Raumgefüge war kein Wohlfühlraum. Zu viele Brüche und Kontraste.

Da ihnen mal wieder nichts zu trinken angeboten wurde, fiel Kathi gleich mit der Tür ins Haus. »War Ihr Mann suizidgefährdet?«

Nadja Danner lacht kurz auf. Es war ein hysterisches Lachen. »Nein, wirklich nicht. Mein Mann wurde ermordet.«

»Warum sind Sie sich da so sicher?«

»Weil wir Pläne hatten. Keiner von uns wollte sterben. Ich war schon mal nahe dran am Tod. Ich weiß, wovon ich rede.«

»Pläne?«

»Wir wollten weggehen.«

»Wie weggehen?«

»Deutschland verlassen. Weg von diesen Bürokraten. Von der Neidgesellschaft. Den fetten Sesselpupsern. Den

Geizigen und den Unbeweglichen, denen alles Fremde Angst macht.«

»Dann war es ja sinnlos, Ihren Mann zu ermorden. Wenn er eh weggehen wollte, meine ich«, sagte Kathi, die auch für ein paar Sekunden aufgehorcht hatte.

Irmi blieb kurz die Spucke weg. Kathi hatte das Einfühlungsvermögen eines Presslufthammers.

»Wir haben das nicht nach außen kommuniziert«, erklärte Nadja Danner kühl.

»Frau Danner, inzwischen steht fest, dass Ihr Mann vergiftet wurde«, berichtete Kathi.

»Ach, Sie wissen das? Und ich nicht?«

»Nun wissen Sie es ja«, erwiderte Kathi. »Was fällt Ihnen dazu ein?«

»Wollen Sie von mir hören, dass Giftmorde hauptsächlich von Frauen begangen werden? Dass ich es war?«

»Waren Sie es denn?«

»Nein!«

»Haben Sie irgendwelche Substanzen im Haus? Gifte? Medikamente? Drogen?«, fragte Irmi.

»Wir? Jul hat maximal Bier und Rotwein getrunken, schon bei Schnaps hat er abgelehnt. Er nahm nicht mal ein Aspirin. Und wegen des Hundes haben wir auf Schneckenkorn oder sonstiges Zeug immer verzichtet.«

»Und Sie?«, warf Kathi ein.

»Was und ich?«

»Sie sprachen von den Gewohnheiten Ihres Mannes.«

»Ich trinke gar keinen Alkohol, ich kiffe nicht und nehme Medikamente nur in Notfällen. Davon hatte ich schon mehr als genug in meinem Leben.«

»Haben Sie Giftpflanzen im Garten?« Kathi war nicht bereit zurückzuweichen.

»Was?«

»Giftige Pflanzen eben.«

»Wir haben keinen richtigen Garten. Nur vorne ein bisschen und hinten eine große Terrasse. Wir haben keine Zeit fürs Gärtnern.«

Das klang sehr überzeugend, fand Irmi.

»Wie sieht es mit Eisenhut aus?«, hakte Kathi nach.

»Eisenhut?« Nadja Danner wirkte konsterniert.

»Das ist eine Pflanze. Sie hat dunkelgrüne Blätter mit dunkelblauen bis dunkelvioletten Blüten, die in Trauben wachsen. Eigentlich sehr charakteristisch. Und hochgiftig«, sagte Irmi.

»Wollen Sie sagen, dass mein Mann an einer Eisenhutvergiftung gestorben ist?«

»Richtig.«

Nadja Danner bemühte sich, souverän zu bleiben. »Ich bin sicher, dass Jul auf diesem Treffen vergiftet wurde. Ich hatte den ganzen Morgen das Gefühl, er sollte da nicht hinfahren. Ich hab das manchmal. Solche Ahnungen. Aber er liebte Traktoren, und er hatte so wenig Freizeit. Das war das einzige Vergnügen, das er sich gegönnt hat.«

Ein Mann, der fliegen konnte. Der die höchsten Berge erklomm und den Göttern näher kam – sollte dessen einziges Vergnügen ein Bulldogtreffen gewesen sein? Aber wahrscheinlich war der Spaß bei Gleitschirmkursen und beim Bergsteigen recht eingeschränkt, wenn man Gäste dabeihatte, für die man die Verantwortung trug. Die nörgelten, die forderten, deren sportliche Fähigkeiten weit unter dem lagen, was sie auf dem Anmeldungsbogen angekreuzt hatten. Als Veranstalter war das Ganze sicher eine Gratwanderung und ein Affentanz zugleich.

»Waren Sie auch auf dem Bulldogtreffen?«, fragte Kathi.

»Nein, ich wollte den Hund nicht so lange allein lassen. Menschenaufläufe mag sie nämlich gar nicht.«

»Sie waren also den ganzen Tag daheim?«

»Wollen Sie allen Ernstes behaupten, ich hätte meinen Mann vergiftet?« Ihre Stimme wurde lauter. »Ich habe meinen Mann geliebt, mehr als alles andere auf der Welt.«

»Wir müssen das fragen«, schaltete Irmi sich ein. »Hatten Sie Besuch, hat Sie jemand gesehen?«

»Die Nachbarin, ich habe mit ihr gesprochen, auf dem Hinweg meiner Hunderunde und auf dem Rückweg.«

»Das war wann?«

»Ich bin um halb zehn los und etwa eine Stunde später zurück gewesen.«

Wenn das stimmte, war es mehr als unwahrscheinlich, dass Nadja Danner nach Ohlstadt gefahren war, dort ihrem Mann etwas ins Bier gemischt hatte und dann zurückgekommen war. Irmi betrachtete die Frau, die ihr Möglichstes aufbot, um den Polizistinnen nicht den Gefallen zu tun, vor deren Augen zusammenzuklappen. Sie war eine sehr aparte Frau, aber sie war nicht einfach nur ein schmückendes Weibchen. Das spürte Irmi.

»Darf ich fragen, was Sie beruflich machen?«

»Ich mache das ganze Administrative in unserem Betrieb. Zum Beispiel organisiere ich das Catering auf längeren Touren – und ich modele gelegentlich. Trachtenmode vor allem.« Sie hatte Kathis spöttischen Blick aufgefangen. »Oder glauben Sie, ich wäre zu alt?«

Letzteres kam in einem Ton, der erneut aufhorchen ließ. Sie konnte auch anders. In dieser Frau steckte viel Temperament.

»Wenn Sie eine Midlife-Crisis haben, ist uns das egal. Vierzig ist ja heutzutage kein Alter«, kommentierte Kathi. »Aber manchen setzt es offenbar zu.«

Nadja Danner maß Kathi mit einem Blick, der jeden badewannenwarmen karibischen Ozean schockgefrostet hätte. Dennoch behielt sie die Beherrschung.

»Frau Danner, wir müssen uns ein Bild von Ihrem Leben machen«, fuhr Irmi fort. »Sie erheben schwere Vorwürfe. Und Ihr Mann ist an einer Eisenhutvergiftung gestorben. Wir brauchen jeden Input, den wir bekommen können.«

»Input wollen Sie? Den können Sie haben. Diese Verbrecher haben meinen Mann getötet.«

»Welche Verbrecher?«

»Na die, die …« Nadja Danner brach ab.

»Welche Verbrecher? Wenn Sie einen Verdacht hegen, sollten Sie uns das sagen!« Irmi sah die Frau scharf an.

Nadja Danner zögerte. Sie atmete schwer. »Na ja, die Verbrecher, vor allem aber Barbara Mann.«

»Wer ist das?«

»Sie ist die Geschäftsführerin der GmbH.«

»Welcher GmbH?«, wollte Kathi wissen.

»Der Cool GmbH. Die ruinieren uns, und zwar wissentlich! Aber mein Mann hat sich ihnen mutig entgegengestellt.«

Das klang so kriegerisch, als hätte er ganze Armeen zum Aufmarschieren gebracht.

»Frau Danner, könnten Sie uns bitte kurz das System der CoolCard erklären, anstatt hier dramatisch zu werden?«, bemerkte Kathi bissig.

Nadja Danner schnaubte, die Flügel ihres Näschens zuckten. Dies war gewiss kein Kunstwerk der plastischen Chirurgie. Die ganze Frau war pure Natur, und Irmi war überzeugt, dass diese Natur Männer mächtig beeindruckte.

»Die CoolCard funktioniert nur, indem ganze Orte beitreten. Sie zahlen eine Beitrittsgebühr, die von der Höhe ihrer Übernachtungszahlen abhängt. Vermieter solcher Orte können entscheiden, ob sie diese Karte anbieten wollen. Die Landis ...«

»Wer?«

»Die Landis, das sind die Vermieter, die zahlen dann pro Gast und Nacht fünf Euro in den großen Topf, aus dem die Attraktionen bezahlt werden. Die Seps ...«

»Die wer?«

»Die Service Providers – also diejenigen, die etwas anbieten wie Bootfahren, Bergbahnen, geführte Wanderungen – bekommen eine Ausschüttung pro Frequi.«

»Frequenz pro Nutzer des Angebots, nehm ich an.«

»Genau.«

»Der bayerische Tourismus kann doch sicher davon profitieren. Auch wenn jetzt angeblich alle Urlaub in Deutschland machen wollen – jede Region buhlt um ihre Gäste, da muss man sich schon was einfallen lassen«, sagte Kathi, die sich wieder etwas runtergefahren hatte.

»Aber was glauben Sie, wen die Cool GmbH als Gäste heranzieht? Nur die Sparbrote. Geiz ist geil.«

Über Irmis Gesicht huschte ein leises Lächeln. »Sparbrötchen.«

Nadja Danner lächelte zum ersten Mal, und hinter der schönen Fassade blitzte etwas sehr Sympathisches durch. »Brötchen, stimmt. Aber das sind schon eher dicke Roggenbrote, so geizig sind die. Ich bin der Meinung: Wenn etwas nichts kostet, dann ist es nichts wert.«

»Ja, aber es kostet doch was?«, sagte Irmi zögerlich. »Also diese Umlage …«

»Die Landis dürfen ihren Gästen nicht sagen, was sie genau einzahlen. Wenn so was verschwiegen wird, dann muss ja was im Argen sein. Es ist doch klar: Wenn ich für eine Ferienwohnung vorher für vier Personen fünfzig Euro am Tag verlangt habe, dann muss ich mit CoolCard siebzig verlangen. Das tun aber viele nicht, weil es ihnen zu teuer erscheint. Fünfzig Euro minus zwanzig minus all den Energiekosten, Reinigung, Waschen der Bett- und Tischwäsche – da bleibt nichts hängen, das ist doch sittenwidrig!«

Irmi dachte an Lissis Ferienwohnungen. Da blieb gewiss auch nicht viel hängen, wenn man die Arbeitszeit fürs Putzen, Waschen oder Renovieren mitrechnete.

»Na gut …«, setzte Irmi an.

»Nichts ist gut! Denn selbst wenn die Vermieter der Region was draufschlagen auf ihre Preise, dann steuern sie in eine Zweiklassengesellschaft. Schließt man sich ihr als Hotelier nicht an, verliert man die Gäste, die die Karte möchten. Schließt man sich ihr als Hotelier an, verliert man die Gäste, die die Karte nicht möchten.«

»Aber eigentlich müsste doch jeder so eine Karte wollen«, sagte Kathi.

»Es gibt ältere Gäste, die nur wandern möchten, die nutzen die Karte gar nicht, zahlen aber mehr für die Übernachtung. Es gibt Leute, die nur ein- oder zweimal übernachten und nur das Spa im Hotel nutzen wollen, die brauchen diese Karte auch nicht. Die gehen ja gar nicht vor die Tür. Es gibt auch immer noch Gäste, die zwei bis drei Wochen bleiben und maximal alle vier Tage mal was unternehmen. Die können diese eine Bergfahrt auch so bezahlen.«

Irmi überlegte. »Und das Ganze funktioniert doch eh nur, wenn nicht alle unentwegt alles nutzen, oder? Denn sonst teilt sich der Braten ja durch viel zu viele Esser?«

»Genau. Und die Seps bekommen sowieso nur einen Bruchteil ihres Normalpreises. Jedes Jahr ist das Rating anders. Tendenz sinkend. Wenn Sie sonst für Ihren Alpenzoo zehn Euro Eintritt verlangen, bekommen Sie über die CoolCard eventuell weniger als die Hälfte.«

»Aber hab ich nicht lieber den halben Eintritt als gar keine Gäste?«, gab Kathi zu bedenken.

»Auch so ein Mythos! Es gibt den Fall eines Lama- und Alpakaparks, der schließen musste. Alle Tiere verkauft! Weil die Inhaberin sie nicht mehr füttern konnte.«

»Ja, aber man könnte doch austreten!«

»Schon, aber die Kündigungsfristen sind lang, und dann stehen Sie mit Ihren Normalpreisen im Regen. Angenommen, es gibt in einem Ort drei Fahrradverleihe. Wenn zwei davon ans CoolCardsystem angeschlossen sind, wird der dritte kein Fahrrad mehr verleihen. Wenn es noch zwei andere Wildparks gibt, wo der Eintritt scheinbar nichts kostet, dann verhungern Sie und Ihre Tiere erst recht. So wird man hineingezwungen, und das ist keine freie Marktwirtschaft mehr!«

So ganz klar war Irmi das alles nicht. Wenn eine Region das einführte, würde man sich doch etwas dabei gedacht haben?

»Hat da die Kritik Ihres Mannes angesetzt?«, fragte Irmi. »Also, dass es keine freie Marktwirtschaft ist?«

»Das auch, aber es begann damit, dass Angebote über fünfundzwanzig Euro Normalpreis gar keinen Eingang ins System finden.«

»Wie bitte?«

»Wir hätten gar nicht beitreten können. Unsere günstigste Aktion ist ein Halbtagesschnupperkurs Paragliding. Der kostet neunundvierzig Euro bei einer Beteiligung von mindestens fünf Gästen. Würden wir teilnehmen wollen, hätten wir mit dem Normalpreis auf fünfundzwanzig Euro runtergehen müssen. Rausbekommen hätten wir dann etwa fünfzehn Euro, was der Wahnsinn wäre bei dem Angebot. Das Equipment ist teuer, die Versicherung kostet viel, und die Veranstaltung ist sehr betreuungsintensiv. Verstehen Sie?«

»Ja, irgendwie schon, aber …«

»Frau Mangold! Wenn Sie mit Ihrer Familie eine Woche Urlaub machen, und Sie haben 150 Pseudogratisangebote, dann nehmen Sie nicht mehr wahr, was Sie was kostet. Das ist wie bei den All-inclusive-Hotels in der Dominikanischen Republik. Die Gäste haben alles in der Anlage, die sind sich zu schade, irgendwo einen Kaffee für lächerliche fünfzig Cent zu trinken! Vor der Karte hatten wir etwa 1500 Buchungen im Jahr, heute sind es 700. Die Karte blutet nicht nur uns aus, sondern viele andere auch!«

»Und Ihr Mann war der Kopf einer Gruppierung, die gegen diese Karte war, nicht wahr? Weg mit der Cool-Card! Haben Sie die Namen der Mitglieder?«

Nadja Danner stand auf, ging zum PC, tippte etwas ein, und der Drucker spie wenig später einige Blätter aus.

»Das sind die Namen und Kontaktdaten aus dem Verteiler. Es sind sechsundfünfzig Leute.«

»So viele?«

»Ja, Hoteliers sind darunter, potenzielle Seps, auch Aussteiger. Bitte schön.«

Aussteiger, das klang nach Sekte, und wieder einmal war Irmi überrascht, dass es Dinge in ihrem direkten Heimatumfeld gab, die sie nicht betrafen und die sie deshalb nie zur Kenntnis genommen hatte. Aber nun betraf sie die ganze Sache rund um diese Landis, Seps und Frequis.

»Frau Danner, Sie denken, die Position Ihres Mannes, oder besser gesagt, seine Opposition gegen die Karte könnte ein Mordgrund gewesen sein«, fasste Irmi zusammen.

»Mein Mann hat prozessiert, es läuft ein zweites Verfahren, und einen Prozess hat er schon gewonnen.«

»Inwiefern?«

»Die GmbH musste ihre Werbeplakate entfernen. Da steht jetzt: *Nebenkostenfrei ins Urlaubsglück.* Der ursprüngliche Text lautete: *Kost-nix-Urlaub.* Das Gericht hat den Klägern recht gegeben, dass das unlauter ist.«

»Was dem Image der GmbH ziemlich geschadet hat, nehme ich an?«, fragte Irmi.

»Dem Image hat es ganz sicher geschadet, aber auch finanziell musste die GmbH tief in die Tasche greifen. Sie musste nämlich die ursprüngliche Kuh auf dem Plakat gegen den Steinbock austauschen, denn die Kuh war geklaut, und der Künstler hatte da sein Copyright drauf und hat Schadenersatz verlangt.«

»Der Künstler lebt aber noch?«, rutschte es Kathi raus.

Nadja Danner zuckte kurz zusammen, beherrschte sich aber. »Dem Künstler ist der Missbrauch seines Bildes erst durch den medialen Rummel rund um den Text auf den Werbeplakaten aufgefallen. Er hatte bis dahin gar nicht gewusst, dass seine Kuh auf den Plakaten prangte.«

Der kleine Hund war hereingekommen. Er hatte die Rute eingeklemmt und knurrte kurz in Kathis Richtung.

»Kira, mach Platz!«, sagte Nadja Danner, und das Tier trollte sich in einen Korb neben dem Schreibtisch. Ihre Augen waren weit geöffnet, der ganze kleine Hund war ein Panikbündel.

»Sie ist etwas verschreckt, oder?«, fragte Irmi ganz sanft.

»Ja, sie ist völlig durch den Wind, seit Jul weg ist. Sie war aber vorher schon sehr ängstlich. Er hat ihr Sicherheit gegeben.« Nun begann Nadja Danner doch zu weinen. »Sie müssen etwas tun, Sie müssen den Mörder finden!«

Irmi warf Kathi einen Seitenblick zu. Beide standen auf. »Frau Danner, haben Sie von irgendeiner Seite Unterstützung?«, fragte Irmi.

»Meine Schwester kommt heute. Bitte tun Sie etwas!«

»Natürlich werden wir unser Bestes tun, um den Mörder Ihres Mannes zu finden.«

Was hätte Irmi jetzt noch sagen sollen? Wir bleiben in Kontakt? Ich gebe Ihnen meine Karte? Leben Sie wohl? Nadja Danner würde in der nächsten Zeit ganz sicher nicht »wohl leben« können. Das Leben war ein täglicher Tatort, nur dass es leider keine Fiktion war, sondern Realität. Das Leben schrieb nämlich noch schlechtere Drehbücher als die *Tatort*-Schreiberlinge.

Als sie wieder im Auto saßen, meinte Kathi: »Jetzt wissen wir aber immer noch nichts über den aktuellen Prozess wegen dieser Karte.«

»Nein, aber das werden wir bei einem der anderen Mitglieder dieser Antivereinigung erfragen können. Frau Danner war jetzt am Limit.«

Irmi hätte gerne noch hinterhergeschickt, dass Kathi mit ihren flapsigen und unpassenden Äußerungen daran einen großen Anteil gehabt habe, doch sie verkniff es sich. Auch Kathi schwieg. Im Grunde war das nichts als eine beidseitige Deeskalation und schon weitaus besser als in den ersten Jahren ihrer Zusammenarbeit.

Kathi nahm sich die Liste der CoolCard-Gegner vor. »Da steht auch der Häringer Gustl drauf.«

Der Häringer Gustl war Hotelier eines Vier-Sterne-Superior-Hotels. Auch bei der Nolympia-Bewegung in Garmisch war er an vorderster Front gewesen. Er war blitzgescheit, kannte die richtigen Leute, auf gut Bayrisch war der »koa Depp ned«, auch keiner, den man als etwas wunderlichen Querulanten abtun konnte. Auf der Liste standen noch weitere durchaus honorige Bürger, irgendwas musste wohl dran sein an der Kritik an der Karte.

»Ich werde auch Lissi befragen, sie hat diese Karte für ihre Gäste. Ich wollte gestern schon mit ihr reden, aber dann kam eine Kälbergeburt dazwischen.«

»Dann ist Lissi ein Landi, oder?«, meinte Kathi und kicherte. »Mensch, ist das dämlich!«

»Angewandte Anglizisseritis eben.«

»Aber echt! Fahren wir zu Gustl Häringer?«

»Gute Idee. Aber bitte erst morgen. Für heute reicht es mir. Außerdem platzen wir da sonst in ein Candle-Light-Dinner oder so. Für eine solche Nobelherberge fühle ich mich heute nicht angemessen gekleidet.«

Eigentlich war Irmi für solche Hotels nie ganz richtig gewandet. Denn selbst wenn sie eine schwarze Stoffhose anzog und ein Oberteil mit ein paar Pailletten – sie wirkte nie wirklich elegant. Einmal Bauerntrampel, immer Bauerntrampel.

Die beiden Kommissarinnen machten sich auf den Weg. Kathi wollte ihrer Tochter noch bei Mathe helfen. Seltsamerweise war Kathi in diesem grausamen Fach ziemlich gut gewesen. Irmi hingegen hatte nichts vor. Wie so oft. Zu Hause vor dem Fernseher blieb sie beim Zappen an Woody Allens *Midnight in Paris* hängen und erlag dem Zauber dieses Märchens. Die Idee, per Taxi in eine andere Zeit zu reisen, war charmant und verführerisch zugleich.

3

Irmi kippte Mittwochmorgen zwei Tassen Kaffee hinunter. Das Brot war immer noch alle, auch der Toast für den Notfall war ihr ausgegangen, und der Joghurt musste irgendwo in einem schwarzen Loch im Kühlschrank verschwunden sein. So wie die Socken in der Waschmaschine.

Sailer rief an. Schon wieder so früh? Konnte er nicht warten, bis sie im Büro war?

»Wo waren die Damen gestern?«

»Riegsee.«

»San Sie beim Baden g'wesn?«

»Nein, Sailer, wir wollten Alpakas scheren.«

»Hä?«

»Egal, worum geht es?«

»Die ham von Mittenwald aus angerufen. Vom Campingplatz.«

»Aha.«

»Die moanen, da kimmt oaner nimmer mehr aussi aus seim Wohnwagen.«

»Ja, und?«

»Ob sie den aufbrechen sollen?«

»Sailer! Also wirklich! Was geht uns das an? Die sollen die Polizei vor Ort informieren. Ich treff mich jetzt gleich mit der Kathi beim Häringer. Wegen dem Danner.«

»Aha«, sagte diesmal Sailer und legte auf.

Irmi traf um neun vor dem Hotel ein. Kathi war sogar pünktlich gekommen. Vor dem Hotel parkten zwei Limousinen. Aus der einen entlud der Houseboy gerade zwei Golfbags. An der Rezeption waren grasgrüne Äpfel in einer Holzschale platziert, ein Grün, das genau zu den Dirndlschürzen der Rezeptionistinnen passte. Der junge Mann, der nach ihren Wünschen fragte, trug ein Gilet in ebendieser Farbe. Er war ausnehmend höflich und versprach, sofort den »Herrn Direktor« anzurufen. Wenig später kam er mit der Botschaft wieder, dass es zehn Minuten dauern würde. Sie bekamen einen Platz in der Tageslounge angeboten, einen köstlichen Cappuccino mit hausgemachten Keksen dazu. Irmi und Kathi sanken in tiefe Sessel – wie Urlaub war das hier.

»Ich glaub, Geld macht doch sehr, sehr glücklich«, stöhnte Kathi und schloss die Augen.

Es war beinahe ein wenig störend, als Gustl Häringer auftauchte. Auch er trug das Corporate-Identity-Grasgrün im Karohemd unterm Janker. Er ging auf die sechzig zu und war noch immer ein attraktiver Mann. Irmi kannte ihn noch aus der Schulzeit.

»Das ist aber schön, Irmi. Grüß Gott, Frau Reindl.«

Obwohl er mit Kathi noch nie zu tun gehabt hatte, war er über ihren Namen informiert. Gustl wusste viel, er war erfolgreich, souverän, smart.

»Dürfen wir dich was zu Danner fragen, Gustl, und zu dieser Karte?«

Über den offenen Augen des Hoteldirektors zogen Wolken auf. »Was für eine Tragödie mit Julius! Ich habe gleich danach mit Nadja telefoniert und ihr angeboten, hier im Hotel zu wohnen, wenn ihr die Decke auf den Kopf fällt. Aber sie hat abgelehnt. Nadja ist eine sehr stolze Frau.«

»Und eine sehr schöne«, bemerkte Irmi.

Gustl lachte. »Dahin gehend habe ich keinerlei Ambitionen. Ich habe Julius also nicht ermordet, um die Witwe nach angemessener Zeit zu ehelichen.«

Gustl hatte überhaupt nie eine Dame geehelicht. Es stand seit Jahrzehnten in dicken Lettern über der Alpspitze, dass Häringer schwul war. Er hatte das nie bestätigt, aber auch nicht dementiert. Es war faszinierend, wie diskret er jedes Privatleben unter dem Deckel hielt. Aber dass er eins hatte, daran zweifelte Irmi keine Sekunde.

Gustl bat sie in sein Büro, das gediegen war, aber nicht protzig. Er ließ Wasser und Holundersaft bringen.

»Irmi, was kann ich in dem Fall für dich tun?«

»Gustl, freiheraus: Hätte Julius Danner auch Selbstmord begehen können?«

»Nein, niemals.«

»Warum nicht?«

»Er war ein Kämpfer. Genau wie Nadja. Warum hätte er sich umbringen sollen?«

»Die Ehe war gut?«

»Ja, die beiden haben sich ergänzt. Nadja ist sicher sehr schön, und klug ist sie obendrein. Sie mag auf den ersten Blick arrogant wirken, aber das ist sie nicht. Viel Bodenhaftung hat sie, und exzellent kochen kann sie auch. Sie scheut sich auch nicht, Aufgaben einer klassischen Hausfrau zu übernehmen und die Buchhaltung im Betrieb.« Er lächelte kurz.

»Sind wir da beim Klischee der schönen Ostfrau, die alles kann, um den Mann glücklich zu machen? Vögeln, kochen und putzen?«, stänkerte Kathi dazwischen.

»Liebe Frau Reindl, ich habe nur den Eindruck, dass so manche deutsche Frau Emanzipation falsch versteht. Emanzipation findet im Kopf statt – sie besteht nicht darin, nur Tütensuppen in der Mikrowelle zu erwärmen. Ich kann mit Fug und Recht sagen, dass die beiden wirklich ein sehr stimmiges Paar waren. Nadja war auch eine herausragende Bergsteigerin, sie ist mit dreißig auf einer Kamtschatka-Expedition abgestürzt und hat sich schwer verletzt. Aus dieser Zeit kannte Julius sie auch. Er war damals der Expeditionsleiter gewesen.«

»Ach, deshalb sprach sie davon, dass sie den Tod kenne und in ihrem Leben schon mehr als genug Medikamente eingenommen habe«, sagte Irmi überrascht.

»Ja, sie ist dem Tod wirklich von der viel zitierten Schippe gesprungen. Nadja musste sich damals mehreren Operationen unterziehen. Julius hat sie wieder aufgebaut. Er war auch ein überaus besonnener Bergführer, ich hätte jederzeit mein Leben in seine Hand gelegt. Wenn er Verantwortung für andere hatte, war er dreifach vorsichtig, nur …«

»Nur?«

»Nur im Umgang mit sich selber war er weniger sensibel.«

»Gustl, was heißt das?«

»Er konnte aufbrausend sein, absolut undiplomatisch, er unternahm allein absolute Kamikazetouren, er trank auch mal zu viel.«

»Nadja Danner hat gemeint, er trank nur sehr mäßig Rotwein und Bier«, sagte Irmi überrascht.

»In ihrem Beisein mag das auch so gewesen sein. Ich hab ihn auch nie harte Sachen trinken sehen, aber Rotwein hat er doch in weit mehr als homöopathischen Dosen getrunken.«

Danners Leben schien einer Achterbahnfahrt geglichen zu haben. Offenbar war er extrem fürsorglich gewesen, was seine Schutzbefohlenen betraf, hatte sein eigenes Leben hingegen gering geschätzt. Klang das nicht doch eher nach einem Suizidkandidaten?

»Aber auch du bist überzeugt, dass er ermordet wurde, Gustl?«

»Ja.«

»Nadja hat sofort gesagt, jemand von der GmbH sei es gewesen«, sagte Irmi. »Ist das wahrscheinlich?«

Gustl Häringer lächelte. »Irmi, fragt ihr nicht immer nach Feinden?«

»Die im Fernsehen tun das, ja. Wir auch, manchmal.«

»Wenn du Feinde von Julius Danner suchst, dann findest du sie in der Tat am ehesten in der GmbH.«

»Wir haben gehört, dass die Macher der CoolCard seinetwegen den ganzen Marketingauftritt verändern mussten. Stimmt das?«

»Nun, der Anwalt von Julius hat argumentiert, dass die Bezeichnung Kost-nix-Urlaub unlauter sei, denn die Übernachtungspreise sind ja deutlich höher. Und das Gericht entschied auch, dass dem Übernachtungsgast nicht bewusst vorgegaukelt werden könne, er erhalte die Leistungen der Karte kostenlos. Zudem kam ans Licht, dass im Bücherl, das die Leistungen listet, eben auch Angebote verzeichnet sind, die für jeden Gast des Ortes sowieso kostenlos sind, bestimmte Wanderungen zum Beispiel.«

»Okay, das ist schon gemein«, stimmte Irmi zu. »Die haben also in der Folge die Schilder und Werbebanner ausgetauscht, aber mordet man deshalb?«

»Eigentlich stünde ein zweiter Prozess vor der Tür. Auf der Website des Tourismusverbands Loisach-Ammer waren nämlich von einem Tag auf den anderen alle Verlinkungen zu Danners Firma Skydreams gelöscht, und auch in den Nachbarlandkreisen gab es Julius Danner nicht mehr. Seine Flyer wurden entfernt und vernichtet. Julius wurde öffentlich und auch per E-Mail von mehreren Tourismusdirektoren bedroht und unter Druck gesetzt, dass er sein Verhalten einzustellen habe, da es dem Tourismus schade. Hier setzt nun Danners Anwalt an: Er argumentiert, dass die Löschung der Links nicht nur Danners Firma schade, sondern der gesamten Region – Skydreams ist nämlich auch eine Attraktion dieser Gegend. Zudem ist jede Gemeinde zur Förderung des Tourismus verpflichtet, und das lässt sich mit einer Löschung dieser Links nicht vereinbaren. Außerdem hat Danner wie viele andere auch eine Tourismusabgabe gezahlt. Der Anwalt spricht von Diskriminierung. Schließlich dürfe Danner doch eine eigene Meinung über das System der CoolCard vertreten. Er verlinke seine Seite ja dennoch mit der Regionshomepage. Ich sehe das auch so: Er hat ja nur einem einzigen Tourismusprojekt kritisch gegenübergestanden. Das muss ja wohl erlaubt sein. Die Region übt Zensur aus, sie diszipliniert einen Einzelnen.«

Gustl schenkte ihnen Wasser nach und fuhr fort: »Bei den Juristen geht es am Ende um den legitimen Zweck, die Erforderlichkeit und die Angemessenheit. Im Fall Danner war das Verhalten der GmbH sicher nicht angemessen. Es wäre interessant gewesen zu sehen, wie der Prozess ausgegangen wäre. Vielleicht wäre der Richter dem Anwalt dahin gehend gefolgt, dass Skydreams in jedem Fall von der Tourismuswerbung der Region abhängig ist.«

»Das heißt, der Anwalt war gut?«

»Ich denke schon. Du weißt ja, wie es ist: Am Ende liegt es am Richter, das Ganze wäre in München verhandelt worden, und das mediale Interesse war schon beim ersten Prozess groß. Beim zweiten hätten wir so einiges an Pressearbeit aufgeboten.«

»Jetzt sagen Sie wir? Wir – sind das die Mitglieder der Gegenbewegung? Verstehe ich es richtig, dass viele dagegen waren, aber nur Julius Danner prozessiert hat. Haben die anderen ihn da nicht im Regen stehen lassen?«, warf Kathi ein.

»Danner musste prozessieren, denn die Löschung der Links hat ja auch nur ihn betroffen. Es gibt aber durchaus Leute, die ihm für die Anwaltskosten Geld zuschießen. Ich auch.«

Irmi runzelte die Stirn. Da stand also einer als Galionsfigur im Rampenlicht, hielt den Kopf hin, während andere zu Hause die Strippen zogen. Das gefiel ihr nicht. Da war doch was faul.

Gustl Häringer schien Irmis Gedanken zu ahnen. »Ich habe auf meiner Homepage einen Absatz, in dem ich die Vor- und Nachteile der Karte aufzeige. Auch ich wurde massiv attackiert, man hat mich als Lügner bezeichnet und mir eine undifferenzierte persönliche Meinungsäußerung unterstellt. Ich muss immer wieder darlegen, dass ich lediglich Fakten aufzeige und erklären muss, warum der Kunde bei mir nicht mit der CoolCard ›bezahlen‹ kann. Das erfährt er dann eben.«

»Deine Links wurden aber nicht gelöscht?«, fragte Irmi.

Sie erahnte die Antwort allerdings schon. Häringers Hotel war ein Leitbetrieb, einer, auf den man auch auf internationaler Ebene während des Weltcups, während der Vierschanzentournee oder des Richard-Strauss-Festivals nicht verzichten konnte. Auf einen Danner konnte man sehr wohl verzichten.

»Nein, wurden sie nicht.«

»Warum sind Sie denn nicht dabei?«, wollte Kathi wissen.

»Weil die Entgelte für die Seps weder kostendeckend noch auskömmlich sind, und es werden keine hochwertigeren Tourismusleistungen in das System aufgenommen. Ein weiterer Punkt: Jeder Landi muss für Kinder unter sechs ins System einzahlen, die Seps aber bekommen für Kinder bis zum vollendeten sechsten Lebensjahr keine Ausschüttung.«

»Wie? Das versteh ich nicht«, sagte Irmi.

»Nimm beispielsweise den Lama- und Alpakapark. Die waren dabei und hatten den ganzen Sommer über Berge von Gästen. Aber wer geht zum Lamatrekking? Familien mit kleinen Kindern. Wer ist am betreuungsintensivsten? Kleine Kinder! Corinna Heimer ist pleite gegangen, weil sie zwar totale Auslastung hatte, aber nichts verdient hat.

Die hat Touren mit zehn Kindern gemacht, wo sie für kein einziges Kind auch nur einen Cent gesehen hat! Leute, das ist doch kriminell. Und es bringt die Leute um ihre Existenz. Und um den Verstand – Corinna ist in psychiatrischer Behandlung.«

Das fand Irmi nun doch etwas polemisierend. »Aber das beträfe dich ja gar nicht. Du wärst ja nur Landi.«

»Ich sehe einfach, dass wir auf ein System setzen, das uns langfristig ruinieren wird. Das Wesen der Demokratie ist der Meinungskampf um die beste Lösung. Wir ziehen uns hier nur die Geizhälse heran. Warum wollen wir Gäste, die für eine Leistung nichts zu bezahlen bereit sind? Gegen eine Karte an sich haben wir nichts einzuwenden, aber das System sollte anders sein, fairer und transparenter. Momentan buchen solche Gäste, die an diesem ungerechten Umlagesystem nicht teilnehmen möchten, eben bei mir oder bei anderen ohne Karte. Das ist legitim. Wir beschädigen damit das Tourismusangebot ja nicht.«

»Merkst du denn was an deiner Auslastung?«

»Nein, die war immer schon hoch.«

Natürlich war sie das. Vier- und Fünf-Sterne-Betriebe waren immer ausgelastet. Wer zweihundertfünfzig Euro die Nacht zahlte, war auf eine solche Karte nicht angewiesen. Der Exklusivgast würde wohl golfen und im Spa schwelgen, was interessierte den eine kostenfreie Bergfahrt?

»Aber es muss doch jemand von der ganzen Sache profitieren?«, sagte Irmi nach einer kurzen Pause, in der sie alle drei geschwiegen hatten.

»Klar, der Geizhalsgast hat was davon, manche Vermieter auch, weil nun wirklich mehr Leute kommen, aber die Seps sind zu achtzig Prozent verraten und verkauft. Ich gebe dir ein Dossier mit, Irmi, das wir zusammengestellt haben. Letztlich gilt die alte Wahrheit: Was nichts kostet, ist nichts wert!«

»Das leuchtet mir schon ein. Aber war die Beschädigung des Konzepts durch Danner wirklich so gravierend, dass er weg musste? Wem war er denn so ein Dorn im Auge?«

»Irmi, ich sehe dir an, dass dir das alles etwas dünn vorkommt, aber der Tourismus ist nach den Belangen der Bauern das zweite goldene Kalb. Die Olympia-Ablehnung hat der Welt gezeigt, was für ein renitentes Völkchen wir hier sind. Andere Regionen haben auch Berge, die Konkurrenz schläft nicht. Also müssen wir dranbleiben. Wir müssen nett sein und geduldig, dabei dennoch urig und boarisch, gute Gastgeber, besser als die Österreicher. Die Ösis aber haben den schöneren Dialekt, und sie bieten überall sofort a Schnapserl an. Tirol ist eine Marke, das Werdenfelser Land nicht. Da ist einer wie Danner weit mehr als nur ein Sandkörnchen im Getriebe.«

»Hast du konkrete Namen?«

»Es gibt einen Geschäftsführer der Cool GmbH, dessen Job ist ohne die Karte futsch. Ich glaube auch, dass er sich anderswo schwertut, wenn er hier mit so einem Renommierprojekt scheitert. Die Geschäftsführerin des Tourismusverbands Loisach-Ammer hasst Danner geradezu – ziemlich unprofessionell, wenn du mich fragst. Ich weiß, dass die Danners mit Barbara Mann, so heißt die Dame, früher sogar mal befreundet waren. Keine Ahnung, was da vorgefallen ist. Außerdem gibt es einen Bürgermeister im

Allgäu, der sich besonders gegen Danner ins Zeug legt. Es geht halt um ein glänzend gülden Kälbchen.« Er lächelte. »Aber macht euch doch selber ein Bild!«

Gustl Häringer stand auf und drückte Irmi einen Schnellhefter in die Hand. »Schau dir das an. Wenn du noch Fragen hast, jederzeit. Jetzt muss ich weiter. Habe die Ehre, die Damen.«

»Wie geht das denn jetzt mit eurer Front gegen die Karte weiter?«, fragte Irmi, die sich etwas überfahren vorkam.

»Wir haben morgen eine Sitzung. Wenn Danner wirklich ermordet wurde, und das wegen seines Widerstands – das würde Wellen schlagen, Irmi!«

Wollte er das, weil sich das gut vermarkten ließ? Gustl Häringer war ein ausgebuffter Hund, und so sympathisch er auch rüberkam: So weit wie er brachte man es nicht, wenn man nur zuvorkommend war.

Kathi und Irmi durchquerten die Lobby, wo gerade zwei alternde US-Diven ihre XS-Ärschlein in sehr kurzen Golfshorts zeigten und lautstark mit dem Barkeeper flirteten. Alles war so was von »awesome«.

Kathi blies Luft aus. Sie gingen durch die Drehtür, und als sie schließlich draußen standen, war es, als wären sie aus Wonderland ausgespien worden.

»Welcome back to reality!« Kathi verzog das Gesicht. »Vielleicht sollte ich doch reich heiraten.«

»Nur zu!«

»Dann hättest du aber keine Partnerin mehr. Ich würde dann golfen, meine Titten vergrößern lassen und meine Jacht vor Sardinien schaukeln.«

Irmi sah auf. Was, wenn Kathi tatsächlich eines Tages aufhörte? So unwahrscheinlich war das doch nicht. Sie war Anfang dreißig, da lag noch viel Leben vor ihr. Kathi war zwar eine stete Herausforderung für Irmi, und manchmal hätte sie ihre Kollegin am liebsten auf den Mond geschossen, aber ganz ohne Kathi …?

»Das wäre sehr schade«, sagte Irmi und suchte Kathis Blick, aber die war gedanklich längst woanders.

»Nehmen wir mal an, einer der Herren und Damen hat den Danner wirklich verräumt, dann müsste er oder sie aber auf dem Bulldogtreffen gewesen sein, oder?«

»Völlig richtig, Kathi. Da könnte Andrea mal genauer nachrecherchieren. Und Sailer kann ihr helfen. Wir …«

In diesem Moment klingelte das Telefon.

»Wo san die Damen jetzt?«, fragte Sailer.

»Jetzt stehen wir vor Häringers Schlaraffenland.«

»Dann lassen S' die Schlaraffen! Sie sollten pfeilgrad auf Mittenwoid fahrn. Do is a Toter.«

»Was?«

»Ja, in dem Wagen, den wo die jetzt doch aufbrochen ham.«

»Ein Toter in einem Wohnwagen, versteh ich das richtig?«, fragte Irmi.

»Ja, der flackt in einem Wohnwagen. Und des is …« Sailer schien ein Lachen zu unterdrücken. »Des is a Holländer. Was aa sonst.«

Dabei gab es durchaus andere Nationalitäten, die dieser Urlaubsform frönten. Irmi fand Campingurlaub mehr als gruselig. Wagentür an Wagentür, Vorzelt an Vorzelt, Grillen mit den Zeltnachbarn, Abwasch im Waschhaus. Duschen, da wo auch Menschen duschten, über deren Hygienezustand man lieber gar nicht nachdenken wollte. Immer den Chlorgeruch schärfster Putzmittel in der Nase.

Irmi hatte das letzte Mal mit neunzehn am Gardasee gezeltet. Es hatte zehn Tage durchgegossen. Sie hatten gesoffen und alberne Wetten abgeschlossen wie: »Trinkst du den ganzen Sud aus dem Olivenglas aus?« Und sie hatten geklaut. Auch Irmi, die spätere Polizistin. Sie hatten sich einen Spaß daraus gemacht, in der Ladenzeile von Limone Regenschirme zu stehlen, dann aufzuspannen, eine Weile damit herumzulaufen und sie wieder zurückzustellen. Alles in allem war das ein in jeder Form feuchtfröhlicher Urlaub gewesen, großartig in der Rückschau – aber man idealisierte ja solche Jugenderlebnisse gerne etwas.

Irmi versuchte ins Hier und Heute zurückzukehren. »Ein toter Niederländer? Weiß man schon mehr, Sailer?«

»Naa, der Hase is am Weg.«

»Danke, Sailer, wir sind dann auch unterwegs«, meinte Irmi und steckte das Handy weg.

»Der Sailer ist der Hammer. Mit jedem Jahr mehr«, sagte Kathi, nachdem Irmi sie auf den neuesten Stand gebracht hatte. »Tja, und der Summa is umma, die Hitzelähmung vorbei. Die Toten purzeln nur so von den Traktoren und aus den Wohnwagen.«

Sie verließen Garmisch-Partenkirchen und fuhren hinein in diese wellige Landschaft der Buckelwiesen, die so anmutig dahinwogte. Am Horizont erhoben sich die Bergriesen. Hundertfünfundzwanzig Gipfel über zweitausend Meter zählte das Karwendel. Es war eine Urgewalt, ein Urwesen, kein sanftes Gebirge. Hätte Irmi komponieren können, hätte sie für das Karwendel bombastische Bläsersätze aufgeboten, keine zarten Querflöten.

Es war einer dieser Tage, an denen die Wolken über den Himmel zogen und immer wieder Schattenflecken auf die grauen Felsen legten. Die Schatten huschten durch die Kare, taumelten zwischen den Felswänden. Wolken waren Künstler. Eigentlich mochte Irmi den reinblauen Himmel gar nicht. Er war ein Langweiler, ein Verbündeter derer, die stundenlang ebenso langweilig in der Sonne brutzeln wollten. Wolken hingegen waren Verbündete des schnellen Wandels, der stetigen Überraschung.

»Ob es zuzieht und regnen wird?«, fragte Kathi.

»Und wenn?«

Kathi schenkte ihr einen kopfschüttelnden Blick. »Du bist wahrscheinlich die Einzige, die den Sommer nicht mag.«

»Ich mag ihn sehr wohl, solange er sich beherrscht. Es kann mal zwei Wochen fünfundzwanzig Grad haben, von mir aus mal zwei Tage über dreißig. Dann ist es aber auch gut. Ich will kein Wetter wie in Norditalien haben! Ich will keine Palmen am Staffelsee. Ich will mein bayerisches, wankelmütiges Wetter zurück. Und Regentage, die besänftigen. Italienische Sommer sind viel zu laut, zu schnell, die Tage sind zu lang.«

»Auswandern?«

»Nordnorwegen wäre eine Option«, konterte Irmi grinsend. Sie wusste, dass sie ganz sicher nicht auswandern würde. Weil sie ein verwurzelter Baum war, ein behäbiges Geschöpf, das in seiner Erde ruhte und deren Geruch brauchte. Sie würde ihren Hof nie verlassen, egal welche

Wendung ihr Leben noch nehmen mochte. Sie war da, wo sie hingehörte. So einfach war das – und manchmal so schwer in seiner Konsequenz, die alle Fluchtwege nahm. Aber wo immer man war oder hinstrebte: Man hatte sich doch immer selbst im Gepäck.

Sie bogen ab in die Auen der Isar, dieser Tirolerin, deren Quellflüsse aus dem Karwendel sprudelten und die mit Grenzübertritt zum bayerischen Fluss wurde. Die bei Krün erstmals aufgestaut war, im gewaltigen Sylvensteinspeicher aufging, sich nach Lenggries hinunter ergoss, dem Isarwinkel ihren Namen verpasst hatte und doch erst im München so richtig urbayerisch wurde. Isarauen, Flaucherfeste, ein Fluss durch den Englischen Garten. Dabei war die Isar in München längst träge geworden. Die Landeshauptstadt war eben auch nur eine aufgehübschte Langweilerin. Aber das durfte man natürlich nicht sagen – nicht als bayerische Polizistin.

Der Campingplatz in Mittenwald war insofern ungewöhnlich, als es keine akkuraten Parzellen gab. Stattdessen standen die Wohnwagen verstreut zwischen Bäumen. Für Irmis Geschmack war das recht erträglich, fast idyllisch und wohl auch der Grund, weswegen der Niederländer eine Weile unentdeckt geblieben war. Der Wohnwagen, um den sich schon Polizei und KTU tummelten, war modern und schnittig. Das Modell trug den Namen Südwind.

Kathis Anfangseuphorie war rasch verflogen. Der Geruch, der dem Südwind, oder besser gesagt, dem Mann darin entströmte, war schlicht zum Kotzen. Genau das hatte ein neuer junger Mitarbeiter vom Hasen auch schon ausgiebig getan. Kollege Hase selbst war leichenblass wie immer, sein Gesichtsausdruck war leicht angewidert wie eh und je. Irmi erinnerte sich an ihren letzten Fall, als es nur bleiche Knochen gegeben hatte. Der Hase hatte ihnen einen bizarren Vortrag über die Verwesung gehalten und darüber, dass die gängigen Kriterien für eine ordentliche Bestimmung des Verwesungszustandes bei Knochen entfielen.

So betrachtet musste der Hase heute eigentlich zufrieden sein. Der Verstorbene hier befand sich jenseits der Totenstarre, und die Arbeit der Bakterien war in vollem Gange. All diese hurtigen kleinen Zersetzer sonderten Ammoniakgas und Schwefelwasserstoff aus. Nach Irmis Einschätzung war der Mann schon einige Tage tot. Sie hatte ein Taschentuch auf den Mund gepresst und bedauerte erneut, dass die Menschen nicht zur Kiemenatmung in der Lage waren.

Dennoch zwang sie sich, ihren Blick durch den Wohnwagen schweifen zu lassen. Die Inneneinrichtung wirkte fast fabrikneu. Irmi hatte das Gefühl, dass der Mann selten campte oder einfach ein Campingneuling war. Gegenüber der Tür befand sich eine Küchenzeile, die Spüle in Edelstahl, die Arbeitsplatte glänzend. Da hatte mancher eine weniger wertige Küche in seiner Wohnung. Im ganzen Wagen gab es umlaufende Hochschränke, deren Fronten aus edlem Echtholz waren. Im Fond stand eine Sitzbank mit Tisch. Der Obstkorb mit Inhalt verweste wie sein ehemaliger Esser vor sich hin. Fruchtfliegen tanzten im Lichtkegel. Eine Flasche Williams stand daneben, die bis auf einen winzigen Rest leer war. Kein Glas dazu. Vorne gab es ein französisches Bett, in dem der Tote lag. Leider meldete

Irmis Geruchssinn unentwegt: Ich spei gleich. Sie sprang aus dem Wagen und nahm einen tiefen Zug der frischen Karwendelluft.

»So eine Schweinerei!«, sagte Kathi.

»Schweine stinken nicht. Sie haben keine Schweißdrüsen und schweißeln nicht mal. Wenn überhaupt, dann stinkt der Kot, und wenn man ein Schwein ordentlich hält, ist das ein sehr reinliches Tier. Der geschlechtsreife Eber stinkt übrigens auch nur dann, wenn er zu aggressiv um sein Essen und seinen Rang kämpfen muss«, dozierte Irmi.

»Gechillte Männer stinken also nicht?«, bemerkte Kathi.

»Wird wohl im Humanbereich eher am Duschverhalten liegen. Tote Männer stinken natürlich, aber der Tote hier hat es doch gut mit uns gemeint. Kein Blutbad, keine Schussverletzung, kein Erhängter, der widerlich von der Decke baumelt.«

»Na, das wäre im Wohnwagen ja auch schwierig gewesen«, sagte Kathi. »Wahrscheinlich ein Herzinfarkt. Der Typ ist nudelfett, er säuft, da macht die Pumpe gerne mal schlapp.«

Pietät war von Kathi nicht zu erwarten. Irmi war in Kathis flapsigen Ton eingestiegen. Das schützte. Zu viele Emotionen am Anfang konnten den Blick verstellen. Der Mann lag seit geraumer Zeit in einem Wohnwagen. Mitten in einer so orchestralen Landschaft. Mitten unter Urlaubern. Mitten in der schönsten Zeit des Jahres, die so ein Urlaub ja zu sein hatte.

Zum zweiten Mal in so kurzer Zeit fuhr der Pfälzer Notarzt vor. »Ich bin überall, wo ich gebraucht werde«, kam er Irmis Frage zuvor. »Der Kollege ist krank. Zu Diensten, Frau Mangold. Was haben wir denn heute?«

»Einen Stinker«, sagte Kathi.

Der Arzt verschwand im Wagen, war aber bald darauf zurück. »Sie erwarten jetzt nicht, dass ich Ihnen den Todeszeitpunkt sagen kann und woran der gestorben ist, oder?«

»Nein, höchstens ungefähr.«

»Es war warm im Wagen, die Sonne brennt drauf. Ich kann Ihnen nicht sagen, wie lange er hier liegt. Aber mindestens vier Tage, würd ich schätzen.« Er drehte sich zum Hasen um. »Wie sehen Sie das?«

»Ähnlich«, sagte der Hase. »Kann der weg?«

»Ja«, entschied Irmi, der klar war, dass nur eine Obduktion etwas Genaueres erbringen würde.

Rund um den Wohnwagen, hinter einer schnell gespannten Absperrung, standen die Gaffer. Ab und zu hallten ein paar Stimmen herüber, ein kleines Kind kreischte. Die Schulferien waren vorbei, nun kamen Leute mit ganz kleinen Kindern und die Jubelrentner, die ihre Pension in Urlaube umsetzten. Die Dauercamper waren sicher auch vor Ort. Auf die setzte Irmi, denn die wussten, was so lief auf dem Platz.

»Wir gehen mal ins Büro«, sagte Irmi und war froh, dem Wohnwagen entfliehen zu können. Der Geruch hing immer noch in ihrer Nase.

Der Mann hieß Klaas de Witt und war laut seiner Anmeldung vierundfünfzig Jahre alt und wohnhaft in Heerlen. Er hatte vor zwei Wochen eingecheckt, war aber niemandem weiter aufgefallen. Ein Ruhe suchender Mann eben, der ja nun Ruhe zur Genüge hatte. Irmi rief Andrea an und bat sie, mal die Personalien zu untersuchen.

Dann machte sie sich mit Kathi auf den Weg zu den umliegenden Campern. Das Problem war, dass bis auf drei die meisten direkten Nachbarn längst abgereist waren. Der Südwind stand weit weg vom Eingangsbereich, ziemlich dicht an der Isar, die grünlich dahinfloss und sehr wenig Wasser führte.

Die ersten Wohnwagennachbarn, die sie besuchten, waren ein älteres Ehepaar, beide groß, zach, komplett in Outdoormontur gewandet. Offenbar Menschen, die im Frühtau zu Berge strebten. Sie stammten aus Franken, waren sicher über siebzig und so fit, wie Irmi es nie gewesen war und nie mehr werden würde. Sie brachen stets früh auf, waren den ganzen Tag unterwegs, allein bei der Auflistung ihrer Touren wurde Irmi ganz schwindlig. Abends nahmen sie ihr Abendessen vor dem Zelt ein und gingen früh schlafen. Den Niederländer hatten sie wohl mal gesehen, auch gegrüßt, ja sogar etwas Small Talk hatte man gehalten.

»Er hat uns gesagt, dass er einen recht anspruchsvollen Beruf hat und beim Campen am besten ausspannen kann. Und weil er als Kind immer in Mittenwald war, drum hat es ihn wieder hierhergezogen.«

»Hat er denn Sport gemacht?«, fragte Irmi.

»Ich glaube nicht«, sagte der alte Herr, der sehnig war wie ein Känguru im Sprung. Irmi zog unwillkürlich den Bauch ein. »Sein Auto war häufig weg. Ich denke, er hat eher Ausflüge unternommen. Er war ja auch etwas beleibt …«

»Hatte er Besuch?«

»Einmal saß er mit einem Mann zusammen, glaub ich. Es war auch mal eine blonde Frau da. Zumindest kam die aus seiner Richtung«, sagte seine Frau in einem Ton, der vermuten ließ, dass diese dürre Dame Haare auf den Zähnen hatte. »Kann natürlich auch sein, dass die Frau zufällig an der Isar gewesen ist. Wir starren den Leuten ja nicht ins Leben hinein.«

Sie taten sich schwer, sich zu erinnern, wann sie den Mann zum letzten Mal gesehen hatten. Alles in allem erbrachte das Gespräch gar nichts.

Auch der zweite Nachbar, ein Dauercamper, konnte wenig beitragen. Er war ein Münchner Rentner, der einen Großteil seiner Zeit in Mittenwald verbrachte, sich bei den Einheimischen über die Jahre hochgedient hatte und nun an deren Stammtischen sitzen und mitpoltern durfte. Sogar bei den Stockschützen durfte er mitmachen. Augenscheinlich verbrachte er viel Zeit in diesen munteren Trinkerrunden, wie man seiner üblen Fahne entnehmen konnte. Den Niederländer hatte er ignoriert. »A Kaskopf bleibt a Kaskopf«, bemerkte er. Schön, wie Europa zusammenwuchs …

Der Wohnwagen des dritten Nachbarn war ein gewaltiger Kasten, das Zugfahrzeug ein Audi Q7. Irmi hatte den Eindruck, dass diese Art von Campen kein Arme-Leute-Vergnügen war, ganz im Gegenteil. Der Wohnwagen gehörte einem Pärchen. Er sah aus wie Keanu Reeves und hätte bestimmt als dessen Double Geld verdienen können. Seine Partnerin war gut zehn Jahre älter und das, was Kathi uncharmant als »schiachen Krapfen« bezeichnet hätte:

klein und pummelig mit strähnigen, dünnen Haaren. Das Leipziger Autokennzeichen verriet die Herkunft der beiden, ebenso wie der Dialekt. Er stellte sich als Dr. Ronny Bautze vor, seine Partnerin präsentierte sich als Dr. Doreen Drechsler. Die beiden boten Irmi und Kathi einen Sitzplatz auf recht stylishen Klappstühlen an. Das ungleiche Pärchen hatte den Niederländer gefunden, oder besser gesagt, erschnüffelt.

»Wir haben nach dem Frühstück Federball gespielt, und der Federball ist rübergeflogen«, berichtete Ronny Bautze. »Ich bin hingegangen, und der Geruch … Ich bin Arzt, ich meine … Der Geruch war wirklich sehr auffällig.«

Er blickte ernst, doch Irmi konnte sich kaum ein Lachen verkneifen. Es war einfach unglaublich, was für einen starken Dialekt dieser durchaus hübsche Mann hatte.

Doreen nickte bekräftigend und sagte: »Ronny hat durch das Fenster gesehen und den Toten entdeckt. Wir sind dann gleich zum Platzwart.«

»Und der hat den Wagen aufgebrochen?«

»Lange geklopft und gehämmert hat er. Aber so wie der roch, war klar, dass er nicht mehr unter den Lebenden weilt«, erklärte Ronny Bautze. »Der Platzwart hat dann umgehend die Polizei informiert.«

»Wissen Sie, wann Sie ihn zum letzten Mal gesehen haben?«, fragte Irmi.

»Wann war das, Honey?«, wandte sich Ronny Bautze an seine Freundin.

Irmi war nahe dran, vom Glauben abzufallen. Sie versuchte Kathis Blick nicht zu begegnen, ein Lachkrampf wäre mehr als unangebracht gewesen. Die beiden beratschlagten und waren sich einig, dass sie ihn ganz sicher vor sechs Tagen gesehen hatten, als am Platz ein kleines End-of-Summer-Feuerwerk stattgefunden hatte, bei dem sie alle in den Nachthimmel gestarrt hatten.

»Haben Sie mal mit ihm gesprochen?«

»Wenig. Natürlich haben wir ihn gegrüßt, aber wir brauchen im Urlaub keine anderen Leute«, sagte sie leicht giftig.

»Haben Sie noch Fragen an uns? Wir würden sonst zum Wandern losmachen«, erklärte Dr. Ronny Bautze.

Irmi verschluckte sich fast. Ja, im Osten machte man los und rammelte irgendwohin. Einmal mehr hatte sie den Eindruck, dass die Einigkeit der Menschen so weit weg war wie selten. Sie bedankte sich für die Auskünfte der beiden und wünschte ihnen einen schönen Tag in den Bergen.

Es blieb nebulös, das Camperleben des Niederländers. Irmi hoffte darauf, dass Andrea irgendwelche Angehörige von Klaas de Witt ausfindig machen konnte. Auch Sailer und Sepp hatten sich inzwischen etwas umgehört. Am Kiosk und im Camperstüberl hatten sie allerdings nur in Erfahrung gebracht, dass der Niederländer die Gegend um Mittenwald aus seiner Kindheit kannte.

Irmi und Kathi gingen zum Auto und fuhren nach Garmisch zurück.

»Wow! Der Ronny und die Doreen. Ich komm immer noch nicht über das Traumpaar hinweg. Wie kommt so eine an den Typen?«

Irmi zuckte die Schultern. »Wo die Liebe hinfällt?«

»Quatsch. Entweder sie kann den eingesprungenen

Rittberger, oder sie hat Geld, oder sie weiß sein dunkles Geheimnis.«

Irmi lachte. »Ach, Kathi! Innere Werte?«

»So ein Schmarrn! Das habe ich schon in meiner Teeniezeit als die Urlüge überhaupt empfunden! Innere Werte treten weit später zutage – am Anfang ist das Feuer. Und zwar das in der Hose. Und das wird nur durch Schönheit, Titten und Po entfacht. Von mir aus noch durch schöne Augen.«

Irmi schüttelte den Kopf. »Mensch, Kathi! Das klingt ja grad so, als dürften sich schöne Männer ausschließlich mit schönen Frauen paaren. Wenn nur begnadete Körper Sex haben dürften, dann wäre die Menschheit längst ausgestorben.«

Würde sie selbst dann überhaupt noch Sex haben? Irmi zog mal wieder den Bauch ein.

»Außerdem gibt es doch auch hässliche Männer mit sehr schönen Frauen«, fuhr sie fort.

»Ja, aber die haben Geld und Macht. Das ist was anderes!«, beharrte Kathi.

War das so? Irmi hatte gleich einige Paare vor Augen, bei denen die Frau nicht gerade ein Modeltyp war und er durchaus ein Schnittchen.

»Ich glaube, das ist anders, Kathi. Weniger attraktive Frauen werden nicht dauernd angesprochen. Sie sind nie in der Situation, die Männer einfach nur kommen zu lassen. Sie müssen über Beruf oder Geist brillieren und selber aktiv werden. Hübsche Männer hingegen sind oft ziemliche Luschen und davon verwöhnt, dass sie eh gut aussehen. Und dann kommt so eine vehemente Frau, die zwar nicht attraktiv ist, aber überzeugend. Sie schleppt ihn ab und bewacht ihn fürderhin eifersüchtig.«

Kathi überlegte kurz. »Da ist was dran, Frau Psychokommissar. Mach doch eine Ratgeberseite auf oder blogge. Ich hab eine Bekannte mit einem hübschen Freund, die ist so ein schiacher Krapfen und spröde wie eine Hornhautferse. Aber sie ist tough.«

Irmi gluckste. Da war er, der schiache Krapfen.

»Sie fingert in einer Tour an ihm rum«, fuhr Kathi fort. »Immer und überall muss sie zeigen: Das ist meiner. Unerträglich. Und er fühlt sich irgendwie geschmeichelt dadurch.«

»So funktioniert das Spiel. Dann ist doch beiden geholfen, Kathi.« Irmi lachte.

»Kimm, du fummelst doch auch nicht unentwegt an Jens rum.«

Es versetzte ihr einen Stich. Schnell, unerwartet und schmerzhaft.

Kathi verstand. »Ich meine damit nicht, dass du schiach bist. Ich meine das prinzipiell. Diese Pärchen, die sich dauernd in der Öffentlichkeit befingern und aussaugen. Das könnten die doch auch daheim machen.«

Der Stich schmerzte nach. Die Wundränder brannten. Egal, wie Kathi das gemeint haben mochte. Irmi war wirklich keine, die Emotionen nach außen trug. Schon früher hatte man selten gewusst, mit wem sie gerade »ging«. Sie verabscheute es, wenn frischgebackene Pärchen sich gegenseitig die Jeans an den Oberschenkeln durchrubbelten. Seht alle mal her, wie lieb wir uns haben …

»Kathi, ich glaube, wir sollten uns dringenderen Problemen zuwenden. Lass uns mal abwarten, bis die Todesursache feststeht und die Gegenstände aus dem Wohnwagen und dem Auto ausgewertet sind.«

Allerdings war die Ausstattung relativ überschaubar gewesen. Sie hatten keinen Laptop, keinen PC, kein Handy gesehen, auch keine Brieftasche, aber vielleicht hatte der Hase ja mehr Glück.

»Und nun?«, wollte Kathi wissen.

»Solange wir keine Ergebnisse haben, bleiben wir an der CoolCard dran. Schau mal bitte, wie weit Andrea inzwischen gekommen ist.«

»Und was machst du solange?«

»Ich geh zum Friseur.«

»Was?«

»Entschuldige bitte, ich gehe zweimal im Jahr zum Friseur, während andere wöchentlich hinmarschieren. Ich habe so viele Überstunden, dass ich morgen theoretisch in Rente gehen könnte.«

Irmi entschied sich dafür, Kathis Blick nicht deuten zu wollen. Womöglich hätte sie ihn interpretiert als: Bei dir würden auch wöchentliche Besuche nichts bringen. Und es stimmte ja wirklich. Sie ging fast nie zum Friseur, nie zur Kosmetikerin oder gar zur Fußpflege. Sie war naturbelassen, und dank der Tatsache, dass sich kaum graue Haare einstellten, tat es auch die Tönung aus dem Drogeriemarkt, die sie von Zeit zu Zeit bemühte. Dabei variierte sie den Farbton um maximal eine Nuance.

Das Schöne am Friseur waren die Zeitschriften, die sie sonst nie las. Die Notizen aus den Königshäusern musste man auch nur zweimal im Jahr konsumieren, die meisten

Stars kannte sie gar nicht, und die Diättipps würde sie ohnehin nie nachkochen.

Als Irmi eine Stunde später mit frisch geschnittenen Spitzen aus dem Friseurladen trat, hätte sie fast Lissi überrannt.

»Was machst du denn hier, Lissi?«

»Ich war shoppen.« Lissi grinste. »Nein, Schmarrn! Ich habe im Büro der Cool GmbH was abgegeben.«

»Das passt ja gut. Hast du Zeit für einen Kaffee?«

»Klar, aber was interessiert dich diese Karte eigentlich so? Willst du etwa auch vermieten?«

»Um Gottes willen, bloß nicht! Bernhard und Fremde! Das liefe ganz sicher nach dem Motto: Hier beschimpft Sie der Gastgeber noch selbst.«

Lissi lachte. »Kimm, der Bernhard ist eine grundgute Haut.«

»Ja, aber Feriengästen nicht zumutbar.«

Plaudernd schlenderten die beiden zum Rathauscafé und bestellten sich beide einen Cappuccino.

Als die dampfenden Haferl vor ihnen standen, ergriff Irmi wieder das Wort. »Du hast ja quasi live mitbekommen, wie beim Bulldogtreffen neulich ein Fahrer zusammengebrochen ist. Der Mann ist wenig später in der Klinik in Murnau verstorben. Inzwischen wissen wir, dass es Julius Danner war, der Chef von Skydreams. Er ist an einer Vergiftung gestorben, und jetzt schauen wir uns sein Umfeld ein bisschen genauer an. Er scheint sich mit seiner Protesthaltung gegen die CoolCard nicht gerade Freunde gemacht zu haben.«

»Stimmt«, entgegnete Lissi. »Ich war mal auf einer Info-veranstaltung, bei der er dafür geworben hat, diese Karte zu boykottieren.«

»Aber du hast diese Karte ja noch. Mal ganz ehrlich, Lissi, was hältst du eigentlich von dem ganzen System?«

»Ich weiß nicht.«

»Wie? Du weißt es nicht?«

»Irmi, ich weiß es nicht mehr so richtig. Am Anfang war ich begeistert von der Idee. Wir hatten auf einmal ganz andere Gäste, mehr Familien mit Kindern zum Beispiel. Aber ...«

»Aber was?«

»Die Menschen sind schon merkwürdig. Wir hatten schon öfter Familien, die haben sich ins Booklet mit den Attraktionen regelrechte Stundenpläne eingeklebt. Die waren vierzehn bis sechzehn Stunden unterwegs. Um neun im Oberallgäu raften, mittags ein Golfschnupperkurs im Ostallgäu, dann Sommerrodelbahn im Ammertal, dann zurück ins Ostallgäu zum Stand-up-Paddling. Ein Horrortrip. Und spät am Abend sind sie zurückgekommen und haben mir vorgerechnet, dass sie allein an dem Tag zweihundertfünfzig Euro gespart haben.«

»Klingt für mich nicht gerade nach Urlaub und Erholung! Puh!«

»Ja, das sagst du, Irmi. Aber die arbeiten alles ab, weil's ja nichts kostet. Da fahren manche an Schlechtwettertagen den ganzen Tag kreuz und quer Bus, einfach nur, weil der nichts kostet. Es stimmt leider: Was nichts kostet, ist nichts wert.«

Irmi rührte den Milchschaum weiter unter ihren Kaffee. Diesen Spruch hatte sie schon von Gustl Häringer gehört. »War dir das vorher nicht klar?«, wollte sie von Lissi wissen.

»Nicht in dieser Dimension. Es ist diese Konsummentalität, die mich erschüttert. Und die Distanzlosigkeit. Wir hatten Gäste, die haben abends bei uns vor den Fenstern gestanden und reingeglotzt, während wir ferngesehen haben. Ich bin so was von erschrocken. Der Junge in der Familie – und der war dreizehn, kein Kleinkind – ist mir ständig durch die Kräuterbeete gerannt. Der Vater stand daneben, hat aber auch bloß geglotzt. Also haben wir zusätzlich abgezäunt, stell dir das mal vor, wir haben allen Ernstes Zäune gegen unsere Gäste errichtet. Da höre ich ein Gespräch mit. Der Sohn: Jetzt haben die das abgezäunt. Der Vater: Ja, das machen die, damit die Kühe da nicht reinlaufen.«

Irmi lachte, obwohl die Sache alles andere als komisch war.

Lissi sah richtig unglücklich aus. »Weißt du, wir sind wirklich bemüht, aber wir können nicht vierundzwanzig Stunden am Tag um die Gäste rumspringen. Bei solchen Gästen muss immer alles sofort sein. Ohne vorher mal zu fragen, ohne Bitte zu sagen. Wir haben parat zu stehen, zu deren Konditionen.«

Irmi sagte nichts, sie kannte Lissi und wusste, dass deren Herz butterweich war und sie andere so gerne an ihrem Leben, ihrer Euphorie für Pflanzen und ihrer Kochkunst teilnehmen ließ.

»Es ist diese Das-hab-ich-jetzt-gebucht-Mentalität.

Aber die haben nicht unsere Zeit und nicht unsere Seele gebucht. Wir erbringen eine Dienstleistung, die vordergründig nichts kostet, und das bringt, es ist leider so, nicht das Beste in den Menschen hervor.«

»Gustl Häringer sagt, dass er es für unklug hält, mit der CoolCard Leute anzulocken, die nicht bereit sind, für Leistungen zu zahlen.«

»Irgendwie hat er damit recht. Ich dachte immer, jeder hätte Grundwerte und Erziehung, aber das stimmt leider nicht. Die heutigen Kinder sind entweder so verzogen, dass man sie schon lobt, wenn sie fehlerlos einen Schritt vorwärts machen. Oder aber die Eltern sind völlig verplant, lassen die Kinder bei uns in der Stallgasse stehen und fahren allein nach Garmisch.«

Irmi sah ihren Vater vor sich, der sie nie gelobt hatte. Kindererziehung in den Sechzigerjahren hatte unter dem Motto gestanden: Nicht geschimpft ist genug gelobt. Als Kind hatte man sich durchlaviert und weggeduckt unter der dauernden Ungerechtigkeit. Vielleicht hatte sie deshalb diesen Gerechtigkeitssinn entwickelt und war zur Polizei gegangen. Sicher war es gut, Kindern den Rücken zu stärken, aber natürlich in Maßen. Sie wusste, was Lissi meinte.

»Ich rede ja gar nicht davon, dass nach jedem Aufenthalt alles Mögliche kaputt ist. Tassen zerbrochen, Klorollenhalter aus der Wand gerissen, Teppiche so versaut, dass man sie nicht mehr reinigen kann. Fernseher defekt, der Backofen so versifft, dass man sich fragt, wie man das in sechs Tagen schafft. Weißt du, es geht gar nicht darum, dass etwas passiert. Aber man könnte das doch sagen und nicht einfach klammheimlich abreisen.« Lissi holte Luft und grinste dann. »Die größten Schweine sind übrigens die Akademiker. Wir hatten mal einen Doppeldoktor mit Triple-Doktor-Gattin. Was die nicht alles für Titel hatten. Dazu offenbar Geld wie Heu. Gefressen haben die Ravioli und Gefrierpizza. Hinterher sah die Wohnung aus, als wären die Vandalen durchgezogen.«

Irmi lachte. »So viel Kritik aus deinem Munde?«

»Ach ja, wenn es doch wahr ist! Wir haben jede Menge Gäste mit verzogenen Einzelkindern, die sie offenbar nur kriegen, um den eigenen Lebenslauf abzurunden. Diese Kinder waren mit sechs Jahren schon in Dubai, den Emiraten, in Westkanada, in Burma und auf der Aida. Was sollen wir denen schon bieten? Kein WLAN da, nur der Wald, Matsch und Dreck, um barfuß zu gehen, Bäume, um draufzuklettern. Das machen sie aber nicht, sie brauchen diese Karte zum Entertainment.«

»Für mich klingt das alles ziemlich traurig und erbärmlich. Warum machst du überhaupt mit bei der ganzen Sache, Lissi?«

»Wir können das Geld gut brauchen, und klar, wir haben auch nette Gäste. Sehr liebenswerte Menschen, aber die Deppen überstrahlen halt alles.«

»Das gilt für alle Branchen, falls dich das tröstet«, bemerkte Irmi.

»Und was ist jetzt mit Danner? Glaubst du, er ist ermordet worden?«

»Es war eine Vergiftung. Ob er das Gift selbst genommen hat, wissen wir noch nicht. Deshalb können wir Mord nicht ausschließen.«

»Ermordet man einen Menschen, weil er gegen eine Karte war?«, fragte Lissi staunend.

»Das fragen wir uns natürlich auch«, erwiderte Irmi. »Am Ende bleibt für mich die Frage, ob diese Karte nun gut oder schlecht ist für die Region.«

»Wenn ich das wüsste«, sagte Lissi und bestellte sich einen Kuchen.

Als Irmi spätnachmittags zurück ins Büro ging, hatte sie den Eindruck, immer noch nicht zum Kern des Falls vorgedrungen zu sein. Sie überflog das Dossier mit den bisherigen Ereignissen im Kontext der CoolCard, die sich eins zu eins mit dem deckten, was Lissi erzählt hatte. Die Generation »Geiz ist geil« walzte sich durch die touristische Landschaft – ohne einen Hauch von Anerkennung für ihre Gastgeber. Sie konsumierten, sie posteten ein paar Bilder auf Facebook und hatten nichts in sich aufgesogen, was jenseits des reinen Geldwerts lag. Es war bitter und deutete in eine Zukunft, die noch hohler werden würde. Aber am Ende musste Irmi diese ganze fast schon philosophische Betrachtung einer All-inclusive-Karte egal sein, schließlich musste sie einen Mörder finden. Den Mörder des Kartenquerulanten! Und vielleicht auch den eines Niederländers, dem das Campen nicht bekommen war.

4

Irmi musste irgendetwas geträumt haben, was sie um vier
Uhr morgens aufwachen ließ. Sie ging in die Küche und
trank ein Glas Wasser. Einer der Kater lag auf der Eckbank
und öffnete ein Auge. Sie schlief zwar wieder ein, aber das
dauerte eine ganze Weile, weil wahre Gedankenfluten sie
terrorisierten. Sie musste dringend einkaufen, die Kater
gehörten entwurmt, in der Waschmaschine war noch
Wäsche, sie sollte endlich einen Termin beim Frauenarzt
zum Jahrescheck machen. Sie musste Andrea sagen, dass …
Gab es eigentlich Menschen, die einfach mal sieben Stunden am Stück traumlos schliefen und richtig erholt auf-
wachten?

Im Büro war Irmi den ganzen Morgen seltsam rastlos.
Gegen elf Uhr kam ein Anruf aus der Gerichtsmedizin in
München: Die Ergebnisse von der Obduktion des Nieder-
länders lagen vor. Und die trafen sie wie ein elektrischer
Schlag. Sie bat um Zusendung des Befundes.

Kathi kam vom Rauchen herein. Sie roch nach ihren
gruseligen Selbstgedrehten.

»Was Neues?«, erkundigte sie sich.

»Unser Niederländer ist an Herzversagen gestorben«,
berichtete Irmi.

»Das war ja zu erwarten.«

»Stimmt, bei der Dosis schon.«

»Meinst du, es war der Schnaps? Der Willi aus der leeren Flasche? Da müsste ja die halbe Menschheit unentwegt wegsterben, oder?«

»Es lag wohl eher an den Zusatzstoffen, die der Mann außer dem Schnaps noch intus hatte«, sagte Irmi leise.

»Hä?«

»Kathi, das heißt: Wie bitte!«

»Bist du heut besonders witzig, oder was? Ich hab sauschlecht geschlafen.«

Nein, witzig war Irmi eigentlich nicht zumute. »Ich hab auch sauschlecht geschlafen. Und ich hab eine saumerkwürdige Neuigkeit: Im Mann war Eisenhut. Und zwar eine erhebliche Menge.«

»Was?«

»Eisenhut. Aconitum. Eine hochgiftige Pflanze!«

»Aber ...«

»Ja, genau. Auch Julius Danner hatte zu viel Eisenhut im Körper.«

»Das gibt's doch nicht!«

»Doch, Kathi.«

»Ich meine, solche Zufälle gibt es doch nicht, oder?«

»Das Ganze ist verwirrend, und ich mag Zufälle generell nicht. Aber angenommen, es gäbe einen Zusammenhang: Was hatte ein Werdenfelser Bergfex mit einem holländischen Touristen zu tun?«

Kathi zuckte mit den Schultern. »Vielleicht war der Niederländer ein Kunde von Danner? Um ein bisserl fitter zu werden oder so.«

»Und deshalb hat er erst Danner umgebracht und dann sich selbst?«

»Oder umgekehrt? Danner tötet den Niederländer und dann sich?«

»Aber warum? Siehst du ein Motiv? Das ist doch völlig abstrus!«, meinte Irmi.

»Unser Beruf ist nun mal ein Abstrusitätenkabinett«, bemerkte Kathi. »Na gut, dann schauen wir uns eben nur Danner an. Vielleicht hat er Selbstmord begangen, weil er ein getriebener Mensch mit einem Alkoholproblem war? Und er hat seinen Tod so dramatisch auf dem Bulldog-treffen inszeniert, weil er Aufmerksamkeit wollte.«

»Ja, aber sei mir nicht bös: Was ist das für eine Inszenierung, die keiner versteht?«

»Vielleicht sind wir nur zu doof, liebe Irmi? Vielleicht liegt das alles auf der Hand. Wir haben was übersehen. Vorbeigeschaut. Wir verknüpfen falsch. Wir müssen in jedem Fall zu Nadja Danner und die Kundendatei checken.«

»Ja, sicher. Aber wo tun wir dann den Niederländer hin?«

»Siehste! Du willst eine Verbindung finden. Ich bin für holländischer Kunde und Werdenfelser Bergsportlehrer.«

»Mir kam der Niederländer nicht so vor, als würde der Sport machen«, sagte Irmi gedehnt.

»Mir kommt es so vor, als hätte es ihn überhaupt nicht gegeben«, erklärte Andrea, die eben hereingekommen war.

»Hä?«, kam von Kathi. »Wie bitte, Andrea?«, ergänzte sie mit einem spöttischen Blick auf Irmi.

»Na ja, es gibt ihn halt nicht.«

»Wie jetzt?«, hakte Irmi nach.

»Du hast mich doch gebeten, nachzuschauen wegen diesem Klaas de Witt, ob es da irgendwelche Verwandten …«

»Ja, Andrea, und?«

»Es gibt keinen Klaas de Witt aus Heerlen.«

»Falsche Adresse? Zweitwohnsitz oder so?«

»Es gibt mehrere Klaas de Witts. Aber die leben alle und wirken ziemlich munter am Telefon. Von denen campt keiner. Und das Amt in Heerlen hat nie einen Pass ausgestellt, am Einwohneramt gibt es ihn nicht, er … er …«

»Du meinst, er ist unter falschem Namen am Campingplatz abgestiegen? Spinn i?«, rief Kathi.

»Hast du am Campingplatz angerufen?«, fragte Irmi.

»Ja, er hat einen Pass vorgelegt«, erzählte Andrea. »Die schreiben die Daten ab und geben den Pass gleich wieder zurück.«

»Und er hat sicher einen Pass gehabt?«, fragte Kathi.

»Natürlich, die haben ja daraus abgeschrieben.«

»Aber er muss falsch gewesen sein. Warum checkt einer bitte schön mit falschem Pass auf einem Campingplatz in Mittenwald ein?«, dachte Irmi laut.

»Weil er Dreck am Stecken hat! Ein Campingplatz ist doch die perfekte Tarnung. Im Nobelhotel fällst du als Drogenbaron oder Mafiaboss oder Menschenhändler viel mehr auf«, rief Kathi.

»Ach, Kathi! Menschenhändler! In Mittenwald beim Campen? Ich weiß nicht. Und bevor du mir gleich wieder über den Mund fährst, Kathi: Ja, ich weiß, es gibt auch hier längst Mädchenhändler, es gibt Schlepper, es gibt Diebesbanden. Kempten im beschaulichen Allgäu war schon vor dreißig Jahren eine Mafiahochburg. In diesem Kontext passt es mir trotzdem nicht.«

»Das kann schon passen. Wir müssen ihn zur Fahndung ausschreiben, auf europäischer Ebene!«

»Kathi, sein Gesicht war nicht mehr sehr ansprechend, man kann sicher noch Fingerabdrücke nehmen, sicher auch DNA, aber wer sagt uns denn, dass der irgendwo in unseren Karteien auftaucht?«

»Keiner sagt uns das! Aber wer hat denn falsche Pässe? Wohl kaum Lieschen Müller von nebenan. Auch nicht Erika Mustermann. Nur solche dubiosen Typen stehen in Karteien.«

Nur solche? Irmi hatte den Mund verzogen, das alles hier nahm eine sehr undurchsichtige Wendung.

»Andrea, kümmerst du dich bitte darum? Und schick uns doch auf dem Weg den Hasen.«

Andrea nickte und verschwand, wie immer ziemlich schnell. Kathis Frotzeleien ging sie möglichst aus dem Weg.

Der Hase war wenig später da, sein Tonfall war noch mürrischer als sonst. Und was er zu sagen hatte, machte das Ganze noch bizarrer. In der Schnapsflasche war kein Aconitum gewesen, Gläser hatten sie auch keine gefunden. Zudem hatten sie weder im Wohnwagen noch im Auto irgendetwas entdeckt, was auf eine Identität hätte schließen lassen. Keine Geldbörse, kein Handy, kein Laptop, allerdings zwei Ladekabel für ebensolche Geräte. Ganz offensichtlich hatte jemand das alles verschwinden lassen.

Nur einige Fingerabdrücke gab es vom Niederländer, und zwar im Zugfahrzeug. Dort hatten die pfiffigen Kriminaltechniker auch Spuren von zwei weiteren Personen sichergestellt, die jedoch nicht aktenkundig waren. Es hatte wohl irgendwie pressiert, denn die Reinigung des Autos war etwas schlampiger erfolgt. Der Wohnwagen hingegen war klinisch rein geputzt worden.

Was für eine merkwürdige Geschichte, dachte Irmi. Zumindest war es sehr unwahrscheinlich, dass dieser Mann ein Selbstmörder war. Kaum einer entsorgte seine Identität und putzte wie ein Berserker, bevor er sich entschied, aus dem Leben zu scheiden. Er war ermordet worden, und das mit dieser Pflanze, die Irmi bis vor wenigen Tagen nur in Form von Globuli gekannt hatte. Lissi schwor drauf, um heranziehende Erkältungen niederzukämpfen. Irmi war das suspekt, wobei die Kügelchen auch bei Tieren halfen. Bei sich selbst setzte sie auf Zwiebeln und warmes Bier. Das half auch.

»Wir werten auch das Navi aus, es scheint jemand die Routen gelöscht zu haben, aber da kommen wir eventuell noch ran«, fuhr der Hase fort, der für seine Verhältnisse fast aufgeräumt war.

»Was ist eigentlich mit dem Autokennzeichen?«, fragte Kathi. »Der Karren ist doch zugelassen.«

»Der Karren wurde vor einem Jahr in Ungarn gestohlen …« Der Hase zog angewidert die Nase hoch. »Das Kennzeichen ist falsch.«

»Nicht wirklich, oder?«

»So wirklich, wie Sie zu viel rauchen, Frau Reindl.« Er zog das Hasennäschen hoch und deutete ein Lächeln an. »Ich melde mich, wenn die Auswertung des Navis etwas ergibt. Der Tote ist ein Phantom in einem Phantomauto. Das wäre es momentan von meiner Seite, die Damen.«

Doch, er klang fast fröhlich, stellten die beiden Kommissarinnen verblüfft fest, während sie ihm hinterherblickten.

»Hammer, oder!«, kommentierte Kathi.

Wie immer man es nennen wollte. Ein Hase, der offenbar Drogen genommen hatte, war der Hammer und dann dieser Fall: Aus einem Ruhe suchenden Touristen mit Herzattacke war ein Toter ohne Identität geworden. Sehr wahrscheinlich kein Suizid. Aber was hatte der Mann mit Danner gemein? Wenn das nicht doch alles Zufall war. Zweimal Eisenhut, na gut – so selten war das Kraut ja auch nicht.

Andrea war zurückgekommen und klopfte vorsichtig gegen den Türrahmen.

»Hallo, ich hätte da auch noch was. Also, nicht zum Niederländer, aber zu Danner. Weil du doch wissen wolltest, ob und wer …«

Kathi verzog genervt das Gesicht und sah aus, als müsse sie sich jeden Moment erbrechen, was Andreas Sprachlähmung noch weniger guttat. Die beiden Kolleginnen waren selten kompatibel – eigentlich nur in Momenten, in denen Andrea überraschend souverän war und Kathi noch überraschender mild. Doch heute war kein solcher Tag.

»Du meinst, ob jemand der vermeintlichen Feinde von Danner auf dem Bulldogtreffen war?«, wollte Irmi wissen.

Andrea nickte hektisch. »Also, ich hab rausgefunden, da gibt es so einen pensionierten Arzt, der hat … ähm … einen Drohnentick. Er macht unentwegt Fotos mit der Drohne von oben, und die Fotos sind auch öfter mal in der Zeitung.«

»Ja und, Andrea?«

»Er hat auch auf dem Bulldogtreffen fotografiert, und zwar genau 867 Bilder.«

»Die du dir schon alle angeschaut hast?«

»Ja.«

»Respekt!«

»Na ja, und …«

»Auf den Fotos war sicher nichts zu sehen«, vermutete Kathi hämisch.

Andrea sah an ihrer Kollegin vorbei und legte zwei Ausdrucke vor Irmi auf den Schreibtisch. Auf dem einen war eindeutig Danner zu erkennen. Er hatte eine Flasche Bier auf der Motorhaube seines Hatz abgestellt, neben ihm standen ein Mann und eine Frau im Dirndl. An der Körpersprache war abzulesen, dass die Stimmung zwischen den Anwesenden nicht gerade gut war.

»Wer ist das?«, fragte Irmi. »Das ist Danner und wer noch?«

»Ralf Peter und Barbara Mann. Der Geschäftsführer der Cool GmbH und die Chefin des Tourismusverbands Loisach-Ammer.«

Barbara Mann – die Frau, die Danner sogar gehasst haben sollte, dachte Irmi.

»Die waren also auch auf dem Treffen! Geil!«, kam es von Kathi.

»Und sie haben mit Danner geredet. Er hatte ein Bier, also hätten sie …« Andrea stockte.

»Sie hätten irgendwie Eisenhut da reingeben können! Andrea, weiß man, wann das war?«, rief Irmi. Endlich kam mal Bewegung in die Sache.

»Sicher, um genau 10.13 Uhr. Jedes digitale Bild hat eine Detailinformation.«

Das passte perfekt zum Zeitpunkt der Vergiftung.

»Ich glaube, wir werden uns mal in den Tiefen des Werdenfelser Tourismus umsehen«, meinte Irmi. »Wo sitzen die denn?«

Andrea nannte ihnen eine Adresse in Partenkirchen. Praktischerweise lag der Sitz der beiden Unternehmen im selben Gebäude.

»Auf geht's!«, rief Kathi, bedachte Andrea mit einem spöttischen Blick und sprang auf.

Irmi erhob sich ebenfalls. Sie lächelte Andrea aufmunternd an und unterdrückte den Wunsch, Kathi zurechtzuweisen. »Danke, Andrea, großartige Arbeit!«

Wenig später saßen Kathi und Irmi im Auto. Die Fahrt verlief einigermaßen schweigsam. Schließlich erreichten sie das Haus mit den Firmensitzen des Tourismusverbands Loisach-Ammer und der Cool GmbH. Draußen prangte ein Schild mit dem leicht dümmlich aussehenden Steinbock.

»Wer zuerst?«, fragte Kathi.

»Schau mer mal, ob die überhaupt da sind.«

Sie läuteten beim Tourismusverband Ammer-Loisach. Ein Türsummer wurde betätigt, und sie fanden sich bald darauf in einem Empfangsbereich wieder, wo eine junge Frau hinter einer Art Tresen saß.

»Wir sind kein Tourismusbüro. Hier kein Publikumsverkehr! Keiner! Wir sind für Internetanfragen zuständig! Für Publikum, also Sie, ist das Büro im Kongresshaus vorgesehen«, sagte sie patzig. Irmi musste an Häringer denken, der den Vergleich mit den Ösis bemüht hatte. Zu Hilfe! Selbst der verstockteste Tiroler Bergbauer war noch ein Charmebolzen gegen diese Werdenfelserin.

Irmi zog ihre Marke. »Für uns ist es hier genau richtig. Wir würden gerne Frau Mann sprechen.«

»Haben Sie einen Termin?« Der Ton wurde keinen Deut freundlicher.

»Nein, aber Sie haben gleich ein Problem!«, rief Kathi.

Die junge Frau nahm ihr Telefon mit spitzen Fingern auf – das ging bei der Nagelmodelage auch nicht anders – und avisierte sie augenscheinlich bei Barbara Mann.

»Sie kommt«, erklärte sie eisig und blickte demonstrativ in den Computer. Irmi ließ den Blick schweifen: Plakate mit schönen Motiven: die Zugspitze im Gegenlicht. Musiker in Tracht am Loisachgestade. Ein mäandrierender Bach im Herbst. Der Blick vom Laber hinunter. Ein Sonnenuntergang am Barmsee. Darunter Parolen wie: *Dem Himmel so viel näher. Musik liegt in der Zugspitzluft. Bach küsst Berge. Weitblick Land. Buona Notte im Karwendel.* Ob das geistreich war? Zumindest waren die Bilder schön, und man erkannte, was drauf war. Es hatte ja auch mal eine Zeit gegeben, in der touristische Visionäre Prospekte hatten drucken lassen, auf denen die Schwarz-Weiß-Bilder vor allem zwei Eigenschaften haben mussten: Sie sollten unscharf sein und düster. Völlig kryptische Texte waren dazu über die Seiten gestreut worden: *Der Berg. Ein Sein. Doch immer. Auf Du und Du.*

Ihre Betrachtungen wurden unterbrochen durch den Auftritt von Barbara Mann. Irmi hätte im Alpintourismus eigentlich eine nette, etwas beleibte Dame im Dirndl erwartet, die zugleich gute Werbung für die einheimische Kulinarik machte und auf den zweiten Blick durchaus klug und pfiffig war.

Barbara Mann hingegen war Ende vierzig und vom Typus her eher »alterndes Model«. Sie steckte in hohen Stiefeln und einer sehr engen schwarzen Hose, über der sie ein ebenso enges angetrachtetes Jäckchen trug. Das blonde Haar war schulterlang, das Gesicht komplett zugekleistert. Barbara Mann war eine dieser Frauen, die immer perfekt gestylt wirkten. Bei Outdoorterminen hatte sie sicher ebenso perfekte High-End-Produkte an und würde ganz bestimmt niemals mit einer No-Name-Fleecejacke auftreten wie Irmi. Diese Dame war ganz eindeutig attraktiv und hatte eine sehr gute Figur – und sie war Irmi auf den ersten Blick extrem unsympathisch. Irmi ärgerte sich und kam sich gleich sehr unprofessionell vor.

»Die Polizei? Sie kommen wegen Julius Danner? Der Mann treibt mich noch ins Grab!«, rief Barbara Mann aus.

»Eher hat wohl jemand den Danner ins Grab getrieben«, konterte Kathi eisig.

»Was?«

»Könnten wir das bitte woanders als zwischen Tür und Angel besprechen?«

»Dann gehen wir eben in den Besprechungsraum. Kaffee? Wasser?«, erkundigte sich Barbara Mann kühl.

»Beides bitte«, sagte Kathi.

Barbara Mann gab die Getränkebestellung bei der Krallenfrau in Auftrag und ging vor. Ihr Schritt war energisch, die schmalen Hüften wiegten. Im Besprechungszimmer bot sie den beiden Kommissarinnen einen Platz an. Der Raum war hell, funktional, bis auf zwei Poster der Ski-WM 2011 wies nichts auf ein alpines Umfeld hin.

»Was kann ich für Sie tun?«, fragte Barbara Mann, die die Beine elegant übereinandergeschlagen hatte.

»Sie lagen mit Danner im Clinch. Nun ist er tot«, sagte Kathi und lächelte.

»Ach, und ich soll was damit zu tun haben?«

Das kam ein bisschen zu schnell, fand Irmi. »Haben Sie das denn?«

»Natürlich nicht.«

»Frau Mann, fangen wir mal anders an: Sie waren in Ohlstadt auf dem Bulldogtreffen.«

»Ja, und?«

»Sie haben mit Julius Danner gesprochen.«

»Ich habe mit vielen Leuten gesprochen. Das gehört zu meinem Beruf. Diese Menschen sind aber alle am Leben und putzmunter.«

»Sie standen mit Danner und Ihrem Kollegen Ralf Peter zusammen, und die Stimmung zwischen Ihnen war sichtlich angespannt.«

»Das wissen Sie so genau?«

Diese Dame war offenbar nicht bereit, sich einschüchtern zu lassen. Sie lebte und überlebte wohl schon lange in einer polternden Männerwelt voller Bürgermeister, Landräte und Gemeinderäte und schien mehr als bereit, es mit Irmi und Kathi aufzunehmen. Diese ständigen Gegenfragen brachten Irmi innerlich in Rage.

»Sie glauben gar nicht, was wir alles wissen«, entgegnete sie bewusst ruhig.

»Ich kann den Kollegen Peter gern dazurufen, da wir ja beide offenbar unter Generalverdacht stehen«, bot Barbara Mann schnippisch an.

Während die Chefin des Tourismusverbandes ihr iPhone zückte, konnte Irmi feststellen, dass sie hässliche Hände hatte. Mit Altersflecken. Und der Hals von Barbara Mann war, nachdem das Tüchlein verrutscht war, ziemlich faltig. Vielleicht hatte sie die fünfzig doch schon hinter sich. Eigentlich sollte ihr das kein Triumphgefühl vermitteln, dachte Irmi noch. Aber eben nur eigentlich.

»Er kommt«, berichtete Barbara Mann wenig später.

»Schön«, sagte Kathi und blieb auf Angriffskurs. »Sie haben alle Links auf Danners Homepage gelöscht. Warum?«

»Wir sind kein Werbeportal. Es besteht keinerlei Zwang, dass ich alle Menschen, die irgendwas in der Region anzubieten haben, mit uns verlinke.«

»Aber Danner hat seine Tourismusabgabe gezahlt, und die Gemeinde ist zur Förderung des Tourismus verpflichtet, oder?«, hakte Irmi nach und zitierte Häringer: »Damit diskriminieren Sie Danner.«

Barbara Mann schaute Irmi überrascht an. »Das sind die Argumente von Danners Anwalt, die wir jedoch alle entkräften werden oder schon haben, also …«

Sie hatte nun doch ein wenig damit zu tun, wieder auf Spur zu kommen, sie wirkte irritiert. Leider betrat in diesem Moment der Kollege den Raum. Auch Ralf Peter entsprach keineswegs der Vorstellung, die Irmi sich vom Geschäftsführer der Cool GmbH gemacht hatte. Kein Sportler, auch kein alerter Geschäftsmann im Anzug trat auf. Nein, sie hatte einen schweren, sicher eins neunzig großen Brocken vor sich, der das schüttere Haar elegant von rechts nach links gelegt hatte. Schwarze Hose, grauer Pulli und dazu ein grober Saarländer Dialekt. Fand man zwischen Allgäu und Oberbayern denn niemanden, der die Landessprache kannte und zusätzlich noch Tourismus konnte?

Der Mann erwies sich auch sonst als zäher Brocken, der seine Rede mit vielen Contents und USPs und Benefits würzte, und es war sonnenklar, woher die Landis und Seps stammten. Die Quintessenz seiner Werberede war, dass Danner über die 25-Euro-Hürde gestolpert und deshalb beleidigt gewesen sei. Ausgestoßen aus dem Heiligen Land der Herzöge.

»Machen Sie es sich da nicht zu einfach? Danner hatte nur noch fünfzig Prozent Auslastung«, warf Irmi ein.

»Aber das liegt doch nicht an uns! Das liegt an seiner Servicequalität.«

»Und Sie sehen es nicht als Problem, dass die Gäste, die alles inklusive haben, außerhalb ihrer Karte natürlich nicht noch was dazubuchen?«, fragte Irmi.

»Selbst wenn das so wäre – es gibt genug Betriebe, die nicht bei der CoolCard dabei sind. Deren Gäste könnten alle bei Skydreams buchen. Tun sie aber nicht. Vielleicht weil Danners Firma zu teuer war und Danner zu wenig engagiert, zu arrogant gewesen ist. Wir ziehen uns diesen Schuh nicht an. In der weiten TL …«

»Bitte wo?«, fragte Kathi dazwischen.

»TL, Touristic Landscape. Der Tourismus ist ein weites

Feld, das jeder beackern kann, wenn er professionell genug ist.«

»Plough«, sagte Kathi.

»Bitte was?«

»Ackern, pflügen«, erklärte sie und schaute unschuldig.

Irmi musste sich das Lachen verkneifen. Dieser Mann strotzte nur so von Selbstgefälligkeit und würde ganz sicher keinen Millimeter weichen.

»Herr Peter, Sie waren mit Herrn Danner und Frau Mann auf dem Bulldogtreffen«, sagte Irmi. »Ganz offenbar haben Sie sich nicht gerade lieb gehabt. Worum ging es in dem Gespräch?«

Die beiden blickten überrascht auf.

»Wir haben ihm noch mal nahegelegt, auf einen Prozess zu verzichten«, antwortete Barbara Mann. »Wir wollten ihn …«

»Warnen? Sind Sie dabei etwas zu weit gegangen? Haben Sie sich in der Dosierung vertan?«, erkundigte sich Kathi.

»Ich warne Sie: Unterstellen Sie mir nichts. Auch ich habe Anwälte«, erklärte Ralf Peter mit schneidender Stimme. »Haben Sie denn irgendwas Konkretes, was Sie uns vorzuwerfen gedenken? Außer dass wir mit Danner gesprochen haben?«

Statt ihm zu antworten, wandte sich Irmi an Barbara Mann: »Wir haben gehört, dass Sie in auffällig unprofessioneller Weise mit Danner umgesprungen sind. Gab es da noch andere, womöglich private Gründe, jenseits Ihrer kontroversen Ansichten zur CoolCard?«

»Ich … was soll das? Ich …«

Sie war aus dem Konzept, aber der Kollege war gleich wieder parat. »Persönliche Wahrnehmungen irgendwelcher Leute interessieren uns nicht. Wir arbeiten hier hochprofessionell für die Region und deren Fortkommen!«

»Waren Sie kürzlich mal in Mittenwald?«, fragte Irmi und schaute dabei weiter Barbara Mann an.

Die Tourismuschefin wirkte immer noch irritiert. Wieder warf sie ihrem Kollegen einen raschen Blick zu, woraufhin dieser fragte: »Ja, warum?«

»Ist das hier Usus, Fragen mit Gegenfragen zu beantworten?« Auch Kathi konnte sehr eisig sein. »Außerdem haben wir Frau Mann gefragt, sind Sie deren Sprachrohr?«

Er schnaubte, schwieg aber.

»Wir hatten eine Sitzung in Mittenwald, in der es darum ging, ob die Region dort der Karte beitreten will«, erklärte Barbara Mann.

»Sagen Sie uns vielleicht auch, wann und wo das war?«

»Müsste ich nachsehen lassen.«

»Dann tun Sie das doch«, sagte Irmi mit Inbrunst.

Die Krallenfrau wurde beauftragt und kam wenig später mit einem Datum zurück, das ganz gut zum vagen Todeszeitpunkt des Niederländers passte. Die Rechtsmediziner hatten eine Spanne von knapp zwei Tagen angegeben, hatten sich allerdings nicht festlegen wollen. Aber das half ihnen alles nichts, solange sie keinen Zusammenhang zwischen den beiden Herren herstellen konnten. Vielleicht hatte der Holländer ja auch etwas mit Tourismus zu tun? Vielleicht hatte er Ähnliches wie diese Karte anderswo vor?, dachte Irmi.

Irmi lächelte. »Ich resümiere: Sie wollen also noch mehr Gäste heranziehen, die kein Geld bringen? Noch mehr Regionen sollen mitmachen?«

»Das sehen Sie falsch. Die Gastronomie jubelt! Die Leute haben endlich was im Beutel, um auf der Hütte zu essen, weil sie das Geld nicht für ausufernde Nebenkosten ausgeben müssen«, versicherte Ralf Peter mit Inbrunst.

»Auf Hütten, die rein gar nichts mit der Karte zu tun haben. Die sind weder Seps noch Landi. Klar jubeln die!«, konterte Irmi, auch das ein Argument aus dem Dossier von Häringer.

»Frau Kommissar, wir wollen nicht die Welt eines Einzelnen retten. Jeder ist seines Glückes Schmied. Wir wollen die Gesamtregion beleben. Wir wollen Präsenz. Wir wollen Emotions and Fun.«

»Fun, aha.«

»Frau Mangold, bitte strengen Sie jetzt keine philosophische Diskussion an! Sie müssen jetzt nicht bewerten, inwieweit wir in eine Welt ohne Werte, in eine Spaßgesellschaft steuern. Ich auch nicht. Aber wir sind dabei. Wir sind hellwach. Wir schaffen Erlebnisse. Wir geben Anregungen, was man alles tun kann, um etwas zu erleben. Unsere Gäste posten das, twittern in die Welt hinaus – das ist Werbung, der Benefit für die gesamte Region ist gewaltig. Darum geht es.«

Ja, der Herr Peter redete die Leute unter den Tisch. Irmi dachte an so manchen holzköpfigen, schwer beweglichen Bürgermeister. Die hatten wenig entgegenzusetzen. Ob diese Karte letztlich gut war, davon konnte sich Irmi noch kein objektives Bild machen. In jedem Fall würde sie sich weiter ausbreiten. Rein subjektiv gefiel ihr die Karte nicht, weil sie schlechtes Benehmen und diese grenzenlose Konsummentalität verabscheute. Was ihr aber immer klarer wurde: Der Tourismus war ein goldenes Kalb, genau wie Häringer gesagt hatte.

Sie verabschiedeten sich schließlich mit dem schalen Gefühl, nichts erreicht zu haben.

»So 'ne Schwätzbacke!«, maulte Kathi. »Und diese Tussi! Mit der stimmt doch was nicht, oder? Die war doch nervös?«

»Ja, da ist was im Argen. Aber jenseits der Sympathiewerte der beiden, die auch bei mir deutlich im Minusbereich liegen – wie kommen wir an die ran?«

Kathi zuckte wütend mit den Schultern. »Und wie passt der Niederländer dazu?«

»Mir ist eben ein Gedanke gekommen: Vielleicht hat der Niederländer ja auch ein touristisches Projekt verfolgt? Womöglich wollte der sich hier irgendwo einkaufen und war deshalb inkognito? Er war ja wohl geldig, ich meine, bei dem teuren Caravan. Ich rede ins Unreine, aber dann gäbe es zumindest einen Zusammenhang.«

»Gar nicht so blöd!«

»Danke!«

»Gerne.« Kathi lachte. »Oder der Niederländer war ein Auftragskiller? Die haben ja häufig eine falsche Identität!«

»Ach, Kathi! Und den soll Danner angeheuert haben, um den Saarländer zu töten, oder was?«

»Klar, wegen des Dialekts!«

Irmi lachte. »Na gut, das hat was. Wir sollten in jedem Fall am Campingplatz mal das Foto von Danner rumzeigen. Vielleicht hat der ja dem Niederländer mal einen Besuch abgestattet.«

»Der Sportsrentner hat doch erzählt, ein Mann und eine Frau wären bei ihm gewesen. Womöglich war das Barbara Mann?«, schlug Kathi vor. »Von der gibt's sicher Bilder im Internet, die wir ausdrucken und herumzeigen können. Ich habe den Eindruck, die wollten ein krummes Ding drehen. Vielleicht wollte der Niederländer ja die Zugspitze aufkaufen. Stell dir das mal vor – die Zugspitze in holländischer Hand. Frau Antje wirft Gouda vom Gipfel, und hinterher gibt es einen Bergmarathon in Holzschuhen!«

»Ach, Kathi!«

»Ja, aber die Idee mit dem touristischen Geheimprojekt ist echt gut. Da ist sicher was dran.«

»Damit würden wir den Peter dann auch am Sack kriegen!«

»Das ist aber so ziemlich das Letzte, was ich wollte!«, meinte Kathi grinsend.

Das waren die Momente, in denen Irmi ihre Kollegin einfach liebte. Kathi übermalte das trübe Grau mit Wortgraffiti und nahm die Schwere aus den Dingen.

»Fahren wir nach Hause«, sagte Irmi. »Allerdings geb ich vorher ein Feierabendbier aus.«

»Gut, ich muss dringend eine rauchen.«

Irmi steuerte das Gasthaus zur Schranne an. Ein paar einheimische Muhackl fixierten die Damen und murmelten etwas wie: »Griaß eich.« Irmi bestellte beim jungen, netten Wirt ein Helles und wartete, während Kathi draußen paffte. Eine leise Melancholie durchschwebte die alte Stube. Sie verstand diese Welt nicht mehr. Wurde man dann alt? Oder war man womöglich schon alt? Und war es nicht gut, manches noch ganz anders erlebt zu haben? Zeiten mit echten Wintern. Zeiten ohne Telefon allüberall. Zeiten, in denen man auf Reisen wirklich weg war. Skypelos und smartphonelos. Als man sich selber aushalten musste. Zeiten ohne Internet. Ohne Apps. Zeiten, wo Selberdenken noch schlau gemacht hatte. Irmi lächelte.

Weil es daheim sicher immer noch nichts im Kühlschrank gab, bestellte Irmi sich ein Knödeltris mit Salat. Kathi entschied sich für ein Wiener Schnitzel. Sie vermieden es, über den Fall zu reden. Das Gehirn brauchte auch mal Erholung. Kathi erzählte vom Soferl, für die es in der Schule momentan wohl sehr mäßig lief.

»Na ja, dann hat sie noch Luft nach oben. Wenn sie was lernt, wird sie schlagartig bessere Noten haben. Mit minimalem Aufwand irgendwie durchzukommen ist doch die wahre Intelligenz«, zog Irmi ihre Kollegin auf.

»Wag es ja nicht, ihr das so zu sagen!«

Sie plauderten weiter, und es gelang ihnen, die Ermittlerwelt für eine kleine Weile draußen zu halten.

Es war spät, als Irmi heimkam. Bernhard schlief vor dem Fernseher.

5

Als die beiden Kommissarinnen am Freitagmorgen ins Büro kamen, hatte Andrea noch immer nichts Neues über den Niederländer zu berichten. Zumindest in den internationalen Karteien war der Mann nicht aufzufinden. Die Idee, dass er ein Investor gewesen sein könnte, hatte sich in Irmis Kopf festgesetzt. Sie erzählte auch Andrea davon und bat sie, in dieser Richtung weiterzurecherchieren. Allein der falsche Pass störte. Ein Computerspezialist war noch an der Naviauswertung dran, doch auch hier gab es bisher keine Ergebnisse.

Und als wäre das Ganze nicht verwirrend genug, kam Sailer anmarschiert. Dank seiner neuen Hüfte wirkte er energiegeladen wie eh und je.

»Bei mir is oaner, der wui an Mord melden«, brummte er.

»Ach, Sailer! Kein Mord, bitte! Nicht jetzt, nicht noch einer!«, rief Irmi.

»Ja mei.«

Irmi stöhnte. »Wer soll denn ermordet worden sein?«

»Die Oma von dem Mann. Die is vergiftet worden, sagt er.«

Nicht noch ein Giftopfer. »Einer der üblichen Irren, oder was?«

»Was woaß i? So irr kimmt mir der aber ned vor. Da hatten mir schon irrere Kandidaten.«

»Na gut, Sailer, dann schicken Sie ihn halt rein.«

Wenig später betrat ein junger Mann den Raum. Irmi schätzte ihn auf Mitte zwanzig. Er stellte sich als Tobias Eisenschmied vor, sprach schnell und viel und behauptete, seine Oma, die man gestern zu Grabe getragen hatte, sei ermordet worden. Vergiftet. Mit Eisenhut. Wie die anderen beiden.

Bei Irmi schrillten alle Alarmglocken. Sie hatten die Todesursache nicht nach außen kommuniziert. Zumindest nicht, was den Niederländer betraf. Im Fall Danner war bestimmt etwas in weiteren Kreisen durchgesickert. Das ließ sich kaum vermeiden.

»Wie kommen Sie an diese Information? Woher wissen Sie etwas von unseren aktuellen Ermittlungen? Und wie kommen Sie auf Eisenhut?«

»Zwei Männer wurden mit Eisenhut vergiftet. Leugnen Sie das etwa?«

»Moment mal, da wissen Sie aber mehr als wir. Wir ermitteln in alle Richtungen. Es gibt auch Selbstmörder. Ich frage Sie noch mal: Woher wissen Sie das?«

Der junge Mann war ganz schön vehement in seinem Auftreten. Kathi schwieg momentan noch und musterte ihn mit einem bitterbösen Blick, der an ihm aber abzuprallen schien.

»Ich habe meine Quellen«, erklärte der junge Mann ziemlich großspurig. Es klang ein wenig einstudiert. »Wollen Sie mir jetzt mal zuhören?«

»Sicher.« Irmi blies Luft aus.

»Es geht um meine Oma. Sie wurde in jedem Fall vergiftet. In ihrem Garten hatte sie jede Menge Giftpflanzen, das war so eine Art Hobby von ihr. In einem der Beete wuchs auch Eisenhut.«

Irmi haderte mit sich. Sollte sie weiter insistieren, woher er diese Informationen hatte? Oder sollte sie sich doch besser seine Geschichte anhören? Sie gab sich einen Ruck.

»Wann ist Ihre Oma denn verstorben?«

»Am Samstag in der Nacht, wahrscheinlich. Sie wollte am Sonntag mit einer Nachbarin walken gehen. Die hat sie gefunden. Die Terrassentür war offen gewesen.« Er schluckte schwer.

Samstagnacht, überlegte Irmi. Es rumorte in ihr.

»Und gestern ist sie schon beerdigt worden?«

»Ja, der Pfarrer hatte wohl grad Zeit. Und meiner Mutter hat es auch pressiert, dass das alles schnell über die Bühne geht.«

Irmi schaltete auf Angriff. »Und gerade bei so einer Dame nehmen Sie nicht an, sie hätte sich selbst etwas angetan? Wenn man sich mit Giftpflanzen auskennt, kann man leicht einen Suizid begehen.«

»Warum hätte meine Oma sterben wollen?«

»Weil sie alt war?«, warf Kathi ein.

»Ach so, wer alt ist, gehört Ihrer Meinung nach weg! Na hoffentlich merken Sie dann auch, wenn es bei Ihnen an der Zeit ist!«, brüllte Tobias Eisenschmied. Ganz so cool war er doch nicht.

»Herr Eisenschmied, die Kollegin wollte lediglich sagen, dass manche alte Menschen an einer unheilbaren Krankheit leiden, sie den Angehörigen gegenüber jedoch verschweigen.« Irmi sah den jungen Mann scharf an.

»Oma war pumperlgesund. Lebensfroh. Die ging in die

Berge. Da bin ich nicht mehr mitgekommen, so wie die loslegte.«

Was nicht so erstaunlich war. Tobias Eisenschmied war eher ein behäbiger Typ. Zehn Kilo zu viel auf den Rippen, dazu Klamotten, die zusätzlich auftrugen. Zu lange Haare und ein Bart mit Rotstich, den junge Männer ja momentan unbedingt pflegen mussten. Irmi war heilfroh, dass sie nicht in diese Zeit gerutscht war. Noch ein Vorteil ihres Geburtsjahrgangs. Als Mädchen heute so einen Almöhi zu küssen war ja die Hölle. Da hatten die Schnauzbärte zu ihrer Zeit ja schon gereicht als Mahnmale des schlechten Geschmacks. Eine Freundin von ihr hatte jedes Mal nach einer Knutscherei Pickel um den Mund bekommen. Schwere Barthaarallergie.

»Es muss doch ein Arzt vor Ort gewesen sein, der den Tod festgestellt hat?«, vergewisserte sich Irmi.

»Ja, der hat gesagt, dass sie vorher eine schwere Grippe gehabt hätte. Die sei dann nicht so richtig abgeklungen. Meine Oma hat über Nerven- und Gliederschmerzen geklagt, und der Arzt hatte ihr geraten, zum Neurologen zu gehen.«

»Ja also«, sagte Kathi. »Da haben Sie es doch! Eine psychiatrische Krankheit. Soll vorkommen bei alten Leuten.«

»Meine Oma war aber nicht irre!«

»Lieber Herr Eisenschmied«, sagte Irmi, »hat Ihre Oma den Neurologen denn aufgesucht?«

»Nein, konnte sie ja nicht. Sie ist vorher verstorben.«

»An der Grippe?«, hakte Irmi nach.

»An Herzversagen. Dabei war ihr Herz völlig in Ordnung.«

»Herr Eisenschmied, so leid mir das auch tut: Eine verschleppte Grippe führt bei älteren Menschen auch mal zum Tod. Leider«, sagte Irmi.

»Und noch was: Hatten Sie denn überhaupt so viel Kontakt zur Oma, dass Sie das alles beurteilen können?«, warf Kathi mit provozierendem Unterton ein. »Sind Sie Mediziner, oder was?«

»Ich bin unter der Woche zum Studieren in München, und am Wochenende bin ich daheim. Da hab ich die Oma immer besucht.« Er klang trotzig. »Also kann ich das sehr wohl beurteilen. Da stimmt was nicht.«

»Waren Sie jedes Wochenende bei Ihrer Oma?«, hakte Irmi nach.

»Nein.« Er schluckte. »Die Tage bevor sie gestorben ist, war ich in Köln. Bei Freunden.«

»Sehen Sie«, meinte Irmi ganz sanft.

»Nix seh ich. Und, und …«

»Und was?«

Er wand sich ein bisschen. »Die Oma hatte kürzlich ein blaues Auge. Und Prellungen am Arm.«

Irmi hatte die Stirn gerunzelt. »Und was wollen Sie uns damit jetzt sagen?«

»Sie hat gesagt, sie sei gestürzt. Über den Teppich, der sich an der Kante aufgerollt hatte. Aber das glaub ich nicht. Meine Oma war eine Bergziege.«

»Herr Eisenschmied, reden wir jetzt von häuslicher Gewalt? Ist Ihr Opa, ich meine …«

»Der Opa ist tot.«

»Und wer soll das dann gewesen sein? Jemand hat Ihre Oma geschubst, oder was? Spinn i? Was ist das denn für eine Räuberpistole!«, rief Kathi. Als er schwieg, fuhr sie fort: »Wenn Ihre Oma geschwächt war und sogar Gliederschmerzen gehabt hat, da kommt man doch auch mal zu Fall, oder? Und Sie sind ja nicht immer da. Da spinnen Sie sich doch echt was zusammen!«

Bevor er aufbegehren konnte, warf Irmi dazwischen: »Sie studieren also?«

»Ja.«

»Was denn?«

»Informatik und Physik.«

Das erklärte die Optik – bestimmt war Tobias Eisenschmied so ein Nerd, der problemlos alle Computer hackte und alle zentralen Steuerungen in Garmischs Gemeinwesen lahmlegen konnte. Dann dämmerte es ihr, dass er eventuell auch ganz locker in Polizeicomputer gelangte. Irmi gelobte innerlich, den jungen Mann ab jetzt gut zu behandeln und ernst zu nehmen.

»Herr Eisenschmied, gesetzt den Fall, Sie hätten recht mit Ihrer Annahme, und Ihre Großmutter wurde tatsächlich ermordet – dann müsste es ein Motiv geben.«

»Gibt es!«

»Ach?«

»Meine Mutter hat wieder geheiratet, einen totalen Vollpfosten mit einem Vakuum in der Birne. Der will Omas Haus.«

»Verstehe ich Sie richtig – Sie bezichtigen Ihren Stiefvater des Mordes?«, fragte Irmi. »Der hat Ihre Oma dann auch angegriffen? Und es ging um Erbstreitigkeiten?«

»Na ja, nein, also ...«

Kathi schüttelte unwirsch den Kopf. »Also was jetzt?

Ihr Stiefvater hat die Oma erst geschubst und dann vergiftet?«

»Das könnte schon sein. Dreimal Eisenhut. Sehen Sie das nicht?«

»Herr Eisenschmied, mal ganz langsam. Ihre Familie mag ja irgendwelche Erbschaftsprobleme haben, aber wo sollte da der Zusammenhang mit den anderen Fällen sein?«, hakte Irmi nach.

Tobias Eisenschmied hatte plötzlich etwas Triumphales im Blick. »Oma kannte in jedem Fall den Bergführer, diesen Julius Danner. Der saß bei ihr sogar mal auf der Couch.«

Irmi sah Kathi ganz kurz an, dann suchte sie den Blick des jungen Mannes. »Sind Sie sicher?«

»Natürlich. Von dem war doch neulich ein Bild in der Zeitung. Und eine Todesanzeige.«

»Und was hatten die miteinander zu tun? Ihre Oma und der Bergführer?«, hakte Kathi nach.

»Keine Ahnung. Als ich kam, war er schon am Aufbrechen.«

»Und Ihr Stiefvater hat dann auch gleich den Danner ermordet? Bloß weil er Ihre Oma kannte? Bitte, so ein Schmarrn!«, rief Kathi. »Bevor wir vom wüsten Reich der Spekulationen verschlungen werden – das hier ist kein Fernsehkrimi und auch kein Computergame. Was wollen Sie denn nun von uns?«

»Sie müssen die Oma obduzieren lassen!«

Kathi starrte ihn an, Irmi zählte innerlich bis sieben.

»Ich kann doch ohne Anlass nicht einfach Ihre Oma exhumieren lassen!«, rief sie dann aus.

»Sie wurde ermordet. Das ist Anlass genug.«

Weil Irmi irgendwie die innere Sicherheit Bayerns gefährdet sah und weil die Tatsache, dass die Oma Danner gekannt hatte, hartnäckig in den Hirnwindungen verweilte, machte sie ein Angebot zur Güte: »Wenn Sie wollen, können wir uns das Haus Ihrer Oma ja mal anschauen.«

Tobias Eisenschmied willigte ein. Es wurde eine ziemlich einsilbige Fahrt, die nur durch die knappen Anweisungen des jungen Mannes unterbrochen wurden. Rechts, links, da vorn abbiegen.

Sie parkten in einer alleeartigen Straße und gingen auf einen Jägerzaun zu. Auf dem linken Teil des Grundstücks, das etwas verwildert wirkte, stand ein kleines zweistöckiges Häuschen, das maximal achtzig Quadratmeter Wohnfläche bot. Davor befand sich ein Gärtchen mit allerlei Astern. Ein Omahäuschen eben. Eigentlich kein Grund für einen Mord, dachte Irmi. Aber Tobias Eisenschmied ließ das Häusl links liegen und strebte über einen gekiesten schmalen Weg geradeaus auf eine hohe Hecke zu. Irmi war irritiert. Verließen sie das Grundstück nun wieder? Aber in der Hecke gab es ein schmiedeeisernes Tor, das man erst sah, wenn man direkt davorstand. Der junge Mann öffnete es, stapfte weiter, und plötzlich tat sich eine Grünfläche auf, die etwas von einem Golfrasen hatte. Dahinter ragte eine Villa mit einer säulenbewehrten Veranda empor. Es war das, was in einschlägigen Immobilienportalen als »Traum in Weiß – Architektenvilla der Extraklasse« annonciert wurde. Kathi pfiff durch die Zähne.

»Das ist das Haus Ihrer Oma?«

»Sicher.«

»Und das kleine Häusl vorne?«

»Ach, das steht seit Jahren leer. Das hatte eine Weile die Funktion eines Gästehauses, aber das ist auch schon ewig her. Als der Opa das Grundstück gekauft hat – mit Altbestand –, wollte er die Hütte von Anfang an abreißen, aber Oma wollte es erhalten. Wegen der Romantik und so. «

»Der Opa war demnach begütert?«

»Ja, er hatte eine Maschinenbaufabrik. Die hat er schon vor zehn Jahren verkauft. Meine Großeltern sind dann viel gereist, bis der Opa vor fünf Jahren verstarb. Allein wollte die Oma nicht mehr so weit weg. Sie hat sich auf den Nahraum beschränkt: mal an die Montiggler Seen, mal nach Salzburg oder Bregenz zu den Festspielen. Und eben in die Berge hier bei uns.«

Irmi kam nur selten nach Südtirol und nie nach Bregenz. Klang nicht schlecht, das Leben der alten Dame. Aber auch solche Menschen wurden dement und depressiv. Geld allein machte nicht glücklich, man konnte sich auch als Besitzerin einer solchen Villa das Leben nehmen.

Das Grundstück hatte sicher zehntausend Quadratmeter, das Haus war riesig und ein Statement in Sachen Protz. Da bewegte man sich in Preiskategorien, die Irmi leicht schwindlig machten.

»Und wer hat das Haus denn nun geerbt?«, wollte Irmi wissen.

Tobias Eisenschmied lachte auf. »Eine Tierschutzorganisation! Mama und ihr Schwachbegabter sind schon zu den Anwälten gerannt wegen des Pflichtteils und all so was!«

»Keine weiteren Erben?«

»Mama war Einzelkind und von Beruf Tochter. Sie hatte nie einen Job. Erst haben die Eltern gezahlt, dann mein Vater. Und jetzt macht sie in Sachen Eso.«

Das Verhältnis zur Mutter schien nicht nur wegen des schwachbegabten Pfostens etwas problematisch zu sein.

»Wollten Sie nichts erben? Sie nehmen das recht gelassen!«, rief Kathi.

»Ich hab meine Oma geliebt. Von mir aus hätte sie zweihundert werden können. Na ja, und ich habe das Auto bekommen. Einen Porsche Cayenne.« Er zupfte sich am Bart und schickte hinterher: »Aber schon älter.«

Na dann! Irmi nahm an, dass die Oma eher eine bessere Ausstattung und Motorisierung gewählt hatte, da würde auch beim Gebrauchten durchaus noch etwas hängen bleiben. Der Nerd im Cayenne. Klasse!

»Gab es kein Bargeld zu erben?«

»Niente. Das hat meine Mutter auch getroffen. Wollen wir reingehen?«

»Sie haben einen Schlüssel?«

»Klar.«

Sie betraten durch eine Glastür das Haus. Von der gewaltigen Diele führte eine geschwungene Treppe nach oben. Links gab es eine Garderobennische, wo noch Mäntel, ein Regenhut und eine Hundeleine hingen und Schuhe akkurat aufgereiht standen. So als wäre die Oma noch da. Tobias Eisenschmied ging in das Wohnzimmer vor, das sicher sechzig Quadratmeter umfasste. Die Fliesenböden waren mit allerlei Teppichen belegt, die allem Anschein nach ebenso teuer wie hässlich waren. Auch die ausladende Couchgarnitur, auf der sich Pfauenmotive tummelten, war gruselig – und selbst in dem Riesenraum trug sie noch auf. Nun ja, Geschmack war immer relativ. Vom Wohnzimmer konnte man auf die Terrasse gehen, die sie ja schon von draußen gesehen hatten. Dort standen ausladende Korbmöbel.

Tobias Eisenschmied marschierte die zwei Treppenstufen hinunter und wies nach rechts auf den Kräutergarten. Irmi und Kathi folgten ihm. Alles war säuberlich mit Täfelchen beschriftet: Engelstrompete, Rizinus, Schierling, Stechapfel, Eisenhut, Eibe.

»Ein ziemliches Potpourri«, bemerkte Irmi und bückte sich. Der blaue Eisenhut war gerade am Verblühen, man konnte wahrlich nicht sagen, ob da jemand etwas abgeschnitten oder ausgezupft hatte.

»Die Oma hat sich nicht umgebracht«, sagte Tobias Eisenschmied. Tränen standen ihm in den Augen, seine Selbstsicherheit war verflogen. »Sie müssen mir glauben. Da war etwas. Etwas Schlimmes.«

Der junge Mann tat Irmi leid, wahrscheinlich war ihm die Oma lange Jahre die wichtigste Bezugsperson gewesen. »Wir überprüfen in jedem Fall, warum Ihre Oma Danner gekannt hat, aber ich kann beim besten Willen derzeit keine Exhumierung und Obduktion bei der Staatsanwaltschaft durchsetzen. Verstehen Sie das?«

Der junge Mann kämpfte mit den Tränen und wischte sich hektisch im Gesicht herum. »Sie können gleich vorne rausgehen. Ich mach dann zu.«

Irmi war versucht, etwas wie »Wird schon« oder etwas

anderes Sinnloses zu sagen. Doch sie unterließ es, obwohl ihr der junge Mann wirklich leidtat.

»Scheiße!«, stieß Kathi aus, als sie das Tor wieder zugezogen hatten. »Der war recht überzeugend. Was ist, wenn er recht hat? Was haben ein renitenter Tourismusgegner, ein Niederländer mit falscher Identität und eine Omi mit Protzvilla miteinander zu tun? Denn außer der zeitlichen und räumlichen Nähe ist da nix!«

Irmi nickte und blickte zum kleinen Häuschen hinüber. Im Zweifelsfall hätte sie lieber da gewohnt als in der Villa. »Du weißt, wie Menschen sind, Kathi. In der Verzweiflung wollen sie einen Schuldigen finden. Aber das sind doch pure Hirngespinste des jungen Mannes.«

»Und wenn nicht?«

»Sag mal, Kathi, seit wann bist du so eine Kassandra? Du bist doch die größere Pragmatikerin von uns beiden.«

»Vielleicht habe ich ja eine Ahnung?«

»Hör mal zu, Ahnungen, Gefühle und Visionen sind mein Gebiet. Deins sind Polterauftritte und ein Realitätssinn, der schmerzt!« Irmi lächelte. »Ich würde es bevorzugen, jetzt ganz real zu Frau Danner zu fahren. Andrea schicken wir mit den Bildern zum Campingplatz. Auf geht's.«

Zurück in der Polizeiinspektion, wollten sie gerade Andrea und Sailer in Richtung Mittenwald entsenden, als ein ziemlicher Tumult ausbrach. Sie erfuhren es von der Rettungsleitstelle: Gleich am südlichen Ende des Farchanter Tunnels war ein Lkw umgekippt. Seine Fracht war anscheinend über die Straße verteilt – eine Fracht aus Käfigen. Voll mit kleinen Hunden.

In Irmi stieg ein brennendes Gefühl aus dem Magen auf. Ihr wurde übel. Nicht so etwas, nicht hier. Schnelle TV-Bilder zogen vorbei. Bilder von Tiertransporten. Riesige aufgerissene Hundeaugen. Tierbabys in höchster Angst oder bereits an der Schwelle zum Tod. Irmis Übelkeit nahm zu.

Als sie eintrafen, war die Feuerwehr schon vor Ort. Der Lkw hatte nur eine Plane gehabt, die jetzt an ein riesiges zusammengeknülltes Regencape erinnerte, das Fahrzeug selbst lag in stabiler Seitenlage. Überall wuselten Feuerwehrmänner herum, die Gitterkäfige aufsammelten, an den Straßenrand trugen, in eine aufrechte Position brachten. Ein paar der Käfige waren aufgesprungen, Leute vom Tierschutzverein waren aufgetaucht, überall Menschen, die winzige Hunde aufsammelten.

Irmi ging in die Knie. Und dann traf sie so ein Blick, auf den sie irgendwie vorbereitet gewesen war und eben doch nicht. Ganz vorsichtig nahm sie drei Winzlinge auf, die sie wie paralysiert anschauten. Sie waren federleicht, aber am Leben. Irmi hatte keine Ahnung, ob nicht innere Verletzungen vorlagen. Gab es so kleine Hundebabys? Wie konnte man solche hilflose Wesen, die nur aus Augen bestanden, einem solchen Schicksal aussetzen? Warum ließen manche Menschen jede Empathie vermissen? Musste nicht bei jedem dieses Kindchenschema einen Beschützerinstinkt auslösen? Hatte die Natur das nicht extra so gemacht, um den Nachwuchs zu schützen?

Ganz vorsichtig trug Irmi die drei Winzlinge hinüber zu den Tierschutzleuten, wo eine warm gepolsterte Box wartete. Irmi setzte die drei hinein, und da leckte eines dieser winzigen Wesen ihre Hand. Fast unmerklich, mit einer Zunge nicht größer als das Blatt eines Gänseblümchens. Er liebt mich, er liebt mich nicht …

Irmi blieb neben der Box hocken, hielt die Hände wie einen Schutzschirm über die Tierchen. Dann sah sie hoch. Eine ältere Dame, langjähriges Mitglied des Tierschutzvereins, völlig frei von Tierschützerhysterie und von Selbstbeweihräucherung, lächelte Irmi an.

»Chihuahuas. Die sind noch keine vier Wochen alt. Nicht transportfähig. Völlig dehydriert. Kein Fressen, kein Trinken, hocken in ihrer Scheiße. Was für ein Wahnsinn. Bleiben Sie noch kurz, Frau Mangold? Die Wärme tut ihnen gut. Jede Zuneigung tut ihnen gut. Keine vier Wochen alt, keine Mama.« Sie schüttelte den Kopf und eilte davon.

Irmi kam sich vor, als liefe vor ihren Augen ein Film ab. Sie stand am Set und blickte auf die Szene, die eine ganz eigene Choreografie hatte. Der Film wurde immer düsterer, die Nacht zog herein. Die Feuerwehr hatte Scheinwerfer aufgestellt, Menschen wurden von Lichtkegeln erfasst, dann verschluckte die Dunkelheit sie wieder. Man musste dagegen ankämpfen, dass sie einen packte. Gerade heute.

Auch die Chefin des Garmischer Tierheims – und zugleich Vizepräsidentin des bayerischen Tierschutzbundes – hastete vorbei. Sie war überall, war klar und beherrscht in ihren knappen Befehlen. Irmi bewunderte diese Leute seit Jahren. Was die mit ansehen mussten, was sich über die Jahre in ihnen potenziert haben musste, das überstieg ihre Vorstellungskraft.

Sie ließ ihren Blick weiter umherschweifen. Ein junges Mädchen stand am Straßenrand, gebeutelt von Weinkrämpfen. Irmi erkannte Kathis Tochter, das Soferl. Ihre Kollegin hatte mal erzählt, dass das Soferl zur Jugendgruppe des Tierheims ging. Kathi hatte sie auch entdeckt und stürmte hin, nahm das Mädchen, das der Mama über den Kopf gewachsen war, in den Arm. Irmi streifte Kathis Blick, der in Tränen schwamm. Sie weinte nicht um die Hunde, sie weinte um ihre Tochter und deren Herz. Deren leidendes Herz. Irmis und Kathis Blicke trafen sich, auf einmal waren sie sich alle sehr nahe, vereint in diesem ohnmächtigen Gefühl. Irmi schluckte, das winzige Tierchen leckte noch immer ihre Hand.

Am Ende – nach einer schwarzen Ewigkeit – waren die Tiere verladen. Noch hatte keiner den Überblick, aber es waren sicher über fünfzig Hunde diverser Rassen, alles Kleinst- und Kleinhunde, weil die Welt am liebsten Hunde wollte, die zur Einrichtung passten, nicht schmutzten, nicht bellten und praktisch in Taschen zu verpacken waren. Wer schaffte sich heute noch einen Bernhardiner oder einen Bobtail an?

Irmi bedeutete Kathi, beim Soferl zu bleiben. Dann wandte sie sich dem Polizeibus zu, in dem der Fahrer des havarierten ungarischen Lkw saß. Dass dessen Reifen den Namen Profil nicht mehr verdienten, dass er rostete wie ein Schiffswrack, war das eine. Aber hier ging es um mehr. Der Mann saß gelangweilt da und kaute auf einem Zahnstocher herum. Der Kollege Sepp sah angewidert aus, er beherrschte sich nur mühsam.

»Bin ich bloß Fahrer – mehr ist aus dem nicht rauszuholen. Laut seinem Führerschein heißt er István Nagy, der Lkw gehört einem László Berényi. Wir brauchen einen Dolmetscher«, knurrte Sepp.

»Soso, der Herr Stefan Groß«, sagte Irmi langsam. Der Mann zuckte zusammen. Aha, er verstand sie also sehr wohl, und er begriff auch, dass Irmi gerade seinen Namen ins Deutsche übersetzt hatte. Dass Irmi etwas Ungarisch verstand, verdankte sie dem Umstand, dass sie sich während ihrer Ausbildung mit einer Kollegin angefreundet hatte, deren Vater Deutscher und deren Mutter Ungarin war. Eszter hatte bei der deutschen Polizei gelernt, war dann nach England gegangen und später – nach der Wende – zurück nach Ungarn. Ende der Achtzigerjahre hatte sie Irmi mehrfach mit in die Puszta genommen. Ihre Verwandtschaft wohnte unweit von Kecskemét. Da hatte Irmi einiges aufgeschnappt, konnte Speisekarten lesen und wusste, dass »jó ló« das gute Pferd war und dass »gyere ide, kutya« »komm her, Hund!« hieß. Und sie konnte ein angewidertes »Mit csinálsz?« ausstoßen. Die Frage »Was machst du?« animierte den Fahrer zu einem Redeschwall, den Irmi allerdings nur sehr partiell verstand. Sie warf dem Mann einen bitterbösen Blick zu, sprang aus dem Auto und sah sich um. Eine junge Frau vom Tierschutz war Ungarin, wusste Irmi, und zum Glück war das Mädchen noch vor Ort.

»Ildikó, könntest du bitte übersetzen?«

Der jungen Frau war ihre Verachtung für den Typen anzusehen. Der Gesprächston war rau, die Mimik und Gestik des Typen schienen zu sagen: Was wollt ihr eigentlich? Mit Weibern red ich sowieso nicht! Ildikó wurde angepöbelt. Einige seiner ungarischen Verbalinjurien kannte sogar Irmi. Er konnte sich ausweisen und gab bereitwillig die Adresse seines Auftraggebers bekannt. Er sei nur der Fahrer, versicherte er und behauptete auch, den Hunden Wasser gegeben zu haben. Nein, über das Alter der Hunde wisse er nichts. Er sei ja kein Hundeexperte. Nur der Fahrer eben. Er hatte Papiere dabei, die Hunde besaßen EU-Impfausweise, die aber sicher gefälscht waren, denn die Hunde waren viel zu jung, um geimpft zu werden. Mehr wisse er nicht. Er sei nur der Fahrer.

»Frag ihn mal, wo er eigentlich hinwollte«, bat Irmi die junge Frau.

Der Mann nannte einen Rastplatz bei München. Da habe er sich einfinden sollen. Mehr wisse er nicht. Er sei ja nur der Fahrer. Irmi war nahe dran, dem Kerl an die Gurgel zu gehen.

Sepp stutzte. »Warum fahrt der aus Ungarn so a Eck raus? Warum kimmt der ned über Salzburg?«

Die Frage war berechtigt, und Irmi glaubte die Antwort zu kennen. Egal ob Furth im Wald oder Salzburg – die Grenzübergänge wurden von der Bundespolizei wegen der Flüchtlinge stark kontrolliert. Jede Menge Lkws gerieten in die Schleierfahndung, das war ja auch der Grund, weswegen derzeit so viele illegale Tiertransporte aufflogen. Da war Scharnitz als Grenzübergang weitaus unauffälliger. Der Fahrer konnte wegen der mangelnden Verkehrstauglichkeit des Lkws belangt und eventuell wegen des Verstoßes gegen das Tierschutzgesetz angeklagt werden – doch in den meisten Fällen verlief so etwas im Sande, die Fahrer fuhren weiter. Die armen gestrandeten Tiere waren zwar vorerst gerettet, aber was zog das alles nach sich? Was würde das Tierheim in Garmisch denn nun mit fünfzig winzig kleinen schwachen Welpen anfangen? Irmi meinte immer noch die kleine Zunge auf ihrer Hand zu spüren. Ihre Wut drohte alles zu überbranden.

Sie ließ sich die Mappe mit den Papieren aushändigen und telefonierte mit der Staatsanwaltschaft. Zumindest konnte sie erwirken, dass der Wagen sichergestellt wurde. Denn wenn das Auto weg war, hatten sie gar nichts mehr in der Hand. Und man würde auf den Kosten sitzen bleiben, die die Hunde ja nun verursachten. Man konnte auch argumentieren, dass mit dem Wagen eine Straftat verübt worden war. Den Fahrer aber mussten sie ziehen lassen.

Es war wie nach einer Naturkatastrophe: einem Orkan, einem Lawinenabgang oder einer schweren Überschwemmung. Auf einmal war alles getan, was für den Moment getan werden musste. Das Adrenalin wich aus dem Körper, und da war nur noch der schlaffe Luftballon, der elend am Boden lag. Die Front war abgezogen, alles Akute erledigt. Es blieben die Aufräumarbeiten, auch die an der Seele.

Mittlerweile waren die Autos weg, ein paar Feuerwehrleute räumten die letzten Teile beiseite. Irmi hatte Kathi ermuntert, das Soferl nach Hause zu bringen, auch Sepp und Sailer waren losgefahren. Nur Andrea war noch da. Irmi lächelte sie an, und sie standen beide eine Weile schweigend da, bis Andrea sagte: »Ich würde dann morgen gleich in der Früh mit Sailer nach Mittenwald fahren.«

Irmi horchte fast überrascht auf. Da waren zwei Tote, die sie für die letzten Stunden aus ihrem Bewusstsein gestrichen hatte. Auf der Agenda standen die Befragung von Nadja Danner und ein Besuch auf dem Campingplatz, wo das Foto von Julius Danner herumgezeigt werden sollte, damit der Niederländer endlich identifiziert werden konnte. Die Realität des Polizeialltags hatte sie wieder.

»Danke, Andrea, fürs Mitdenken.«

Andrea lächelte. »Alles klar. Ich würde dann jetzt heimfahren … also … Geht's bei dir?«

Andrea klang besorgt. Sah die alte Irmi-Oma so schlecht aus, dass ihre junge Kollegin sie so ansehen musste? Irmi straffte die Schultern.

»Ach, ich glaube, ich brauche einfach nur ein heißes Bad!«, erwiderte Irmi betont fröhlich.

Als sie daheim ankam, war Bernhard erneut vor dem Fernseher eingeschlafen. Irgendwelche Holzfäller verluden in einer unwirtlichen Gegend Stämme. Der Moderator faselte etwas von achtunddreißig Grad minus. Auf dem Bildschirm war ein Trucker zu sehen, dessen Jacke offen stand und der keine Mütze trug.

»Dann tät ich halt was anziehen«, sagte Irmi zum Fernseher.

»Was? Was soll i?« Bernhard war aufgewacht.

»Am besten ins Bett gehen«, meinte Irmi lächelnd.

»Der Fernsehschlaf vor Mitternacht is der gsündeste. Nacht, Schwester!«, sagte Bernhard und schlurfte davon.

Irmi blickte auf die Mattscheibe, wo das Holzfahrzeug im Schnee stecken geblieben war. Der Trucker fluchte.

Es war inzwischen nach Mitternacht, sollte sie sich jetzt noch eine Badewanne einlaufen lassen? Aber warum eigentlich nicht? Bernhard würde das nicht stören. Wenn er einmal schlief, konnte man um ihn herum das Haus abtragen. Außerdem hatten sie keine Nachbarn. Komisch, sie war so sozialisiert, dass man mitten in der Nacht nicht badete. Das tat man einfach nicht. Aber wer war schon man?

Irmi wühlte in einem kleinen Korb, der Badezusätze enthielt. »Ferien auf dem Ponyhof« war sicher eine gute Wahl. Jens hatte den für sie ausgesucht und mit den Worten überreicht: »Ferien auf dem Rinderhof gab es nicht.« Nun ja, vom Geruch her verband man mit Kühen vermutlich keinen Badespaß. Mit Ponys anscheinend schon.

Irmi lächelte melancholisch. Heute war eine der Nächte, in der die Einsamkeit bohrte. Auch wenn sie und Jens nicht viel geredet hätten, seine bloße Anwesenheit hätte ihr gutgetan.

Irmi lag dösend in der Wanne, als etwas auf sie herabplumpste. Der kleine Kater hatte eine Maus ins Wasser geworfen – gottlob eine Spielmaus, keine echte. Irmi wrang das ziemlich lädierte Plüschtier aus und warf es im hohen Bogen durch das Badezimmer. Der Kater schnappte es sich, und schon lag es wieder in der Wanne. Im Gesicht des Katers lag Triumph.

Was taten Menschen, die ohne Katzen lebten? Wie überlebten sie ohne diese telepathischen Wesen, die im richtigen Zeitpunkt da waren? Die das Lachen aus düsteren Seelen hervorkitzelten? Ohne Katze wurde man sicher depressiv oder psychotisch oder beides zusammen.

6

Irmi war auch an diesem Samstagmorgen auf dem Weg ins Büro, als eine unbekannte Macht ihr ins Steuer griff. Eine Macht, die einfach abbog und dem Tierheim zustrebte. Irmi traf die Leiterin in ihrem Büro an, das mehr von einer buddhistischen Wohlfühloase hatte als von einem Arbeitszimmer. Sie war gerade am Telefon, und Irmi wollte schon wieder rausgehen, doch die Leiterin machte eine Geste, mit der sie sie zum Bleiben aufforderte. Kaum hatte sie aufgelegt, rief sie:

»Es ist ein Drama! Die Bundespolizei hat bei Bad Reichenhall in einem Fahrzeug aus Rumänien schon wieder drei Hundewelpen gefunden. Sie waren völlig unterversorgt, in einer kleinen verdreckten Box zusammengepfercht und erst sechs bis acht Wochen alt. Das Tierheim Bad Reichenhall hat die Erstversorgung übernommen, die drei Kleinen sind anschließend in die Tierarztpraxis nach Piding gebracht worden. Ein kleiner Rüde ist noch in der Nacht verstorben. Er hatte eine Körpertemperatur von gerade mal vierunddreißig Grad. Obwohl alles getan wurde, konnte das Leben des Hundchens nicht gerettet werden. Eine Mitarbeiterin ist heute früh nach Piding gefahren, um die beiden anderen abzuholen. Da wir inzwischen viel Erfahrung mit Welpen aus illegalen Transporten haben, hoffen wir, dass die beiden es schaffen.«

Irmi hatte irgendwie gehofft, ihr Morgen würde anders

beginnen. Sanfter, gnädiger, aber so war das Leben nur selten.

»Mir war nicht klar, welche Ausmaße das inzwischen angenommen hat«, bemerkte sie. »Wo sollen denn all diese Hunde hin? Wobei mir in letzter Zeit aufgefallen ist, dass heutzutage irgendwie jeder Hunde hat. Wo ich gehe und stehe, egal ob am Berg oder im Restaurant, jeder hat Hunde im Schlepptau, und zwar nicht bloß einen, sondern gleich zwei oder drei. Meist kleine Hunde.«

»Da sagen Sie was! Hunde begleiten den Menschen seit Jahrtausenden. Sie haben mitgearbeitet als Wachhund, als Schutzhund, als Jagdhund. Heute wollen viele Hundehalter keinen echten Hund mehr, sondern etwas, was die gequälte Seele streichelt. Denn der Chef ist garstig, die Frau zickig, die Kinder schlecht in der Schule – umso besser, wenn wenigstens der Hund anders ist: anhänglich und sooo dankbar. Menschen neigen ja dazu, ihre Seelenprozesse übers Tier abzuhandeln. Also darf der Hund so sein, wie der Besitzer gerne selber wäre: schlau oder auch mal echt Furcht einflößend. Und wer sich einen echt doofen Hund anschafft, der kann darüber vergessen, dass er selber noch viel dööfer ist.«

Irmi lachte. »Manchmal muss der Hund auch zur Einrichtung passen.«

»Ja, und bloß nicht haaren oder hundeln. Die Wohnungen sollen möglichst clean aussehen, da mag man keine üppigen Cockerspaniel oder gar Setter mehr. Da muss der Hund klein sein, sein Fell kurz und glatt. Er sollte wie Herrchen am liebsten vor dem Fernseher abhängen und die Schnauze halten. Bellen sollte er auch nicht! Aber letztlich ist das Designobjekt Hund oder der Seelenstreichlerhund doch ein Tier und verhält sich tierisch.«

Irmi dachte mit Wehmut an ihre eigene Hündin, die ihr gefolgt war und dennoch ein eigenes Leben geführt hatte. Sie war auch mal alleine spazieren gegangen, sie hatte abends die Hühner eingetrieben. Sie hatte dem Postboten die Post abgenommen und ins Haus getragen. Sie hatte ihre Schlafphasen ausgekostet, sich dann lange gestreckt und gedehnt und war wieder bereit gewesen für das Leben. Sie hatte natürlich allein sein können, warum auch nicht, sie hatte doch ein Revier gehabt, eine Sinfonie an Gerüchen und Geräuschen. Sie hatte Mäuse gefangen, besser als die Kater.

Dann dachte Irmi an all diese hübschen Border Collies und Australian Shepherds, die so wunderbar aussahen in ihrer Buntheit und bisweilen auch noch verschiedenfarbige Augen hatten. Aber was sollten diese hochintelligenten Tiere denn in der Stadt anfangen? Sie waren doch als Hütehunde gezüchtet worden. Irmi verfolgte ab und zu die Sendungen mit dem Hundeprofi im Fernsehen, der Problemhunden half. Dabei gab es doch immer nur und immer mehr Problemmenschen.

»Ich hab neulich irgendwo gelesen, dass der neue Hund ein Stadtbewohner ist – mehr in der Wohnung als draußen. Wahnsinn, oder?«, bemerkte Irmi. »Nur noch vierzig Prozent der Hundebesitzer wollen mit ihrem Tier in der Natur sein. Die meisten haben den Hund als Prestigeobjekt oder wegen der Emotionen. Ist das nicht furchtbar?«

»Genau deshalb kommen diese netten kleinen Hunde

aus dem Osten. Diese ganzen Trendrassen. Die Kleinen gestern waren Malteser, Bolonka Zwetna, Chihuahuas, Shih Tzus und Französische Bulldoggen.«

»Geht es ihnen einigermaßen gut?«, fragte Irmi, obwohl sie die Antwort eigentlich gar nicht wissen wollte.

»Es waren dreiundfünfzig Stück, sieben davon haben wir gleich einschläfern müssen. Der Rest wird wohl durchkommen, aber sie sind nicht geimpft, voller Würmer und Viren, kaum ernährt und verhaltensgestört, weil sie viel zu früh von der Mutter getrennt und in verdreckten Käfigen oder Verschlägen gehalten wurden. Bis zu zweitausend Kilometer lange Transportwege ohne Wasser und Futter … Ach, das geht uns wirklich an die Substanz. Emotional und finanziell, Frau Mangold.«

Die Frage bohrte in ihr. Lebte der Chihuahua noch? War er bei den Toten? Irmi fragte nicht, die Wahrheit war nicht immer das Beste.

»Und was passiert jetzt?«

»Die bleiben erst mal in Quarantäne. Wir telefonieren uns die Finger wund, um in anderen Tierheimen weitere Plätze zu finden.«

»Und die Kosten?«

»Ach, Frau Mangold! Die Behörden sind sehr zögerlich, einen Einzugsbescheid auszustellen. Dann wären sie nämlich zuständig. Auch fürs Geld.«

Irmi sah die Frau fragend an, die fortfuhr: »Sie müssten pro Welpe und Tag zweiundzwanzig Euro Seuchenquarantäne bezahlen und die Tierarztkosten. Ich schätze, der Staat hat derzeit rund fünfhunderttausend Euro Schulden bei bayerischen Tierheimen, die das alles irgendwie stemmen müssen. Aus Spenden. Das ist zum Kotzen!«

Weil Irmi immer noch nichts sagte, schickte sie hinterher: »Alles andere aus illegalen Transporten wird bezahlt. Für Kühlschränke werden die Lagerkosten übernommen, aber hier geht es ja nur um Tiere. Da wird mit zweierlei Maß gemessen, das ist im Prinzip Rechtsbeugung.«

Irmi schwieg. Ein Umhang aus Blei drückte sie in den Sessel.

»Man glaubt es kaum, Frau Mangold, aber Hundehandel ist ähnlich lukrativ wie Drogenhandel, aber weitaus ungefährlicher. Wir reden hier von wahrlich erschütternden Dimensionen: Über den Verband des Haustierbedarfs kann man errechnen, dass jedes Jahr allein in Deutschland mindestens fünfhunderttausend Welpen verkauft werden. Der Verband Deutscher Hundezüchter wies für 2013 beispielsweise etwa siebenundsiebzigtausend Welpen aus. Eine gigantische Differenz, die die Frage aufwirft, wo die anderen Tiere alle herkommen. Es mag Züchter ohne VDH-Zugehörigkeit geben, es gibt Promenadenmischungen, die eben mal als Kinder der Liebe entstehen, aber es bleibt immer noch eine unglaubliche Differenz. Und wo kommen diese Hunde her? Von den Vermehrern aus dem Osten! Und das ist mit unendlich viel Tierleid verbunden!« Die Leiterin des Tierheims seufzte.

»Aber das Thema ist doch relativ präsent«, wandte Irmi ein. »Immer mehr solcher Transporte werden aufgegriffen, es gibt doch auch Kampagnen dagegen. Neulich erst habe ich in einer Talkshow eine sehr engagierte Dame von einer Tierschutzorganisation gesehen, die von diesen grauenvollen Zuständen im Osten berichtet hat. Wachen die Menschen denn nicht auf?«

»Ach, der Mensch vergisst. Der Mensch lügt sich seine ganz persönliche Wahrheit zurecht. Und am Ende ist Geiz eben doch geil. Glauben Sie mir: Der Prozentsatz jener, die auch beim Tier ganz eiskalt kalkulieren, ist hoch. Kauf ich einen Hund für tausend Euro und der wird dann krank oder überfahren oder geklaut, schmerzt das. Kostet der hundertfünfzig, ›is ned vui hi‹. Das höre ich leider viel zu oft!«

Was für eine verächtliche Einstellung, dachte Irmi. Sie kannte eine Frau in der Nachbarschaft, die ständig billige Pferde aufkaufte, diese zwei oder drei Jahre in ihrer Reitschule laufen ließ – und wenn die dann »wegmussten«, war »ned vui hi«.

»Aber es muss doch jedem klar sein, dass bei einem Rassehund für hundertfünfzig Euro so einiges im Argen liegt, oder?«, sagte Irmi.

»Na ja, es kann auch die Mitleidsfalle sein. Man rettet so ein Tierchen. Und das mag als Welpe noch ganz arm und lieb sein, doch später kommen die Kosten und der Frust. Nehmen Sie unsere Zwerge hier, die wir nun aufpäppeln: Es gibt keine Garantie, dass die in der Pubertät nicht doch auffällig werden. Die emotionale Belastung für die Besitzer ist gewaltig, will man doch nur Gutes für so ein Tier. Aber die meisten solcher Hunde nehmen ja nicht den Umweg über ein Tierheim. Sie gehen krank an ihre neuen Besitzer, die Tierarztkosten explodieren, teils sind das chronische Krankheiten, teils tödliche. Und immer wieder diese Angst, diese Verzweiflung, immer der Tod, der anklopft, immer wieder Hoffnung und erneute Rückschläge. Das kann einen Menschen ganz schleichend zermürben.«

»Gibt es denn gar keine rechtliche Handhabe?«

»Wen wollen Sie verklagen, wenn der Verkäufer im weltweiten Netz abgetaucht ist? Und selbst wenn Sie jemand belangen könnten: Die Beweislast liegt bei Ihnen. Das Tier war vorher völlig gesund. *Sie* haben den Zustand Ihres Hundes durch falsche Haltung verschuldet. Verstehen Sie, wie da argumentiert wird? Das kann uferlos werden und hängt sehr vom jeweiligen Richter ab. Deshalb gibt es doch den Reiz des schnellen Geldes, weil die Verantwortlichen kaum Strafen zu befürchten haben.«

»Keine Klagen?«

»Seit 2004 gab es, glaub ich, rund vierzig Zivilverfahren, mehr als achtzig Anzeigen, aktuell fünfzig Klagen wegen Betrug, wo es darum geht, dass angeblich gesunde Welpen todkrank und verhaltensgestört sind. Wenn überhaupt, werden die Verkäufer zivilrechtlich zur Rückabwicklung des ›Kaufgegenstands‹ aufgefordert und sollen die Tierarztkosten tragen. Was das für das kranke Tier bedeutet, ist klar. Deshalb lassen viele Geprellte solche Klagen sein. Und strafrechtlich ist das ja gar nicht relevant.«

Als Polizistin kannte sie die engen Grenzen des Rechtssystems – und war umso wütender. »Da müsste mal echte Abschreckung betrieben werden!«

»Es gab im November 2015 einen viel beachteten Prozess in Seligenstadt, wo ein Pärchen erstmals Freiheitsstrafen von fünfzehn Monaten ohne Bewährung bekam und ein Zucht- und Handelsverbot für die nächsten fünf Jahre wegen gemeinschaftlichen und gewerbsmäßigen Betrugs.

Dem Seligenstädter Tierschutzverein waren die Händler seit mehr als einem Jahrzehnt bekannt. Es hatten sich regelmäßig Käufer gemeldet, die über Zwingerhusten, Durchfall oder ansteckende Infektionskrankheiten ihrer Tiere klagten. Das eingeschaltete Veterinäramt Offenbach ist weitgehend untätig geblieben, das ging alles munter weiter. Das ist die Realität, Frau Mangold!«

»Und die Spitze des Eisbergs, nehme ich an«, sagte Irmi leise.

»Haben Sie noch etwas Zeit?«

Irmi nickte.

»Rücken Sie mal Ihren Stuhl heran, ich zeige Ihnen etwas.«

Irmi tat, wie ihr geheißen. Auf dem Bildschirm des Computers war ein Kleinanzeigenportal zu sehen.

»So, das ist die Rubrik Rassehunde. An ein und demselben Tag sind hunderteinundsechzig neue Anzeigen eingestellt worden – alles Welpen, die zum Verkauf stehen.«

Irmi las: »Zuckersüße Shih-Tzu-Welpen. Diese niedlichen und nicht haarenden Welpen sind richtige Hingucker. Sie sind echte Schmusebacken und ideale Familienhunde, die Kinder über alles lieben. Die Welpen sind entwurmt, geimpft, gechipt und haben einen EU-Pass.« Daneben stand eine Rufnummer aus den Niederlanden.

Rote Chow-Chow-Welpen waren zu vergeben, außerdem Yorkshire Terrier, Malteser, Englische Bulldoggen, Beagles, Owtscharkas, Rottweiler, Samojeden, Schäferhunde und einige Mischlinge. Die Preise bewegten sich zwischen dreihundert und fünfhundert Euro, und es stand immer die gleiche niederländische Telefonnummer als Kontakt daneben.

»Das ist der Klassiker. Im Prinzip müssten alle Alarmglocken klingeln, wenn einer so viele unterschiedliche Rassen verkauft. Aber wir haben ja auch angeblich seriöse Anbieter. Die haben unglaublich gut gemachte Homepages, die nur so triefen vor Seriosität. Und die halten auch die Auflagen der Veterinärämter ein, da ist nichts zu machen. Wissen Sie, die Welpenmafia wird klüger. Manche Verkäufer verlangen auch mal sechshundert oder siebenhundert Euro für die Hundchen. Das wirkt seriöser, denn wie Sie sagen: Etliche Käufer sind informierter und kennen das Problem der Wühltischwelpen. Aber wenn einer neunhundert Euro kostet, dann ist das ja kein Schnäppchen mehr!«

»Das heißt, die Hunde sind ebenso arm und krank wie die anderen, bloß teurer?«, fragte Irmi erschüttert.

»Ja, genau. Es geht übrigens noch perfider. Die schalten oft ganz seriöse Familien in Deutschland dazwischen. Da spielen dann die Kinder mit den Welpen. Auf den ersten Blick sieht man denen nichts an.«

»Aber ich könnte doch nach dem Muttertier fragen?«

»Ach, das ist grad spazieren oder beim Tierarzt, weil ihr Gesäuge entzündet ist und man sich doch sooo kümmert um das Tier. Frau Mangold, das sind Schauspieler, schauspielernde Strohfamilien, wenn Sie so wollen.«

»Das ist, das ist …« Irmi brach ab.

»Das ist die Welt, in der wir leben. Geiz ist und bleibt geil.«

Dieser unerträgliche Satz verfolgte sie. Im Supermarkt,

an der Tankstelle und auch bei der CoolCard war es um genau dieses Thema gegangen. Niemand war mehr bereit, für Leistungen und Anstrengungen und das Herzblut auf der anderen Seite zu zahlen. Sie jagten alle an den Wühltischen des Lebens.

»Wissen Sie, Frau Mangold, ich war selber in Polen, Ungarn und Tschechien bei solchen Massenvermehrern. Wir wurden bedroht, deshalb hatte ich einen ungarischen Tierschützer dabei, einen Zwei-Meter-Schrank, bis unter die Ohren tätowiert. Ohne Tibor hätte ich mich da gar nicht aufhalten können. Dreimal pro Jahr zwingen die Vermehrer ihre Hündinnen, Welpen zu gebären. Mit vier oder fünf Jahren werden sie ausgemustert und getötet oder für Tierversuche an Laboratorien verkauft und durch jüngere ersetzt. Wir haben entsprechende Fotos ...« Die Leiterin des Tierheims schluckte schwer und schloss das Portal wieder.

»Diese Fotos können wir gar nicht online stellen«, fuhr sie fort. »Zu unerträglich. Das hält niemand aus. Man muss sich abwenden, aus Selbstschutz. Aber wir wollen ja Plätze für die Tiere finden. Also stellen wir eher die putzigen Welpenbilder online. Auch nicht richtig, weil es verharmlost. Aber ich kann diese halb toten Hundemütter, die doch nur ihre Kinder am Leben erhalten wollen, nicht zeigen. Sie sind wie alle Mütter. Sie kämpfen bis zum Schluss. Das Schlimmste ist, wenn sich die Tiere aufgegeben haben.«

Irmi sah weg und blinzelte, um die Tränen abzuwehren. Wurde sie dünnhäutiger, seit die sechzig in Sichtweite war? »Der ist hautig beianand« – so hatte die Mutter jemanden beschrieben, der krank und elend war. Es lag mehr in diesem Satz, als die Hochsprache je ausdrücken könnte. Wer richtig bedrohlich krank war, hatte auch eine dünne Seele. Eine, die sich nicht mehr zu wehren wusste.

Irmi blickte auf die Uhr und erhob sich. Sie musste ins Büro fahren. Sosehr die Welpen sie bewegten, sie hatte zwei ungeklärte Todesfälle.

Die Leiterin erhob sich ebenfalls. »Die Chihuahuas werden es schaffen. Auch die Shih-Tzus. Wir mussten heute früh einen kleinen Mops einschläfern, aber ich hoffe, der Rest kommt durch. Das sind zähe kleine Kerle, die richtig am Leben hängen. Sie freuen sich über jede Zuwendung. Das sind übrigens Hunde, keine Handtaschenbewohner! Chihuahuas oder Shih-Tzus sind uralte Rassen. Der Chihuahua soll der heilige Hund der Tolteken gewesen sein, eines voraztekischen, kriegerischen Stammes. Keineswegs verzärtelt, sondern extrem robust! Bei den Azteken wurden die Tiere weiter verehrt. Man verbrannte die Verstorbenen zusammen mit ihren Habseligkeiten und ihrem Hund, denn man glaubte, der Hund werde mit seinen großen, leuchtenden Augen den Weg über die neun Todesflüsse der Unterwelt ins Paradies weisen. Frühe Touristen kauften den Indianern diese ›mexikanischen Hunde‹ ab und nahmen sie als Souvenir nach Nordamerika mit. Damit begann das Drama dieser Kleinhunde, das bei Paris Hilton seinen tragischen Höhepunkt findet.«

»Hunde als Accessoire und Seelenstreichler, den man immer dann rausziehen kann, wenn einem danach ist – und auch wieder zurückstopfen, wenn es grad nicht passt«, bemerkte Irmi.

»Was bei den Kleinhunden eben auch leichter geht. Einen Bernhardiner stopft man weniger leicht zurück in den Schrankkoffer.« Die Leiterin des Tierheims lächelte.

Als Irmi das Eisentor hinter sich geschlossen hatte und über den abgeholzten Wald am Kramerabhang blickte, wurde ihr bang. Wohin steuerte diese Welt nur?

Im Büro starrten ihre Leute sie erwartungsfroh an. Auch die Kollegen schienen völlig unbeeindruckt davon, dass Samstag war.

»Da bist du ja endlich!«, rief Kathi.

Irmi schluckte den Kommentar, dass Kathi doch eigentlich immer die Unpünktliche war, die irgendwo im handynetzlosen Nirwana unauffindbar blieb.

»Was gibt's? Ihr schaut so.«

»Die KTU hat sich den sichergestellten Lkw mal genauer angesehen und in den Unterlagen des Fahrers das hier entdeckt!« Kathi hielt Irmi einen speckigen Zettel hin, auf dem eine Adresse in Garmisch verzeichnet war.

»Ja und?«

»Kommt dir diese Adresse nicht irgendwie bekannt vor, Irmi?«

»Hmm.«

»Andrea, mach Irmi doch mal einen Kaffee, die läuft noch auf Sparflamme!«, rief Kathi.

Andrea verzog kurz das Gesicht und ging hinaus. Den Kaffee kochte sie für Irmi, ganz sicher nicht für Kathi.

Irmi überlegte kurz. Auch ohne Kaffee dämmerte etwas herauf.

»Da wohnte doch diese Oma ...«

»Ganz richtig, die Oma von Tobias Eisenschmied in ihrer Protz- und Kotzvilla«, ergänzte Kathi.

»Aber warum hat ein Transporter aus Ungarn diese Adresse an Bord?«

»Das fragen wir uns auch schon den ganzen Morgen.«

»I sog, die woit sich an Hund anschaffen«, sagte Sailer.

»Und ich sag, das ist Quatsch«, konterte Kathi. »Der Lkw-Fahrer liefert doch sicher keine Einzelhunde aus. Welpe frei Haus, das glaub ich nicht.«

»Das erscheint mir auch unwahrscheinlich«, meinte Irmi und lächelte Andrea dankbar zu, die gerade den Kaffee vor ihr abstellte. »Dann rufen wir doch mal den Enkel an«, fuhr sie fort und kramte auf dem Schreibtisch dessen Handynummer hervor.

Irgendeine Metalmusik dröhnte an Irmis Ohr, bis Tobias Eisenschmied ranging.

»Grüß Gott, Herr Eisenschmied. Hatte Ihre Oma einen Hund? Oder wollte sie sich einen anschaffen?«

Irmi hatte auf laut gestellt, sodass alle mithören konnten.

»Nein.« Eisenschmied gähnte. War wohl etwas früh für ihn. Erneutes Gähnen. »Moment, sie hatte mal so einen kleinen weißen Wischmopp da. Aber der war nur zur Pflege da, von einer Nachbarin, glaub ich. Die hat den öfter bei ihr abgegeben und auch mal so einen kleinen Hässlichen mit Glupschaugen. Oma wollte aber keinen eigenen Hund, sie ist ja viel gereist.«

Glupschaugen? Er sprach sicher von einem Chihuahua, diese Zwergenhunde verfolgten sie. Irmi hatte plötzlich das schauderhafte Interieur des Hauses vor Augen. An der Garderobe hatte eine Hundeleine gehangen!

»Warum fragen Sie?«, wollte Tobias Eisenschmied argwöhnisch wissen.

Dumm war er nicht, aber Irmi wollte nicht zum jetzigen
Zeitpunkt mit ihrem Fund des Adresszettels hausieren
gehen.

»Nur ein Gedanke.«

»Ach! Halten Sie mich für dämlich?«

»Mitnichten!«

Und auf einmal hatte Irmi eine zündende Idee.

»Herr Eisenschmied, ich melde mich wieder. Kann sein,
dass wir noch mal ins Haus müssen.«

Er maulte noch irgendwas, und Irmi legte auf.

»Sagt mal, wenn ihr in einer Gegend fremd seid, was
für Adressen habt ihr da dabei?«, wandte sie sich an die
Kollegenrunde.

»Häh?«, kam es von Sailer.

»Die vom Hotel?«, sagte Andrea leise.

»Genau oder von einer anderen Unterkunft!«

»Was, du meinst, die Oma hat ein B & B oder eine
Pension oder Gästezimmer oder was? Wo sie rumänische
Lkw-Fahrer beherbergt? In der ihrer Nobelburg? Nie!«,
rief Kathi.

»Andrea, mach mal bitte auf dem PC die Seite vom Re-
gionstourismusverband auf, da muss es doch ein Unter-
kunftsverzeichnis geben. Schau da mal nach.«

Andrea klickte eine Weile herum, dann drehte sie sich
um. »Da!«

Sie alle beugten sich über den Schreibtisch und beäug-
ten den Bildschirm. Unter der Rubrik »Ferienwohnungen«
gab es unter der angegebenen Adresse ein »Schnuckeliges

Ferienhäuschen für maximal 4 Personen«. Ein Bild war nicht beigefügt, aber eine Telefonnummer, und zwar – das war schnell verifiziert – die Festnetznummer der mittlerweile toten Oma.

Kathi hieb auf den Tisch. »Die hat das kleine Häuschen im Garten vermietet. Klar! Irmi, du bist ja genial! Und es hat schon wieder mit Tourismus zu tun! Wir nähern uns an.«

»Ich weiß, dass ich genial bin«, sagte Irmi und grinste.

»Aber die hat doch Geld wie Heu, wieso vermietet die?«, gab Kathi zu bedenken.

»Wenn sie alleinstehend war, ich mein, also … es kann ihr doch langweilig gewesen sein, und so ein paar Gäste …« Andrea sah von der einen zum anderen.

»Klar, in Garmisch vermieten aa Leit, die ham Zaster zum Saufuadern«, sagte Sailer. »Mei Schwoger Rudl zum Beispiel …«

»Genau, Sailer«, schnitt ihm Irmi das Wort ab, denn Geschichten über seine ausufernden Verwandten waren noch ausladender als die Äste seines Stammbaums.

»Kathi, wir fahren mal zu Eisenschmied. Der muss doch gewusst haben, dass seine Oma vermietet, oder?«

Kathi zuckte mit den Achseln. »Vielleicht war er doch nicht so oft bei seinem Omilein, wie er uns glauben machen will. Das sag ich doch die ganze Zeit schon.«

Tobias Eisenschmied wohnte im Dachgeschoss eines Mehrfamilienhauses. Sie läuteten, und der junge Mann öffnete. Heute trug er eine zerbeulte Jeans und ein T-Shirt mit Eiflecken. Er war sichtlich überrascht und bat die Kommissarinnen herein. Sie betraten einen kleinen Vorraum, der sich zu einem Wohnzimmer öffnete. Auf der Couch lümmelte ein junges Mädchen mit sehr roten Haaren, die ein Schlafshortie trug. Was an Haut zu sehen war, war tätowiert.

Die junge Frau hob die Hand zu einem schlaffen Gruß. Irmi beschloss den Geruch nach Gras einfach zu ignorieren. Sie hatte jetzt keine Muße, diese großen Kinder über die Nachteile von Marihuana aufzuklären.

»Wir schon wieder!«, sagte Irmi fröhlich.

»Gehen wir in die Küche«, schlug Tobias Eisenschmied mürrisch vor.

Dazu mussten sie an der Couch vorbei. An der gegenüberliegenden Wand waren zwei riesige Flatscreens montiert. Übereinander.

Als sie in der Küche auf bunten Holzstühlen saßen, bemerkte Irmi: »Ungewöhnlich, die zwei Fernseher.«

»Ach, Sarah will immer Serien sehen, und ich daddle mit meinen Spezln.«

Irmi starrte ihn an. »Sie wollen sagen, Ihre Freundin schaut am oberen Flatscreen Serien, und Sie spielen am unteren?«

»Andersrum, sie schaut unten. Und ich hab ja auch Kopfhörer auf.«

Kathi gluckste.

»Wäre es nicht besser, wenn da einer im Büro oder Schlafzimmer …?«, meinte Irmi ungläubig.

»Ach nein, dann würden wir uns ja gar nicht mehr sehen«, erklärte er todernst.

»Könnten Sie mal Ihren Laptop oder Ihr Smartphone oder sonst was Internetfähiges holen?«, bat Kathi.

Tobias Eisenschmied zog das neueste iPhone hervor. Kathi diktierte ihm die entsprechenden Suchbegriffe, und wenig später erschien auf dem Display die Seite mit dem Ferienhäuschen.

»Das ist doch die Adresse Ihrer Oma, oder?«

»Ja.« Er wirkte ehrlich erstaunt. »Die Oma hat vermietet?«

»Augenscheinlich. Wussten Sie das nicht?«

»Nein, das wundert mich auch, also …«

»Also was?«

»Na ja, die Oma hatte Geld genug, warum hätte sie da vermieten sollen?«

»Gesellschaft? Eine Aufgabe? Vielleicht war sie einsam?«, schlug Irmi vor.

»Eigentlich war sie nicht so … so sozial«, stammelte der Enkel.

»Ich würde mir das Häuschen gerne mal ansehen«, sagte Irmi. »Haben Sie dafür auch einen Schlüssel?«

»Nein, aber wahrscheinlich hängt einer am Schlüsselbrett der Villa.«

»Na, dann fahren wir doch mal hin!«, sagte Irmi betont fröhlich.

»Aber warum das alles? Sie verschweigen mir doch was!«

»Wir treffen uns dort«, sagte Kathi in einem Ton, der keine Diskussionen zuließ. Und tatsächlich erhob sich der junge Mann.

Wieder kamen sie an seiner Freundin vorbei. Auf dem unteren Bildschirm lief eine Folge von »McLeods Töchter«, eine DVD-Box lag am Boden. Anscheinend hatte sie alle Staffeln parat. Na, dann konnte der restliche Tag ja nur gut werden.

Als Irmi im Auto saß, stieß sie aus: »Ich glaub das nicht.«

»Was?«

»Die haben zwei Fernseher übereinander. Das ist doch absolut krank.«

»Also, ich finde das eher praktisch«, meinte Kathi lachend.

»Willst du sagen, das ist normal?«

»Was ist schon normal? Irmi, das ist eine andere Generation!«

»Du willst sagen, du bist eine andere Generation.«

»Lass mich mal aus dem Spiel. Ich hätte auch keine zwei Fernseher übereinander. Aber die heutigen Kids sind halt eher auf der Couch als draußen. Ich bin froh, dass das Soferl so einen Bewegungsdrang hat. Die chattet und whatsappt, aber sie hat auch ihren Sport und ihr sonstiges Engagement.« Letzteres war weniger in Kathis Sinn, das wusste Irmi.

Das Soferl machte Biathlon, sie trainierte im Sommer mit Rollenski und dem Bergradl, sie war aber auch bei der Tierschutzgruppe und arbeitet einmal wöchentlich mit Kindern in einer Asylbewerberunterkunft. Soferls Welt war eine andere geworden, seit sie Fatih kennengelernt hatte. Sie war nach eigenen Aussagen nicht mehr mit ihm zusammen, aber als sie mit ihm eine Nacht im Gebirge verschwunden gewesen war, hatte Kathi jede Coolness verloren. Sie war einfach nur eine Mama gewesen, die um ihr Kind fürchtete, und eine Mama, für die die Bewerber um die Tochter nie die richtigen sein würden. Irmi wusste, dass Kathi so manches Mal von der eigenen Tochter komplett überfordert wurde. Das Mädchen war dermaßen klar und fokussiert, darüber vergaß man manchmal, dass sie erst sechzehn wurde. Das Soferl war ein seltenes Unikat, schön, klug und dennoch bodenständig, und Irmi hoffte, dass sie so bleiben würde.

»Na, das Soferl ist ja auch ein sensationelles Mädchen«, erwiderte Irmi.

»Kannst mal sehen.« Kathi grinste. »Aber du musst aufpassen, dass du nicht so eine Ewiggestrige wirst, Irmi. Die jungen Leute heute haben eine ganz andere Work-Life-Balance.«

»Wie bitte?«

»Freizeit wird eben wichtiger. Man will nicht mehr zwölf bis vierzehn Stunden am Tag arbeiten. Das Gehalt ist nicht mehr das Entscheidende, sondern die Freizeit.«

»Dann machst du aber auch was falsch! Augen auf bei der Berufswahl, oder was?«

»Stimmt, ich bin eher die Ausnahme, die die Regel bestätigt, außerdem geh ich auf die vierzig zu.«

Was angesichts ihres Alters von nicht einmal fünfunddreißig eher ein Witz war.

Irmi erinnerte sich an ein Gespräch mit Jens, der in seiner Firma auch bei den Einstellungsgesprächen dabei war. Er hatte das bestätigt: Die jungen Ingenieure fragten nicht so sehr nach dem Gehalt, sondern nach Urlaubstagen und der Möglichkeit eines Sabbaticals. »Ich habe nie gefragt, ob Wochenende ist oder Nacht, ich hab rund um die Uhr gearbeitet. Freizeit und Arbeit sind immer ineinander übergegangen«, hatte Jens gesagt. »Den jungen Leuten fällt am Freitag die Computertastatur aus der Hand, und sie kommen erst Montag um neun wieder. Rigoros.«

Dieses Arbeiten ohne Limit, das tat Jens heute noch, auch er war ein Ewiggestriger. Und sie selbst? Na, bei ihr war gleich gar kein erkennbares Privatleben zu vermelden. Aber was war das eigentlich, dieses Privatleben?

7

Sie hatten das Grundstück erreicht. Hinter ihnen hielt der dunkle Porsche Cayenne.

»Herr Eisenschmied, gehen Sie doch mal den Schlüssel holen, wir schauen uns schon mal um«, bat Irmi.

Das Hexenhäuschen war schnuckelig, keine Frage. Der Bauerngarten davor war ungepflegt, die meisten Astern waren verblüht. *Ein ersoffener Bierfahrer wurde auf den Tisch gestemmt. Irgendeiner hatte ihm eine dunkelhelllila Aster zwischen die Zähne geklemmt.* Woher kam die kleine Aster auf einmal? Das war auch so eine Ausprägung der Ewiggestrigen, dachte Irmi. Man erinnerte sich plötzlich an Dinge, die lange verschütt gewesen waren. Das Langzeitgedächtnis trat von irgendwoher zutage, das Kurzzeitgedächtnis zickte oft. Das machte ihr manchmal Angst. Ihre Mutter war dement gewesen. Keiner wusste, inwieweit der schleichende Verlust der Sinne und der Sprache erblich war.

Gottfried Benn, *Morgue*, das war doch das Leichenschauhaus in Paris gewesen – von irgendwoher kam das Schulwissen. Den Nihilismus in der Literatur hatte er begründet. Nihilisten machten es sich einfach. Kein Sinn des Lebens, keine Objektivität, kein Gott, keine moralische Instanz. Und doch waren die wenigsten Mörder Nihilisten, dachte Irmi.

»Irmi, jetzt träum nicht rum. Komm mal!«, rief Kathi, die auf der Rückseite des Häuschens verschwunden war.

Hinter dem Hexenhaus, im Schatten der hohen Hecke, die die Villa vom Profanen abschirmte, war es deutlich kühler.

»Da«, sagte Kathi und wies auf den Boden.

In die Erde waren lauter kleine Kreuze gesteckt, sicher ein Dutzend oder mehr.

»Was ist das?«

»Ein Tierfriedhof?«, schlug Irmi vor.

»Wohl eher ein Gräberfeld, oder!«, rief Kathi.

»Kaninchen? Meerschweinchen?«, mutmaßte Irmi.

Eisenschmied trat durch das Tor in der Dornröschenhecke.

»Kommen Sie mal her!«, rief Kathi.

Er kam näher geschlurft und folgte dem Blick der beiden Kommissarinnen.

»Hatte Ihre Oma Karnickel oder so was?«, fragte Kathi.

»Nein, also nicht, dass ich wüsste. Nein, nie welche gesehen.« Er wirkte verwirrt, zerfahren.

»Gehen wir mal rein«, sagte Irmi.

Die alte Tür hatte ein durchaus modernes Schloss. Als Erstes betrat man einen Vorraum unter einer tiefen Holzdecke. Eine steile Stiege führte nach oben, links lag eine Stube mit Kachelofen, geradeaus ging es in die Küche. Die Stube hatte eine Kassettendecke, die Eckbank zierten Kissen, die mit christlichen Sprüchen bestickt waren.

Die ihr den Herrn fürchtet, hofft das Beste von ihm.

Unser täglich Brot gib uns heute.

Ein feste Burg ist unser Gott.

War das Letzte nicht von Luther? Dann hatten die Kissen immerhin einen ökumenischen Gedanken, überlegte Irmi – und nihilistisch war hier nichts.

Neben dem Esstisch stand ein Hundekorb. Irmi runzelte die Stirn.

In der Küche gab es einen alten Holzherd und eine zerkratzte Spüle, ein altes Büfett und Prilblumen auf den Fliesen. Langsam öffnete Irmi die Büfetttüren. Ein Geschirr mit einem Dekor, das jede Familie in den Siebzigern gehabt hatte, ein Stapel mit Hundefutterdosen.

»Hat Ihre Oma den Gasthund hiergehabt, weil er die Villa nicht einsauen sollte?«, fragte Kathi.

»Könnt ich mir vorstellen. Sie war sehr etepetete, also …«

Irmi sagte nichts und stieg langsam in den ersten Stock hinauf. Im Schlafzimmer schien die Decke noch tiefer zu hängen. Möbliert war es mit alten Bauernmöbeln, die einer bemalt hatte, der sicher kein Profi gewesen war. Der Schrank stand offen, darin befanden sich ordentlich gestapelt Bettwäsche und Handtücher. Ja, wenn man vermietete, hatte man solche Stapel. Vom Schlafraum ging noch ein Zimmer ab. Der Schlüssel steckte. Irmi drehte ihn um. Im Zimmer gab es eine Pritsche und etwa zehn Käfige, die aufeinandergestapelt waren. Der Geruch war unangenehm.

Kathi und Eisenschmied kamen hinterher.

»Was? Also …« Eisenschmieds Stimme erstarb.

Irmi hatte es geahnt, aber nun überstieg es doch ihre Schmerzgrenze. Sie verließ wortlos den Raum und ging nach unten. Und hinaus in den kühlen Herbsttag. Der

Herbst roch anders als der Frühling. Das Vermodern begann.

Kathi stellte sich neben sie und drehte sich eine Zigarette. »Verstehst du das?«

»Ich glaube, ja.«

Kathi war nicht mit ihr im Tierheim gewesen. Kathi interessierte sich generell nicht für Tiere. Auch Eisenschmied war neben sie getreten. Sein Blick war fast Hilfe suchend.

»Da sind Käfige. Da sind Tiergräber«, sagte Kathi. »Hatte Ihre Oma mehr Tiere zu Gast? War das eine Tierpension? Das müsste Ihnen doch aufgefallen sein!«

»Nein! Wie ich sagte: Sie hatte manchmal einen Hund von der Nachbarin. Und einmal einen anderen, also …«

»Es muss ihm nicht aufgefallen sein. Es sollte ihm gar nicht auffallen«, sagte Irmi leise. »Es sollte niemandem auffallen.«

»Hä?«

»Kathi, der Transporter, die Adresse …«

Vor dem Haus standen ein alter verwitterter Tisch und ein paar schiefe Biergartenstühle.

»Setzen wir uns besser«, sagte Irmi.

Der Stuhl knarzte, als Eisenschmied sich darauf niederließ. Dann begann Irmi leise zu berichten vom havarierten Lkw und der Adresse der Oma, die der Fahrer bei sich gehabt hatte. Nun war der Groschen bei Kathi gefallen.

»Die nette begüterte Omi war eine Strohfrau der Hundemafia?«

»Ich befürchte, ja.«

Eisenschmied starrte die Kommissarinnen an. Auch Kathi schwieg.

Irmi erzählte von ihrem Gespräch mit der Leiterin des Tierheims und schloss: »Diese Leute sind längst schlauer geworden. Sie verlangen beinahe normale Abgabepreise, sie schalten nette, scheinbar normale Leute ein, die in ihrem Auftrag die Hunde anbieten. Das wirkt seriöser. Denn dank der Bemühungen der Tierschutzorganisationen und all der Fernsehberichte haben viele Menschen begriffen, dass man keine Welpen aus dem Kofferraum kauft. Aber man kann doch sicher bei einer netten unauffälligen Werdenfelser Omi kaufen.«

»Das ist doch Bullshit!«, rief Eisenschmied.

»Es geht um viel Geld. Es geht um mafiöse Strukturen.« Irmi sprach eindrücklich und sehr leise.

»Meine Oma? Warum sollte sie das tun?«

Die Frage war berechtigt. Die Vermietung eines Hauses konnte man mit Langweile und Einsamkeit erklären, aber das Verscherbeln von Hunden? Sie mussten sich Einblick in die Konten verschaffen.

Und da war noch etwas: Was, wenn die Oma von Tobias Eisenschmied wirklich eines gewaltsamen Todes gestorben war? Ein aufsässiger Tourismuskritiker, ein holländischer Camper und eine Oma mit Doppelleben? Dreimal Eisenhut? Wie ging das zusammen?

Auch Eisenschmied hatte mitgedacht. »Das hat bestimmt etwas mit Omas Tod tun! Jetzt machen Sie was!«

»Herr Eisenschmied, wie heißt der Anwalt Ihrer Oma? Ich würde ihn gerne kontaktieren. Und Ihre Mutter auch.«

»Die hatten seit Jahren keinen Kontakt mehr. Meine Mutter hat einen Dachschaden. Genau wie ihr Lothar.«

»Lothar ist der Vollpfosten?«, fragte Kathi nach.

»Ja. Und was tun Sie jetzt? Meine Oma wurde ermordet, das müssen Sie beweisen. Vergiftet, das sag ich Ihnen doch schon die ganze Zeit!«

»Herr Eisenschmied, Sie fahren jetzt erst mal nach Hause. Hier würde ich gerne die Spurensicherung reinschicken. Wir melden uns bei Ihnen.«

Er trollte sich, während Kathi und Irmi vor dem Häusl verweilten. Es galt, einen kühlen Kopf zu bewahren. Sie mussten versuchen, die losen Stränge zu verflechten. In Irmi wühlte eine seltsame Unruhe, langsam umrundete sie erneut das Haus und blieb vor den kleinen Kreuzen stehen. Kathi war hinterhergekommen.

»Wie passt das zusammen? Die Alte vertickt Hunde, und die Tiere, die ihr wegsterben, beerdigt sie pietätvoll?«, bemerkte Kathi.

»Ich weiß es nicht. Wahrnehmungsverzerrung? Sich in die Tasche lügen? Die Menschen sind groß darin, ihre Taten schönzureden, ihr Gewissen zu erleichtern. Vielleicht mochte sie die kleinen Hunde sogar und wollte sie wirklich an einen guten Platz vergeben.«

»Das ist hirnrissig, oder? Wenn das überhaupt alles so war! Ehrlich gesagt kommt mir das Ganze komplett surreal vor, oder?«

»Ja, und darum müssen wir Leute finden, die von dieser Oma Hunde gekauft haben. Wenn sie von dem Transport wirklich welche hätte bekommen sollen, dann sind die eventuell schon irgendwo inseriert. Das kann Andrea checken. Wann ist die Oma verstorben?«

»Am Samstag. Am gleichen Tag war Danner auf dem Bulldoggtreffen. Der Niederländer ist vermutlich auch am Samstag gestorben, da konnte sich die Gerichtsmedizin aber nicht genau festlegen. Eine gewisse zeitliche Nähe, oder?«

»Okay, Kathi, wir werden zwei Dinge überprüfen müssen: die finanzielle Situation und die Frage, ob wir Hinweise im Netz auf die Omi als Verkäuferin finden.«

Irmi rief den Hasen an, der, reduziert wie immer, die entscheidenden Fragen stellte. »Wonach suchen wir?«

»Nach Fingerabdrücken, allem Auffälligen. Sie machen das schon«, sagte sie und gab sich optimistisch.

Wonach suchten sie eigentlich? Das war und blieb die Rätselaufgabe. Nach einer Verbindung zwischen drei Leuten, die scheinbar nichts miteinander zu tun hatten.

»Ich ruf Andrea an, damit sie im Internet nach Spuren der Oma sucht«, sagte Irmi. Andrea liebte solche Aufgaben, sie konnte sich da reinfuchsen, alles Dinge, die Irmis Geduld viel zu sehr strapazierten. Irmi bewegte sich ungern in virtuellen Welten, ihr war das unheimlich.

Andrea kam ihnen zuvor. Gerade als Irmi sie anrufen wollte, tauchte sie am Häusel auf. Irmi sah sie überrascht an.

»Ich glaube, ich hätt da was«, sagte Andrea.

In der Tat hatte sie Interessantes zu berichten: Auf dem Campingplatz hatten die wackeren Sportsrentner Danner auf einem Foto erkannt, und auch die Sachsen hatten ihn schon mal gesehen, als er aus dem Wohnwagen des Niederländers gekommen war. Nur bei der blonden Frau waren sie sich nicht sicher gewesen, ob das Barbara Mann gewesen sein könnte.

»Andrea, geh bitte los mit dem Bild von Frau Eisenschmied«, sagte Kathi. »Wenn die auch dort war, dann haben die Party im Wohnwagen gemacht. Und wir wissen, dass Danner und die Oma sich kannten.«

»Kathi! Das sagt Tobias Eisenschmied, das muss aber nicht stimmen«, warf Irmi ein.

»Dann lass das halt weg. Aber wenn der ganze Irrsinn mit der Hundemafia-Tarnoma stimmt, dann ist der Niederländer ein Mafiaboss, der irgendwas damit zu tun hatte ... und Danner ...«

»Richtig, Kathi, was ist Danner? Wie bringst du den unter? Er hat die beiden trainiert, damit sie die Strapazen ihres Lebens als Kriminelle besser überstehen?«

»Irmi, du warst schon witziger!«

»Also, wenn ich mich einmischen darf«, sagte Andrea. »Der Niederländer ... na ja ... also ... Mafiaboss ...«

»Andrea, wird das heute noch was?«, mischte sich Kathi giftig ein.

»Also, ich hab ja nach dem Mann gesucht. Als Investor im Tourismus oder so. Es war etwas kompliziert, aber egal. Die Kollegen in Holland kennen ihn doch, allerdings unter dem Namen Jasper Visser oder auch mal unter Henk de Vries. Also ...«

»Weiter?«, drängte Kathi.

»Der Mann ist der Polizei bekannt wegen Drogenhandel und räuberischer Erpressung, er war auch mehrfach im

Knast – aber nie besonders lange. Es war auch mal einige Jahre ruhig um ihn.«

Also doch ein aktenkundiger Krimineller!

»Andrea, du bist sagenhaft!«, rief Irmi. »Und jetzt sagst du uns sicher auch noch, was er hier wollte?«

»Genau weiß ich das nicht. Aber er gehört zur sogenannten Puppyfarm.«

»Wozu?«

»Die holländischen Kollegen, die sind an einem Tierhändler dran, der Hunde aus dem Osten kauft, denen dann die osteuropäischen Chips rausreißt und neue holländische einsetzt. Oder wenn sie noch keine … ähm … Staatsbürgerschaft haben, dann werden sie dort gechippt. Die Tiere kommen dann also aus Holland, angeblich von Züchtern. Das ist schon wie bei der Mafia organisiert, also …«

Andrea nahm einen neuen Anlauf.

»Die Kollegen sagen, dass einer wie Visser überall mitmischt, wo es Geld zu verdienen gibt. Egal ob Waffen oder Drogen und jetzt eben Hunde. Visser hat im Knast noch üblere Burschen kennengelernt, also …«

Natürlich gab es europaweite Ringe von Verbrechern, aber hier im Werdenfels? Wo hohe Berge dräuten, wo's doch angeblich koa Sünd gab, die Luft gut zu sein hatte und die Menschen griabig waren? Die Äste des Verbrechens reckten sich aber längst überallhin und verdunkelten auch hier die Sicht auf die Zugspitze.

»Und das ist alles bekannt?«, fragte Kathi überrascht und verzichtete sogar auf ihre üblichen Ätzereien.

»Ja, aber schwer nachweisbar. Eine Tierschutzorganisation geht zum Beispiel entsprechenden Hinweisen nach.

Es ist wahnsinnig kompliziert, die Wege aufzudecken. Die Informanten müssen geschützt werden, die sind echt in Gefahr, also …« Andrea kam ins Stocken.

Sie alle hatten schon einmal hineingeschnuppert in das Elend der Tiere und die Machtlosigkeit der Behörden, als sie einmal nahe Krün den Hof eines Animal Hoarders hatten auffliegen lassen. Oft wurden Tierhalteverbote erst dann ausgesprochen, wenn die Tiere viel zu lang gelitten hatten und viele bereits elend krepiert waren. Ihnen allen lag das noch auf der Seele. Bis heute tauchten die Bilder in Träumen aus den Schichten des unberechenbaren Unterbewusstseins auf. Sie wussten, dass Tierquäler in andere Bundesländer zogen, ihre Anverwandten als neue Besitzer eintrugen – was ein Zeitgewinn für die korrupten Menschen war und für die Tiere mehr Leid bedeutete. Wie schwer es aber erst sein musste, solche Tierhändler auffliegen zu lassen, das war Irmi und ihren Kolleginnen durchaus klar. Menschen, die vorher Drogen, Waffen oder gleich Menschen verschoben hatten, die waren aus anderem Holz geschnitzt. Was interessierten die ein paar Hunde?

»Und unser Niederländer ist der Polizei also schon bekannt?«, nahm Irmi den Faden wieder auf.

»Ja, er ist sozusagen einer, den man überall einsetzen kann, wenn man Leute bedrohen oder ihnen Angst machen will …«, fuhr Andrea fort.

»Dann müssen wir davon ausgehen, dass dieser Visser die Oma im Visier hatte? Weil sie vielleicht in Ungnade gefallen ist?«, fragte Kathi.

»Das wäre eine Theorie«, meinte Irmi zögerlich.

»Ich verstehe nicht, warum man solchen nicht das Handwerk legen kann«, murmelte Kathi und blickte auf die Gräber.

»Das passiert ja alles im Osten, die Zucht, meine ich.« Andrea schluckte. »In Holland oder Belgien sitzen die Verteiler. Und dann gibt es bei uns sogar Hundefarmen, die verkaufen ganz offen zu junge Welpen. Die haben tolle Internetauftritte, die wechseln die Namen, ähm, die schreiben die Firma dann eben auf die Oma, all so was … Selbst in Deutschland.«

»Wie?«, fragte Kathi.

»Es gibt zum Beispiel die Welpenstube Dorsten. Die heißt auch mal Winkler Exklusiv oder Verenas Welpenvermittlung. Dahinter verbirgt sich einer der größten Hundehändler Deutschlands, ein behördlich anerkannter Betrieb in Dorsten, Nordrhein-Westfalen. Weit über zwanzig Rassen kann man da kaufen, wie im Supermarkt gibt es Zwinger links und rechts vom Gang. Süße Welpen schauen treuherzig, aber Hundemütter? Fehlanzeige.«

Andrea war ganz ohne Alsos und Ähs ausgekommen und fuhr sogar fort: »Nachdem es viele Anzeigen gab, verkaufen die Auslandswelpen jetzt erst ab der fünfzehnten Woche. Wegen des Impfschutzes. Zum Zeitpunkt der Impfung müssen die Welpen mindestens zwölf Wochen alt sein, der Impfschutz wird aber erst einundzwanzig Tage nach dem Impftermin wirksam. Also alles ganz nach den Gesetzen, alles … Wem das Unternehmen gehört, weiß man nicht so genau. Es gibt sogar angestellte Tierärzte. Oder ihr nehmt die Zoohandlung Zajak in Duisburg, die damit Werbung macht, die größte Zoohandlung der Welt zu sein. Allein zweiundzwanzig Hunderassen, dazu

Katzen und Kleintiere. Besucher, die durchlaufen wie durch einen Zoo und das ganz süß finden. Gibt es alles. Und das ist sogar legal.«

Während Andrea erzählte, ließ Irmi den Blick auf die kleinen Kreuze schweifen. Das hier war die Realität. Vor ihren Augen.

»Dann war der Niederländer wirklich wegen der Oma hier!«, rief Kathi. »Neue Verträge machen und prüfen, ob sie die Klappe hält. Vielleicht wollte sie wirklich aussteigen und musste deshalb sterben.«

»Kathi, wir müssen jetzt einen kühlen Kopf bewahren. Wir verrennen uns sonst in der Unterwelt der Spekulation. Wir laufen durch einen Irrgarten und kommen da nie mehr raus.«

»Aber es kann doch kein Zufall sein, dass ein Typ von der Hundemafia stirbt und außerdem die Alibiomi. Ich sage euch, die wollte aussteigen, und der Niederländer wurde geschickt, um sie auf Spur zu bringen. Und dann hat er sie umgebracht.«

»Kathi, der Niederländer ist wahrscheinlich am selben Tag gestorben wie sie!«

»Vielleicht war er selbst ja auch ein Abtrünniger! Und die Mafia hat ihn verräumt. Solche Leute fackeln doch nicht lange.«

»Und Danner?«, fragte Andrea.

»Der ist irgendwie ins Schussfeld geraten. Wurde als Bergführer angeheuert und hat was gesehen, was er nicht hätte sehen sollen?«

»Aber Eisenhut? Mordet die Mafia mit Eisenhut? Die haben Schusswaffen, Messer, eventuell strangulieren sie ein Opfer«, gab Irmi zu bedenken. »In jedem Fall müssen wir diese Tiergräber aufmachen, damit wir Sicherheit bekommen.«

Die Kollegen Sailer und Sepp hatten bei einem anderen Fall schon mal eine verkohlte Katze ausgraben müssen, die später obduziert worden war. Eine tote Katze, die einem verwirrenden Fall eine ganz neue Richtung gegeben hatte. Wenn sie denen jetzt sagte, sie sollten fünfzehn Tiergräber plündern, würde Sailer sie für verrückt erklären.

»Und das Grab der Oma gleich mit«, entgegnete Kathi. »Mal angenommen, Eisenschmied hat recht: Kann man Gift denn so lange nachweisen?«

»Keine Ahnung. Wer bekniet die Staatsanwaltschaft?«

»Ich«, sagte Kathi. »Mit all den neuen Infos über den Niederländer muss der gestrenge Herr zustimmen. Du organisierst solange den Grabetrupp.« Kathi ging in Richtung Auto. Wenig später hörte man den Wagen aufheulen. Kathi gab immer Gas, als ginge es darum, Vettel und Hamilton den Rang abzulaufen.

Irmi sah Andrea an. »Du bist meine Rettung am PC. Darf ich dir zumuten, nach irgendwelchen Verkaufstransaktionen der Oma zu suchen?«

»Klar«, sagte Andrea. »Ich versuche auch mal nach so Betroffenengruppen zu suchen, das sind Foren von Geschädigten, die solche Hunde gekauft haben. Ich denke, da gibt es was.«

»Danke, Andrea.«

Bald darauf war der Hase mit seinen Leuten eingetroffen. Seine Nasenflügel bebten. Sein Blick war der eines Geprügelten. Doch er schwieg.

Es waren am Ende auch die Leute des Hasen, die die Gräber aufmachten und winzige Skelette und Kadaver in unterschiedlichen Verwesungsstadien bargen. Allesamt Hundeskelette. Von Welpen, das war Irmi schon auf den ersten Blick klar. Kleine Körper, einer am anderen auf einer weißen Plastikplane ausgelegt. Es bestand wenig Zweifel daran, dass die feine Oma in der hochherrschaftlichen Villa Handlangerin einer Welt gewesen sein musste, die Irmi bis vor Kurzem noch völlig fremd gewesen war.

Inzwischen war Kathi zurückgekommen und neben Irmi an die Plane getreten.

»Sind das jetzt wirklich Hunde?«

»Ja, sie werden noch untersucht, aber ich bin mir sicher. Ach …«

»Wahnsinn! So kleine Wesen …« Kathi sah kurz weg. Dann wandte sie sich wieder an Irmi. »Die gute Nachricht lautet: Omi Eisenschmied wird exhumiert. Man war natürlich not amused. ›Wenn Sie jeden ausgraben wollen, der tot ist, dann hab ich bald nichts anderes mehr vor, als Ihre Leichenfledderanträge zu bearbeiten‹, hat der Arsch gesagt. Aber er hat mir versichert, dass sie sich noch am Wochenende an die Arbeit machen werden. Ich habe ihm erklärt, dass wir maximal bis Montag warten können. Die sollen mal ranklotzen.«

So viel zum Thema Work-Life-Balance, dachte Irmi und sah auf die Uhr. Es war Nachmittag geworden.

»Am Samstag erreichen wir niemanden in irgendwelchen Ämtern«, überlegte sie.

»Wissen wir eigentlich, bei welcher Bank Oma Eisenschmied Kundin war?«

»Ruf den Nerd an!«, rief Kathi.

Wenig später hatte Irmi die nötigen Informationen beisammen.

»Ich kenne den Filialleiter«, erklärte sie. »Der wird sich dann eben am Samstag Zeit nehmen müssen. Diese Krawattenträger können auch mal ein bisschen arbeiten. Sonst glotzen die nach dem Wochenende doch nur gut erholt aus ihren dämlichen Anzügen.«

»Du magst keine Banker«, stellte Kathi fest.

»Ich mag keine Leute, die sich zur Arbeit verkleiden. Los jetzt.«

Den Chef Justus Neuner kannte Irmi noch aus der Schule. So war das bei einem Arbeitsplatz in der Heimat: Man stolperte immer über Bekannte. Das Institut war im Übrigen auch die Hausbank von Irmi und ihrem Bruder. Justus Neuner war überrascht gewesen und hatte doch zugestimmt, Irmi in der Bank zu empfangen. Inzwischen war er ein Glatzkopf, früher hatte er – kaum zu glauben – blonde Locken gehabt. Er trug einen Trachtenjanker der teuren Sorte, darunter eine schwarze Jeans. Keinen Anzug wie die Jünglinge vorne an den Schaltern, bei denen sich Irmi immer fragte, ob Banken denn Kinderarbeit zuließen. Seine Brille war dickrandig und groß – Puck die Stubenfliege als Banker getarnt.

Justus Neuner bat sie in sein Büro.

»Was kann ich für dich tun, Irmi?«

»Gudrun Eisenschmied.«

»Die ist doch verstorben.« Er zwinkerte unter der Brille.

»Das wissen wir. Wir würden gerne etwas über ihre Finanzen wissen.«

»Irmi, ich unterliege der Schweigepflicht, das dürfte dir doch klar sein.« Und sein Blick sagte: Und dir sollte es recht sein, dass ich auch keinem was über die Finanzen des Mangoldhofes verrate.

»Es geht um eine Mordermittlung, Justus!«

Er wand sich. »Die Eisenschmied? Meines Wissens ist sie an einer hundsgemeinen Darmgrippe gestorben. Alte Menschen sind ja anfällig.«

»Justus, ich kann alles Mögliche in Gang setzen, und wir müssen endlose Formulare ausfüllen. Am Ende kommt raus, dass du uns Einblick in die Konten geben musst. Das können wir abkürzen.« Irmi sah ihn scharf an.

Er stieß eine Art Grunzen aus. Dann tippte er auf der Computertastatur herum. Bald darauf surrte ein Drucker. »Das sind die Auszüge der letzten sechs Monate, auf die ich momentan zugreifen kann.« Er reichte Irmi ein paar Blätter, die sie langsam durchsah.

Einmal im Monat kam eine Rente von rund achthundert Euro und eine weitere von dreihundertfünfzig Euro sowie eine Zahlung von zweihundertfünfzig Euro. Von unterschiedlichen Trägern. Nicht gerade viel für eine Fabrikantengattin. Dann gab es sporadische Überweisungen, die mit Vermerken wie FEWO oder Urlaub oder Wohnung versehen waren. Das waren mal achtzig Euro, einmal zweihundertvierzig Euro.

Irmi tippte mit dem Finger auf die Posten. »Das ist der Erlös aus der Ferienwohnung, nehme ich an? Bei den Vermietungen ging doch sicher auch einiges schwarz über den Tisch?«

Er zuckte mit den Schultern. »Der Steuerberater Dr. Meichelbeck hat darauf gedrungen, dass sie sich das überweisen lässt, damit das Finanzamt etwas Nachvollziehbares hat.«

»Aha, du und dieser Herr Dr. Meichelbeck, ihr steht in Kontakt?«

»Beim Tod ihres Mannes hatte Gudrun Eisenschmied doch keine Ahnung von ihren Finanzen. Sie gehörte noch zur Generation Frau, die sich nicht um Geschäftliches gekümmert hat.«

»Sie hatte schön zu sein, den Haushalt zu führen und die Klappe zu halten?«, fuhr Kathi dazwischen.

»Den Haushalt hat eine Hilfe geführt. Gudrun Eisenschmied war Gattin. Sie hat nach außen repräsentiert und konnte gefällig mit den Geschäftsfreunden des Mannes plaudern.«

»Ich fasse zusammen«, sagte Irmi. »Gudrun Eisenschmied hatte von Geld keine Ahnung, außer wie man es ausgab. Sie hat sich nie in die Firma eingebracht, das alles oblag ihrem Mann. War das so, Justus?«

Er nickte.

»Ihr Mann hat doch eigentlich sehr gut verdient, oder?«, hakte sie nach.

Justus Neuner nickte erneut.

»Dann hat er die Firma verkauft, was ein paar Milliönchen eingebracht haben sollte«, fuhr Irmi fort. »Wo sind die?«

»Nun, ein Teil ist in den Umbau des Hauses geflossen.

Und ihr Mann hat … nun ja … etwas zu risikoreich investiert.«

»Habt ihr ihm dazu geraten?«

»Bewahre! Ich habe abgeraten. Mit aller Deutlichkeit! Meichelbeck auch, aber Maximilian Eisenschmied hat einem dubiosen Anlageberater vertraut.«

Justus Neuner hatte die Brille abgenommen und putzte sie mit einem Tüchlein. Eine klassische Übersprunghandlung.

»Wie viel hat er verloren?«, wollte Irmi wissen.

»Alles.«

»Das waren?«

»Gut drei Millionen.«

Kathi pfiff durch die Zähne. Da musste eine Oma lange stricken. Oder Hunde verkaufen …

Irmi sah wieder auf die Zahlen. »Die beiden waren also pleite?«

»Na ja, so würde ich das nicht formulieren. Es gab eben kein Barvermögen.«

Bei Oma Gudrun waren Versicherungsbeiträge vom Konto abgegangen, außerdem die Kosten für Wasser, Heizöl und den Kaminkehrer, die Abfallgebühren, ein Dauerauftrag bei Bofrost, die Kartenzahlung des Benzins – all das läpperte sich und überstieg in jedem Fall die Einnahmen. Ab und an hatte sie dann mal einem Modeversandhaus ganz erkleckliche Summen überwiesen oder Hotelrechnungen beglichen. Interessanterweise war das Konto aber nie überzogen. Es gab immer mal wieder Bareinzahlungen, die höchste betrug viertausendachthundert Euro.

»Habt ihr nie gefragt, woher das Geld kam?«

»Irmi, das ist nicht unsere Aufgabe, das geht mich auch nichts an. Viele Leute gleichen ihr Konto mit Bareinzahlungen aus.«

»Sie wird aber kaum geputzt haben! Woher kam so viel Geld?«, fragte Kathi.

Justus Neuner hüstelte und putzte erneut die Brille. »Mehr kann ich dazu nicht sagen. Woher das Geld kommt, ist unerheblich.« Er fixierte Irmi mit einem intensiven Blick. »Und dieses Gespräch bleibt unter uns. Bessere Einblicke in das Leben der Familie hat sicher die Steuerkanzlei.« Er räusperte sich. »Will mir dein Besuch nun sagen, dass Gudrun ermordet worden ist, Irmi?«

»Ach, Justus, meine Besuche sind immer so undurchsichtig«, erwiderte Irmi lächelnd und nickte Kathi zu. Dann standen die beiden auf und verließen die Bankfiliale.

»Banken verursachen bei mir ein ähnliches Gefühl wie der Zahnarzt und das Finanzamt«, meinte Kathi draußen und grinste. Dann wurde sie wieder ernst. »Die Omi hatte also weiter auf großem Fuß gelebt. Bestimmt hat sie von den Vermietungen auch was schwarz eingesteckt, aber so viel kann das nicht gewesen sein. Das Geld stammte aus den Hundedeals. Das passt alles! Unglaublich!«

Irmi spürte wieder diese kleine Hundezunge und sah in diese riesigen Augen. Ihre Augen wurden feucht, und sie sah vorsichtshalber weg.

»Wir statten dieser Steuerkanzlei gleich Montag in der Früh einen Besuch ab«, erklärte sie brüsk.

Als Irmi auf den Hof fuhr, stand dort das Auto der Tierärztin Irene. Für Bernhard war die Welt schier unbegreiflich geworden, als sein guter alter Tierarzt aufhörte und an zwei Frauen übergab. Dass es heute an den Universitäten Jahrgänge von Studienanfängern gab, die zum überwiegenden Teil weiblich waren, konnte man Bernhard nur schwerlich vermitteln.

»Bloß weil die Weiber bessere Noten ham, schaffen s' den Nummer clausus oder wie der hoaßt! Die sollten lieber welche an der Uni ham, die wo zupacken können.«

Auf Irmis Einwand, dass es doch auch zupackende Frauen gebe, hatte Bernhard gekontert: »Und dann werden s' schwanger oder wollen glei nur Kleintiere verarzten.«

Irene allerdings hatte sich bei Bernhard hochgearbeitet, weil sie die Rindrigkeit absolut perfekt vorhersagen konnte. Sie musste die Kuh nur ansehen und traf zu hundert Prozent. Auf Irene ließ er nichts kommen.

Der Job als Tierärztin war hart. Sicher erlagen viele junge Mädchen dem Klischeebild aus dem Fernsehen. In den TV-Serien fuhr der nette Landtierarzt bei besonders nettem Wetter, im noch netteren sauberen Auto bei so was von netten Bauern vor. Die Realität war anders. Und was Irene über die Pferdebesitzer unter ihren Kunden erzählte, war alles andere als nett. Die Zahlungsmoral war offenbar auch sehr fragwürdig.

Irene kam lachend auf Irmi zu. »Eure Lola ist keine Kuh, sondern eine Mischung aus Pitbull und Gummipuppe, so wie die sich bewegen kann. Kein Wunder, dass Tierärzte in derselben Versicherungsklasse wie Artisten rangieren!«

»Das liegt am Namen! Ich habe Bernhard ja gewarnt. Man gibt einer Kuh nicht den Namen einer Moulin-Rouge-Tänzerin«, sagte Irmi. »Magst dir die Hände waschen, Irene?«

»Gern.«

»Du kennst dich ja aus. Und hinterher noch einen Kaffee?«

»Ein schneller geht bestimmt. Bin gleich wieder zurück.«

Irene ging sich die Hände waschen, während Irmi in der Küche einen Kaffee aufsetzte. Wenig später kam sie mit zwei Tassen und einer Thermoskanne wieder.

»Du schaust nicht gut aus«, sagte die Tierärztin nach einem prüfenden Blick.

»Na, danke!«

»So mein ich das nicht, du wirkst irgendwie unzufrieden.«

»Bin ich auch. Wir haben einen völlig verworrenen Fall. Ich krieg das Knäuel nicht entwirrt. Alles sehr undurchsichtig, und dann habe ich indirekt oder direkt auch noch mit armen Welpen aus osteuropäischen Hundezuchtgefängnissen zu tun.«

Irene sah überrascht auf. »Ach ja, der Welpentransport kürzlich! War in der Zeitung, das nimmt doch wirklich Dimensionen an, die beängstigend sind. Aber schau, Irmi, selbst ich hab nun so einen Kandidaten.«

»Einen Ostwelpen? Du als Jägerin, der außer einem Dackel keine andere Rasse etwas gilt?«, rief Irmi.

»Nein, kein Ostwelpe.«

Und wie aufs Stichwort kam ein Mischling mit zerknautschter Schnauze angesaust. Er hatte eine Maus im

Maul, die er vor den Frauen abwarf, bevor er herzhaft zu bellen begann.

»Na, immerhin ist er ein guter Mäusejäger!«, kommentierte Irmi lachend.

»So wie diese Maus aussieht, hat die einer der Kater gefangen und irgendwo liegen gelassen. Der Hund hier ist viel zu dämlich und faul und verfressen!«

»Wie redest du über deinen besten Kameraden?«, zog Irmi die Tierärztin auf.

»Meine Liebe, das ist kein Kamerad, das ist Sir Toby.«

Sir Toby kläffte und setzte sich auf Irmis Fuß und begann sie anzuhimmeln. Sie lachte. »Nett ist der aber schon!«

»Der ist nicht nett, sondern ein sehr teures Tier. Ein Puggle nämlich.«

»Bitte?«

»Das ist ein Designerhund!«

»Ein was?«

»Designerhunde oder Hybridhunde gibt es in den USA schon seit über zehn Jahren, eher länger. Sylvester Stallone und Julianne Moore hatten auch einen Puggle, eine Mischung aus Mops und Beagle. Sie hätten sich natürlich auch einen Shepadoodle kaufen können oder einen Bullmatian! Shepadoodle ist eine Kreuzung von Schäferhund und Pudel, ein Bullmatian ist die Kombination Bulldogge und Dalmatiner. Und dass die Kreuzung zwischen Dalmatiner und Border Collie ausgerechnet Dollie wie das Klonschaf heißt, ist natürlich purer Zufall.«

»Für mich hört sich das eher nach Stiangglanda an, nach Mischling eben. So sieht der auch aus. Etwas verknautscht halt«, sagte Irmi verwundert.

»Mischlinge sind Zufallsprodukte und meist sehr gesund. Diese Hybridhunde sind bewusst geschaffene Designobjekte, genetisch gesehen häufig russisches Roulette. So ein Puggle kann den zu langen Rücken eines Beagle bekommen plus die anderen Beagleprobleme an Haut und Ohren. Schlappohren sind nun mal auch Züchtung, oder hast du schon mal einen Wolf mit Schlappohren gesehen? Dazu die chronischen Atemprobleme des Mops. Das ist ein genetisches Minenfeld. Oder nimm den Labradoodle, Labrador plus Pudel – wenn da der Labrador mit seinen typischen Gelenkproblemen durchschlägt, hat der Doodle wenig Spaß.«

»Und Sir Toby?«

»Der hat Rückenprobleme. Seine Behandlung hat Unsummen beim Tierarzt verschlungen, ein Kollege von mir hat ihn dann genommen und mir weitervermittelt, weil ich ja auch Physiotherapeutin bin. Ich hab das ganz gut im Griff. Das Tier darf nur nicht zu viele Treppen steigen und irgendwo runterspringen. Sir Toby hatte ja noch Glück. Er hat eine recht lange Schnauze, atmen tut er pfennigguat.«

»Und der hat mal richtig viel Geld gekostet, oder?«, staunte Irmi. Sie fand das Kerlchen zwar ganz witzig, hätte dafür aber keine Unsummen ausgegeben.

»Klar, mindestens viertausend Euro. Oftmals sitzen die Züchter weit weg, dann kann man die Flugkosten noch draufschlagen.«

Irmi schaute Irene verblüfft an, während Sir Toby davonrannte und das krumme Beinchen am Ladewagen hob. »Und der da, wo ist er her?«

»Die Vorbesitzer haben ihn im Internet bestellt. Er kam aus Kanada. Frei Haus geliefert.«

»Die haben den nie vorher gesehen? Oder sich die Besitzer angeschaut?«

»Irmi, das ist die heutige Welt. Sie haben ihn doch gesehen. Auf den Bildern im Internet. Und auf Youtube.«

»Ja, aber …« Irmi brach ab.

»Nichts ja aber. Irmi, das Internet ist grenzenlos. Du willst mir die Leier erzählen, dass man keine Tiere aus dem Kofferraum und an öffentlichen Plätzen kauft? Keinen Anzeigen trauen soll, wo es nur eine Handynummer gibt? Dass man unbedingt die Elterntiere sehen muss und dass es gefährlich ist, wenn in Papieren und Impfausweisen etwas gestrichen oder überschrieben ist? Dass es immer gefährlich ist, wenn angebliche Züchter mehr als zwei Rassen anbieten und die Welpen bei der Abgabe jünger als zwölf Wochen sind? Vergiss es, Irmi! Der Hund kostet weniger und schaut doch so nett. Die Leute wissen das sogar, aber wenn es um den Geldbeutel oder das Helfersyndrom geht, ist alles anders. Drum gibt es auch diese Ostwelpen, was uns an den Ausgangspunkt zurückbringt: Die Welt wird irrer. Irmi, ich muss weiter. Danke für den Kaffee. Und danke für den Frühsport mit Lola.«

Sie lachte und pfiff. Sir Toby kam sofort angesaust. Im Weggehen wandte sie sich noch mal zu Irmi um: »Schau, die Leute kaufen auch Wohnungen nur nach dem Grundriss, und zwar aus dem Internet.«

Irmi fragte sich, ob sie sich eine Immobilie kaufen würde, die sie vorher nicht besichtigt hatte. Ging es denn nicht auch um Emotionalität? Man musste doch etwas fühlen, wenn man einen Raum betrat. Was, wenn nebenan eine Kirchenglocke läutete oder sich eine Shoppingmall befand? Klar, man konnte auf Google Earth schauen und vieles im Vorfeld klären, aber was war mit den Nachbarn? Oder der Atmosphäre eines Hauses, die man nur spürte, wenn man vor Ort war? Irmi verzog den Mund. Im Prinzip konnte ihr das egal sein. Sie war nie in die Verlegenheit gekommen, ein Haus oder Wohnung zu kaufen, um selbst drin zu wohnen, und Wohnungen als Anlageobjekt waren dank ihres Gehalts auch keine Option.

8

Der Sonntag begann kühl. Vielleicht würde es sogar regnen. Wenigstens würden sich die Bergradler in Grenzen halten, die sich immer bei ihnen im Hof verirrten und keine Einsicht darin hatten, dass ein Anliegerweg mit Sackgassenschild nun mal ein Anliegerweg mit Sackgassenschild war und dass hinter dem Hof kein Weg weiterging. Nada. Niente. Dead End.

Bernhard war manchmal so sauer, dass er über die Anschaffung einer Armbrust nachdachte. Was Irmi natürlich nicht gutheißen konnte. Sie grinste. Bernhard hatte ein Schrotgewehr, und er war ein sehr guter Schütze. Besser als sie. Gut, dass er nicht zu Amokläufen neigte und nur sehr selten zu Wutausbrüchen. Wenn, dann aber richtig.

Es würde ein ruhiger Sonntag werden, an dem die meisten in Familie machten. Ab und zu traf es Irmi wie ein Schlag: Normale Menschen hatten Familien und trafen sich sonntags zum Mittagessen und zum Kaffee. Häufig mochten sie sich nicht wirklich und gluckten doch zusammen. Sogar eine Naturgewalt wie Kathi hatte ganz normale Familiensonntage. Es gab ein paar Onkels und Tanten im Außerfern, und da hatte immer mal wer Geburtstag. Nicht dass Irmi sich danach sehnte, an Kommunionen, Konfirmationen und siebzigsten Geburtstagen zu partizipieren. In Momenten wie diesen spürte sie nur, wie weit sie weg war von der sogenannten Normalität. Verstorbene Eltern, verstorbene Tanten, ein Onkel dement im Pflegeheim, eine Cousine in Kanada und ein Cousin in Farchant, der sich mit Bernhard verkracht hatte – das war es schon an Verwandtschaft. Und mit ihrem kinderlosen Bruder veranstaltete sie auch weder Familienfeste noch Kaffeekränzchen am Sonntagnachmittag.

Immerhin konnte sie heute beruhigt sauber machen. Irmi war so frei, am heiligen Sonntag den Putzlumpen zu schwingen. Den verebbten Kühlschrank konnte sie heute leider nicht füllen, und die Tiefkühlpizza schmeckte wie Pappe. Irmi dachte an Lissis Kochkünste und gelobte – wie so oft –, endlich mal konsequenter einzukaufen und dann öfter selbst zu kochen. Was Gescheites, was Gesundes …

Irmi hatte sich am Montagmorgen mit Kathi direkt vor der Kanzlei verabredet, die in der Bahnhofsstraße lag. »Steuerkanzlei Dr. Meichelbeck, Dr. Lohengrin, Dr. Dr. Lohmeier«, stand auf der gepunzten Tafel. Sehr gediegen.

»Heißt der echt Lohengrin?«, wunderte sich Kathi.

»Anscheinend.«

»Und die Sekretärin heißt dann Ortrud, oder was!«

»Kathi, so viel Bildung am frühen Morgen?«

»Ach, das ist Schulwissen, ich hab das Soferl abgefragt. Lohengrin basiert auf dem Parzival, von so einem … hab ich vergessen. Eine Ortrud kommt jedenfalls vor.«

»Von Eschenbach.«

»Was?«

»Der Dichter heißt Wolfram von Eschenbach.«

»Wow, sind wir schlau. He, das reimt sich sogar! Gehen wir trotzdem rein?«

Die Dame am Empfang des hohen Altbaus hieß Petra Heimerl. Sie war ausnehmend freundlich, sprach wie die Camper Hochsächsisch und bat »die beiden Damen« in ein Konferenzzimmer.

Dort tauchte auch Herr Dr. Meichelbeck mit dem schönen Vornamen Eugen schnell auf.

»Die Polizei. Soso. Worum geht es?«

»Herr Dr. Meichelbeck, Sie sind der Steuerberater von Gudrun Eisenschmied, und Sie sind auch Ihr Testamentsverwalter. Wir lassen die Dame gerade exhumieren.« Irmi konnte schnell und gezielt schießen.

Dr. Meichelbeck zwinkerte nur ganz kurz hinter seiner Goldrandbrille.

»Gründe?«

»Es gibt Zweifel an einem natürlichen Tod.«

Etwas huschte über sein Gesicht. Man hätte es als Bestürzung deuten können, aber er hatte sofort wieder sein Pokerface aufgesetzt. »Wasser, Tee, Kaffee, Saft?«, fragte er.

»Danke, nicht nötig. Wir wissen, dass Maximilian Eisenschmied sein Geld verspekuliert hat und seine Gattin eher schlecht abgesichert war. Was hat sie denn noch zu vererben?«

Eigentlich hätte Irmi eine Antwort zum Thema Mandantenschutz oder Ähnliches vermutet, aber Meichelbeck antwortete völlig emotionslos: »Das Haus samt Grundstück hat sie einer Tierschutzorganisation vermacht, die streunenden Hunden in Rumänien hilft. Bargeld ist keines vorhanden. Das Auto ging an den Enkel, einiges an Möbeln und Geschirr ist der langjährigen Haushaltshilfe Elvira Matzeneder zugedacht. Und sie hat drei wertvolle Kippenbergers. Die hat sie einer Familie Danner vermacht. Das war es auch schon.«

»Wem?« Kathis Stimme klang schrill.

»Julius und Nadja Danner, wohnhaft in Riegsee. Mir sind die Herrschaften nicht persönlich bekannt. Ich habe lediglich das Testament vorliegen.«

Irmi schaltete sich ein. »Kippenberger, aha. Was ist so ein Kippenberger denn wert?«

»Da bin ich überfragt. Maximilian hat moderne Kunst gesammelt, und als er sein Vermögen verlor, hat er nach und nach einiges verkauft. Diese drei Gemälde sind meines Wissens der Rest. Den Wert regiert der Kunstmarkt. Ich weiß nicht, um welche Werke es sich handelt, aber in sechsstelligen Dimensionen bewegen wir uns sicher.«

Irmi und Kathi wechselten einen kurzen Blick.

»Und das Haus hat ja auch einen gewissen Wert, nicht wahr, Herr Meichelböck?«, meinte Irmi.

»Sicher.«

»Wie viel wäre das?«, wollte Kathi wissen.

»Junge Frau, ich bin weder Makler noch Sotheby's. Was das Haus betrifft, schätze ich es beim heutigen Verkehrswert vor allem wegen des Grundes auf rund zwei Millionen.«

»Puh! Da werden sich die rumänischen Hunderl aber freuen!«, rief Kathi. »Die Tochter will gegen das Testament vorgehen, haben wir gehört. Ist das richtig?«

»Es geht um die Frage nach dem Pflichtteil. Allerdings

hatte die Tochter zu Lebzeiten des Vaters schon eine großzügige Eigentumswohnung bekommen. Das wurde auch schriftlich niedergelegt. Aber die Anwälte sind dran. Ich möchte über den Ausgang nicht herumspekulieren.«

Vieles im Leben war eben relativ. Die verarmte Oma besaß zwar kein Bargeld mehr, aber doch drei bis vier Millionen in Sachwerten. Omi Eisenschmied hatte eher ein Luxusproblem, dachte Irmi und wusste doch gleichzeitig, wie unterschiedlich die Wahrnehmung sein konnte. Diesen Schritt zur Seite zu machen und auf das eigene Leben zu blicken, das konnten die wenigsten. Von außen betrachtet hätte man der Oma zugerufen: Verkauf den ganzen Bettel, nimm dir eine hübsche Zweizimmerwohnung, lebe gut, solange du es noch kannst, und verprass den Rest! Wirf den Ballast ab, und reise mit leichtem Gepäck. Aber das sagte sich von außen so leicht.

»Diese Tierschutzorganisation, wie heißt die?«, fragte Irmi.

»Helping hands for stray dogs, im Internet unter www. helpforstray.com zu finden.«

»Wie ist sie denn darauf gekommen? Ich meine, auf diese Organisation? War sie da Mitglied?«, wollte Kathi wissen.

»Auch das entzieht sich meiner Kenntnis. Wir haben nicht die Beweggründe unserer Mandanten zu kommentieren und zu analysieren, wir haben den Istzustand so gut wie möglich zu begleiten«, erklärte er kühl.

»Haben Sie Frau Eisenschmied schon mal mit Hunden gesehen? Waren Sie vor Ort?«

»Sie hatte öfter den Hund der Nachbarin zu Gast. Und ja, ich war vor Ort.«

»In der Villa?«

»Wo sonst?« Nun wurde sein Ton doch etwas pampig. »Sie gehen also davon aus, Frau Eisenschmied wurde ermordet? Und Sie suchen den Täter im Umfeld der Erben?«

»Das wird sich weisen«, erwiderte Irmi und erhob sich. »Danke, dass wir Ihnen Ihre Zeit stehlen durfen.«

Er nickte und verzog keine Miene.

Wenig später standen sie wieder vor der Steuerkanzlei und betrachteten das güldene Schild. »Auch so ein Arroganzbolzen!«, meinte Kathi und schüttelte sich, als müsse sie etwas Fieses abwerfen.

»Ach, da kenn ich Schlimmere. Immerhin war er sehr auskunftsfreudig«, sagte Irmi. »Wir wissen nun: Die Danners erben drei wertvolle Gemälde von einem Maler, dessen Namen ich noch nie gehört habe.«

Kathi zückte ihr Handy. »Martin Kippenberger, geboren 1953 in Dortmund, verstorben 1997 in Wien. Na, alt ist der ja nicht gerade geworden! Maler, Installationskünstler, Performancekünstler, Bildhauer und Fotograf.« Sie scrollte. »Also, ich weiß ja nicht. Er hat ein weltumspannendes System mit Attrappen von U-Bahn-Eingängen geplant. Ja, spinn i? Und das ist Kunst? Da steht jetzt in Graubünden am Arsch der Welt ein U-Bahn-Eingang aus Beton!« Kathi schüttelte den Kopf, dann lachte sie. »Im November 2011 hat in einem Dortmunder Museum eine Putzfrau das mit achthunderttausend Euro versicherte Kunstwerk *Wenn's anfängt durch die Decke zu tropfen* von Kippenberger blank geschrubbt. Das Werk war zerstört. Cool, das hätte ich sein können!«

»Seit wann putzt denn du?« Irmi lachte. »Zumindest klingt es für mich, als könnten die Werke dieses Kippenberger wertvoll sein. Aber wieso hat sie die Kunstwerke den Danners vermacht?«

»Das werden wir die aufgezopfte Nadja mal fragen!«

»Du solltest deine unverhohlene Abneigung mal kaschieren.«

»Was, wenn diese Nadja vorher schon gewusst hat, dass sie erben? Sie entfernt die Erboma und den Gatten und kann sich nun problemlos aus dem Staub machen. Wer sagt dir, dass sie mit ihrem Mann auswandern wollte? Vielleicht hat sie einen ganz anderen Plan verfolgt! Sie wäre nicht die Erste, die die treu sorgende Gattin mimt.«

Das war durchaus eine Option, das musste Irmi zugeben. Gedanklich war sie aber noch bei der verstorbenen Oma Eisenschmied.

»Die verkauft elende kranke Welpen aus irgendwelchen Hundegebärfabriken im Osten«, sagte sie nachdenklich. »Sie betrügt Menschen. Geht über Hundeleichen. Und dann vererbt sie alles einer Tierschutzorganisation? Das ist doch schizophren.«

»Vielleicht war die Omi nicht ganz richtig im Oberstübchen. Der Enkel hat doch neurologische Beschwerden angedeutet. Vielleicht wollte er das bloß nicht wahrhaben.«

»Oder sie wollte mit der Erbschaft Buße tun?«, schlug Irmi vor.

»Dann sind wir wieder ganz nahe dran an der Selbstmordtheorie, oder? Ihr Gewissen hat sie geplagt, sie hat alles geregelt und dann Schluss gemacht«, sagte Kathi.

»Das wäre auch plausibel«, meinte Irmi.

Dann blieben aber immer noch Danner und der Niederländer. Und alles war wieder auf Anfang. Sie hatten zwei Todesfälle mit Eisenhut, die irgendetwas mit dieser Cool-Card zu tun hatten. Und sie hatten eine tote Oma, die Handlangerin einer Hundemafia gewesen, ermordet worden oder freiwillig aus ihren Verstrickungen ausgeschieden war. Was für ein Wirrwarr!

Es war Mittag geworden, und sie würden auf die Ergebnisse der Exhumierung wohl doch bis morgen warten müssen, aber einem Besuch bei der Tochter von Gudrun Eisenschmied stand ja dennoch nichts im Wege.

Tobias' Mutter lebte in einem Mehrfamilienhaus in der Rießerkopfstraße, das sehr gediegen aussah. Es gab nur sechs Parteien, eine Klingel mit Eisenschmied suchten Irmi und Kathi allerdings vergeblich.

Sie standen etwas unschlüssig herum, als ein älterer Herr sein Fahrrad vor ihnen abbremste. »Suchen Sie wen?«

»Die Frau Eisenschmied?«

»Die hoaßt ned Eisenschmied. Die hoast Shania.«

Irmi blickte auf das Klingelbrett: Haseitl/Shania. Ganz oben.

»Und der Haseitl?«

»Is der Stecher«, erklärte der Mann ungerührt. »Was wollns' von dera? Sie sehn gar ned so aus.«

»Wie sehen wir nicht aus?«

»Na, zu dera gehn nur …« Mit einer Handbewegung deutete er die fehlende geistige Zurechnungsfähigkeit der übrigen Besucher an.

»Nein, nein, wir haben ein ganz anderes Anliegen.«

»San S' vom Finanzamt? Die versteuert ihre Sitzungen sicher ned.«

»Nein, aber glauben Sie uns, wir sind genauso unbeliebt wie das Finanzamt«, meinte Irmi und betätigte den Klingelknopf. Der Türsummer war zu hören. Während sie das Haus betraten, starrte ihnen der Mann hinterher.

Kathi lachte. »Na, da bin ich aber gespannt.«

Das Treppenhaus war sehr großzügig, die Wohnung lag im zweiten Stock. An der Tür stand: »Ich bin ein Indigo.«

Kathi runzelte die Stirn, und zwar noch mehr, als die Tür sich öffnete. Ihnen wallte etwas entgegen – zum einen, weil die Gestalt von der Figur her eher eine Walküre war, und zum anderen, weil sie das auch noch mit einer weiten Tunika über einer Schlabberhose unterstrich. Alles in Batikfarben, so was hatte Irmi nicht mal während ihrer Ökobatikphase in den Achtzigern angehabt. Aus der Wohnung drang ein schauerlicher Geruch. Waren das Räucherstäbchen, die einem da die Luft nahmen?

»Hatten wir einen Termin?«, fragte die Dame des Hauses mit tiefer Stimme.

»Jetzt ja«, entgegnete Kathi.

Die beiden stellten sich vor und wurden hereingelassen. Die Wohnung war riesig, auch der Raum, in den sie jetzt geführt wurden und dessen Mobiliar mit Tüchern behängt war. Zur Dachterrasse hin gab es säuselnde Perlenschnüre, die Gardinen waren gebatikt, und an der Wand hingen Traumfänger in allen Größen. Kathi sah so aus, als müsse sie jeden Moment in das ganze Bunt hineinkotzen.

Die Dame griff in ein Regal mit mehreren kleinen Fläschchen und besprühte sich mit einem davon.

»Das ist was?«, fragte Irmi.

»Lichtessenzen«, erklärte sie streng. »Bei sich bleiben, sich abgrenzen. Ihrer beider Karma gefällt mir nicht.«

Kathi gluckste.

»Nun, Frau Eisenschmied …«, begann Irmi.

»Shania, bitte!«

»Nun, Frau Shania, wir kommen wegen Ihrer Mutter.«

»Sie wird ausgegraben, habe ich erfahren. Was ist das für ein Unsinn! Waren Sie das?«, donnerte Frau Shania. Irmi bezweifelte, dass deren Karma ganz in Ordnung war.

»Die Angehörigen werden über solche Maßnahmen informiert. Ein Richter ordnet das an, bei Eilbedürftigkeit auch der Staatsanwalt«, sagte Kathi ganz ungerührt.

»Das dürfen Sie doch gar nicht!«

»Doch, denn es bestehen Zweifel am natürlichen Tod Ihrer Mutter«, sagte Irmi.

Die Walküre sagte nichts, sondern quoll nur aus ihrem Sessel.

»Wussten Sie, dass Ihre Mutter Hunde verkauft hat?«, versuchte Irmi es weiter.

»Ich habe mich von meiner Mutter befreit«, sagte Frau Shania in staatstragendem Ton.

»Aber nicht so weit, dass Ihnen das Erbe egal wäre«, meinte Kathi schneidend.

»Ja, was glauben Sie denn! Das Haus irgendwelchen Dahergelaufenen zu vermachen! Ich hätte ein Zentrum für schamanische Geistheilung geschaffen. Das ist die Bestimmung des Hauses, des Grundstücks! Das sehe ich.«

»Ihre Mutter sah das aber anders«, sagte Kathi. »Was ist jetzt mit den Hunden?«

»Ich weiß nichts von Hunden!«

»Und sagt Ihnen der Name Danner etwas?«

»Nein! Und ich möchte Sie bitten zu gehen, ich bekomme gleich Besuch und brauche meine Energien.«

»Sie haben doch die da!«, sagte Kathi und wies auf die Fläschchen.

»Das sind liebevoll gechannelte Essenzen der Meisterin. Jemand wie Sie wird sich schwertun, die hoch schwingenden Energien der höheren Lichtwesen und Engel zu fühlen. Sie täten aber gut daran, sich näher damit zu befassen, um mit Ihrer Seele in Einklang zu kommen.«

»Ob die Kollegin überhaupt eine hat?«, bemerkte Irmi grinsend. Sie zögerte. »Sagen Sie, was ist eigentlich Indigo? Da steht was an Ihrer Tür.«

»Die Erde bewegt sich in die Zeit des siebten Strahls, und die Farbe des Strahls ist Violett. Indigos sind also eher violett und inkarnieren sich in vermehrtem Maße seit 1950 auf der Erde, und wir werden mehr. Immer mehr!«

Ach, du Schande, dachte Irmi bei sich und erhob sich aus dem Sessel. Ihr war schon ganz schwummrig. Zu viele Lichtwesen in der Luft.

Als die beiden Kommissarinnen wieder auf der Straße standen, holte Irmi tief Luft. Endlich Sauerstoff!

»Hängen dir die Lichtwesen auch noch in der Nase?«, fragte Kathi. »Ich dachte, ich ersticke. Brutal, was für eine verstrahlte Irre!«

»Wir sind eben keine Indigos«, meinte Irmi lachend. »Im Übrigen glaube ich, dass die Frau wirklich nichts von den Nebeneinkünften ihrer Mutter gewusst hat. Die ist ja völlig verpeilt.«

»Allerdings!« Kathi hatte ihr Smartphone rausgezogen und tippte darauf herum. »Shania heißt übrigens: Ich bin auf meinem Weg. Wow! Sie hat auch eine Homepage. Was die alles kann und was für Kurse sie belegt hat: Usui-Reiki 1–3, Magnified Healing, Ethereal Crystals 1–9, Schamanische Beratung, Colours of Angels, Begradigungsenergie, Engel-Energie-Therapeutin, Reinkarnationstherapeutin, Schamanisches Familienstellen, Kabbalistischer Zahlenschlüssel.«

»Ich glaube, die Begradigung würde mich interessieren. Unser Haus ist ja so schief. Wir haben im ersten Stock bis zu zehn Zentimeter Höhenunterschied in den Räumen«, meinte Irmi.

»Da ist es besser, du nimmst den Raum zum Skifahren! Und was machen wir jetzt?«

»Wir sollten Nadja Danner nach der Erbschaft fragen. Aber reiß dich bitte zusammen, Kathi!«

»Jaja, die Lichtwesen haben sich eh auf meine Stimmbänder geschlagen.«

Der Wind am Riegsee war schon sehr herbstlich und kroch unangenehm kalt durch die Jacken. Auf Irmis Klingeln reagierte keiner. Auch vom Hund war nichts zu hören.

»Und nun?«, fragte Kathi.

»Das war ein Omen. Die Lichtwesen wollten keine Konfrontation«, meinte Irmi. »Lassen wir es für heute gut sein, Kathi. Morgen werden wir die Obduktionsergebnisse haben. Ich hoffe, dass Andrea bis dahin auch noch mehr gefunden hat zu geschädigten Hundekäufern.«

Auf dem Heimweg machte Irmi ihren Vorsatz wahr und

kaufte ein. Viel Gemüse, Joghurt, Basics ... Auf dem Hof war mal wieder keiner. Bernhard war sicher im Wirtshaus und die Kater auf Jagd. Irmi bereitete sich einen Salat zu. Das Schnippeln machte ja eigentlich Spaß, wenn man Zeit und Muße hatte.

Anschließend gönnte sich Irmi den einzigen Luxus, den sie hatte. Ein heißes Bad, heute mal mit der Essenz »Jungbrunnen«, was ja nie schaden konnte.

9

Am Dienstag stand Irmi wieder vor dem Haus von Nadja Danner. Kathi war weder auf dem Handy noch auf dem Festnetz erreichbar gewesen, daher war sie allein zu ihr gefahren. Das war vielleicht auch etwas friedlicher, denn Kathis Stimmbänder waren sicher längst von den Lichtwesen befreit.

Am heutigen Dienstag stand das Auto wieder vor dem Haus. Irmi klingelte an. Sofort war Gebell zu hören, doch es war nicht das Bellen eines Hundes, der meldet. Es schwang Panik mit, Angstaggression, das Bellen ging in ein Wolfsheulen über. Erst in diesem Moment wurde es Irmi schlagartig klar. Dabei hätte sie es schon viel früher merken müssen.

Sie hörte Nadja Danner schimpfen, eine Tür wurde geschlossen, das Bellen wurde zu einem gedämpften Winseln.

Nadja Danner öffnete die Tür. Sie hatte tiefe Augenringe, was ihrer Schönheit etwas Mystisches gab. Die Haare trug sie heute offen, sie reichten über die Schultern.

»Frau Mangold, wissen Sie etwas? Über den Täter?«

»Darf ich reinkommen?«

Nadja Danner nickte. Sie ging vor, wieder in das Büro.

»Wir waren gestern schon mal da«, erzählte Irmi.

»Ich habe meine Schwester zum Zug gebracht«, erwiderte Nadja Danner und wartete.

»Schön, dass Sie etwas Hilfe hatten.«

»Sind Sie zum Small Talk vorbeigekommen?«

»Nein«, sagte Irmi und sog sich an den Augen der Dame fest. »Sie haben einen Hund von Gudrun Eisenschmied gekauft. Einen kranken Hund. Einen gestörten Hund. Aus illegalem Welpenhandel. Es ist ein Malteser, oder? Ein Hund, wie sie zu Tausenden nach Deutschland geschmuggelt werden.«

Nadja Danner schwieg, hielt aber Irmis Blick stand.

»Hatten Sie geglaubt, da verkauft eine nette Oma ein nettes Hunderl? Wann sind Sie aufgewacht?«

Nadja Danners Augen begannen sich mit Wasser zu füllen. Der Pegel stieg an. Das Wasser wurde zu Rinnsalen und dann zu wahren Bächen, die über die Wangen liefen. Irmi entdeckte eine Packung Tempos, die sie ihr reichte. Der Damm war gebrochen, und der Eindruck von Beherrschtheit und Kalkül war wie verflogen. Nachdem Nadja Danner sich ein wenig beruhigt hatte, begann sie leise zu erzählen.

»Jul kannte Gudrun Eisenschmied schon länger. Die alte Dame hatte ihn mehrfach als Bergführer gebucht, weil sie tatsächlich noch recht anspruchsvolle Touren machte, aber doch so vorausschauend gewesen war, das nicht mehr allein anzugehen. Man redet wenig in der Bergeinsamkeit, aber doch oft das, was die Seele bewegt. Und Jul hatte wohl mal vom Hund seiner Kindheit erzählt, einem kleinen weißen Mischling, worauf seine Bergkameradin wohl ganz überrascht gesagt hatte, sie züchte doch Malteser und hätte da einen Wurf. Es kam, wie es kommen musste, sie schauten sich die Hunde an, als sie von der Tour zurück waren. Jul war so begeistert, und ich bin dann auch mit-gekommen. Ich meine, kleine Hundebabys, winzige Eis-bärchen, da wird jeder schwach.«

»Und das war in dem alten Häuschen auf dem Grund-stück von Frau Eisenschmied?«, fragte Irmi.

Nadja Danner nickte.

»Wussten Sie, dass sie selbst eigentlich in der Villa lebte?«

»Ja, aber das fanden wir nicht weiter erstaunlich. Kleine Hunde machen Dreck, warum nicht das alte Haus dafür nutzen? Sie vermietete es ab und zu als Ferienhaus. Wenn es gerade leer stand, nutzte sie es für die Hunde. Das hat sie erzählt.«

Ja, die ganze Legende, an der die alte Dame gestrickt hatte, wirkte glatt. Wer wäre da schon skeptisch geworden? Auch Irmi hätte sich bestimmt nichts Böses dabei gedacht.

»Haben Sie nicht nach der Mutter der Welpen gefragt?«

»Doch, aber Gudrun hat gesagt, die sei zwei Monate nach der Geburt ihrer Jungen gestorben, und nun ersetze sie die Mama. Wir waren eher gerührt.«

Irmi schluckte. Was die alte Dame sich da für ein Lügengebäude konstruiert hatte! Sie wusste aber nur zu gut, dass Menschen sich Geschichten zusammenfabulie-ren konnten, die sie irgendwann selber glaubten. Wenn sie diese Geschichten immer wieder erzählten, wurden sie zur unumstößlichen Wahrheit.

»Und die Hunde? Waren sie normal? Gesund?«

»Auf den ersten Blick ja. Es waren wohl acht gewesen, doch als wir kamen, waren nur noch vier da. Wir nahmen Kira, weil die recht lebhaft war.«

»Was haben Sie bezahlt?«

»Fünfhundert Euro, ein Freundschaftspreis, wie sie sagte. Weil Jul ihr ja so schöne Bergerlebnisse beschert hatte. Sonst hatte sie siebenhundert verlangt.«

Irmi schwieg und spürte ihren eigenen Emotionen nach. Allein beim Zuhören entwickelte sie Gefühle von Hass und Ohnmacht, so hinters Licht geführt worden zu sein.

»Die ersten zwei Monate lief alles rund. Das Leben mit einem Welpen ist aufregend, wir haben viel gelacht. Die gemeinsamen Erlebnisse mit dem Tier und das Reden darüber haben uns noch stärker zusammengeschmiedet. Wir haben ja keine Kinder.« Sie hielt kurz inne. »Trotzdem ist Kira ein Hund und kein Ersatz für ein Kind, falls Sie das gedacht haben sollten.«

Nein, das dachte sie nicht. Gerade Irmi dachte das nicht. Eine Frau mit tickender biologischer Uhr hielt sich ein Tier immer nur als Kindersatz. Wahlweise wurde sie in die Mitleidsschublade gesteckt, und es wurde hinter vorgehaltener Hand getuschelt: Wahrscheinlich kann sie keine Kinder kriegen, die Arme. Oder die Laienpsychologen meldeten sich zu Wort: Karriereweiber brauchten eben auch was fürs Gemüt. Und manche bezeichneten kinderlose Frauen hasserfüllt als Egoistinnen, die sich der natürlichen Bestimmung des Menschen entzogen, Kinder zu bekommen, den Generationenvertrag zu erfüllen und Verantwortung zu übernehmen.

Irmi war auch eine dieser angeblichen Egoistinnen, und in schwachen Momenten, wenn ihr wie gestern im Supermarkt eine Mutter den Kinderwagen in die Fersen rammte, ja, da wurde sie ungerecht. Im Wagen zwei Kinder, die anderen beiden irgendwo schreiend zwischen den Regalen. Was, wenn diese Schragen kriminell wurden oder asozial oder nur arbeitslos – was war dann mit dem Generationenvertrag? Tiere waren definitiv kein Ersatz für Kinder, das wäre unwürdig den Tieren gegenüber. Und auch gegenüber den Kindern. Ersatz war eine hundsgemeine Abwertung. Apropos hundsgemein – da waren sie wieder beim Thema.

»Keine Sorge, Frau Danner, das denke ich nicht«, sagte Irmi. »Ich habe auch keine Kinder. Früher hatte ich Hund und Katz, jetzt habe ich nur noch zwei Kater. Wissen Sie, ich bin weder ein Hundemensch noch eine typische Katzenfrau. Ich lasse mich nicht gern in Klischees pressen. Ich habe Katzen, weil ich Katzen haben will. Weil sie schön sind und anmutig, weil sie uns Gelassenheit lehren. Tiere besitzen unser Herz, weil sie uns grenzenloses Vertrauen entgegenbringen, solange wir sie nicht enttäuschen. Ich verstehe diese Leidensmütter nicht, die ständig über die kinderfeindliche Umgebung lamentieren. Ich würde so gerne mal eine treffen, die einfach nur sagt: Ich find es herrlich, Kinder zu haben. Ich würde sie küssen!«

Das war privat, sehr privat, und wenn Kathi dabei gewesen wäre, hätte sich Irmi diesen Exkurs nicht erlaubt. Doch sie wollte Nadja Danner zeigen, wie sehr sie deren Leid verstand. Sie wollte ihr klarmachen, dass sie nicht werten würde und sagen: nur ein Tier. Nur ein Hund, holen Sie sich halt einen neuen.

Nadja Danner lächelte ganz leicht und sah Irmi an. »Kira wurde krank. Wir waren beim Tierarzt, in der Tierklinik in Weilheim, dann auch in München in der Kleintierklinik. Sie hatte Parvovirose, das hat sie knapp überlebt. Dazu Kokzidien und Giardien. Wir haben auf einigen Foren gelesen, dass Welpen an Parvovirose sogar sterben können.« Sie räusperte sich. »Als wir das einigermaßen im Griff hatten, kam Kira in die Pubertät. Heute wissen wir, dass diese mangelnde Sozialisierung und die fehlende frühe Prägung auf Menschen vor allem mit der Pubertät zutage treten. Kira ist bis heute ein Nervenbündel. Und tut mir so leid. Ich würde ihr gerne helfen. Ihr sagen, dass alles gut ist. An manchen Tagen wird es auch besser. Sie entspannt sich, hat Freude am Spiel. Doch dann kommen wieder finstere Rückfälle, und sie wird zum Panikbündel.«

Was sollte Irmi nun sagen? Das ist schlimm? Waren Sie beim Hundepsychologen? Sie schwieg eine Weile und betrachtete die Bilder aus Chile mit ihrer bunten Lebenslust und der Naturgewalt der Berge.

»Jul ist dann mal zu Gudrun gefahren, als es immer schlimmer wurde mit dem Hund«, fuhr Nadja Danner fort. »Eigentlich wollte er sie gar nicht zur Rede stellen, es war eher so, dass er fragen wollte, wie sich die anderen Welpen so machen. Wir waren besorgt – um sie, um ihre Zucht.« Nadja Danner wischte sich ein paar Tränen ab. »Als Jul kam, hatte sie wieder Hunde. Keine Malteser diesmal, sondern Möpse. Sie sagte, nach dem Tod der Zuchthündin hätte sie sich eine Mopsdame zugelegt. Die war auch nicht da, angeblich gerade mit dem Enkel unterwegs. Da dämmerte Jul etwas. Er fragte nach den anderen Malteserkäufern, bekam aber keine Auskunft. Jul war völlig von der Rolle, als er heimkam. Wir waren die ganze Nacht im Internet und haben die Anzeigen von ihr gefunden, in denen sie Mopswelpen aus liebevoller Familienzucht anpries. In einem anderen Portal hatte sie vor einigen Monaten Shih Tzus inseriert. In dieser Nacht brach eine Welt über uns herein, von der wir nichts geahnt hatten. Wir schauen nur selten fern, an uns ist das wirklich vorbeigegangen, dass Welpen wie Ware, wie Drogen und Waffen, gehandelt werden. Wir sind gleich am nächsten Tag hingefahren. Wieder war keine Hündin da.«

»Und dann?«

»Sie hat sich in Ausreden verstrickt, und Jul hat damit gedroht, zur Polizei zu gehen. Sie hat gejammert, dass sie den armen Kleinen nur helfen wolle. Und der schlimmste Satz für mich war: ›Wenn ich es nicht tue, dann tun es andere, und die sind viel grausamer.‹ Verstehen Sie? Gudrun wob an einem Überwurf aus Halbwahrheiten, mit dem man alles zudecken konnte. Sie hat uns versichert, dass sie damit aufhören wolle. Sie hat uns die Gräber im Garten gezeigt, wo sie die Tierchen begraben hatte, die ihr verendet waren. Sie weinte bitterlich. Sie sah sich als Opfer, nicht als Täterin.«

Vielleicht war sie beides gewesen, dachte Irmi. Opfer und Täterin zugleich.

»Hat sie Ihnen gesagt, wie sie zu diesem … nun ja … Job gekommen ist?« Job war ein viel zu saloppes Wort für das Verbrechen an Tieren.

»Das haben wir sie auch gefragt, aber sie hat uns nicht geantwortet. Sie hatte Angst, das war offensichtlich. Auf mich hat sie den Eindruck gemacht, als bedrohe man sie. Jul hat sie angefleht, zur Polizei zu gehen, er glaubte daran, dass man Gudrun und den Tieren helfen würde. Dass man solche Ringe sprengen könne.«

»Sie glauben nicht an die Polizei?«

»Ich komme aus Kasachstan, Frau Mangold. Aus einer Welt, wo ein Leben nichts zählt und Ordnungsmächte korrupt sind.«

»Frau Danner, wir haben insgesamt drei Tote, und alle hatten auf die eine oder andere Art mit dem Welpenhandel zu tun. Ihr Mann war einer der Geschädigten, wir haben Frau Eisenschmied als Handlangerin, und wir haben einen toten Niederländer in einem Wohnwagen in Mittenwald. Wir wissen, dass er Mitglied eines mafiösen Zirkels von Hundehändlern war. Ihr Mann hat diesen Niederländer gekannt und war offenbar auch mal vor Ort. Er wurde eindeutig identifiziert. Kannten Sie diesen Niederländer auch?«

»Nein! Davon höre ich zum ersten Mal!«

Kathi wäre sicher misstrauisch gewesen, doch Irmi war bereit, Frau Danners Aussage zu glauben. Dennoch mahnte sie sich innerlich zu Vorsicht und Objektivität.

»Warum hat Ihr Mann Ihnen das verschwiegen?«

»Ich nehme an, Jul wollte Gudrun helfen. Wenn dieser Mann sie bedroht hat, könnte er hingefahren sein, um ihn zur Rede zu stellen. Mir hat er nichts davon erzählt. Wahrscheinlich wollte er mich nicht beunruhigen.«

Nadja Danner wirkte keineswegs so, als könne man sie leicht beunruhigen. Irmi vermutete, dass Julius Danner einfach keine Widerworte von seiner Frau wollte und ihr deshalb den Besuch in Mittenwald verschwiegen hatte.

»Der Niederländer ist einen Tag vor Ihrem Mann gestorben. Er kann ihn also nicht auf dem Gewissen haben. Und Gudrun Eisenschmied auch nicht. Was, wenn Ihr Mann die beiden ermordet hat?«

»Unsinn! Und wer sollte dann Jul getötet haben?«, rief Nadja Danner.

»Vielleicht hat er sich selbst das Leben genommen? Für mich hätte das eine gewisse Logik.«

»Das hatten wir doch schon! Jul hätte niemals Selbstmord begangen!«

Auch das wollten Angehörige gerne glauben, weil sie mit der Schuld nicht leben konnten. Sie hätten etwas spüren müssen, hätten das Unglaubliche verhindern müssen. Schuld, es ging immer um Schuld.

»Gut. Aber wer war es dann? Sie haben uns anfangs die Macher der Cool GmbH auf dem Silbertablett serviert. Das waren Ihre Hauptverdächtigen, oder?«, sagte Irmi schärfer als beabsichtigt.

»Das sind sie immer noch! Barbara Mann hat Jul richtiggehend gehasst.«

»Das habe ich auch von Gustl Häringer gehört. Er hat mir erzählt, dass sie mal befreundet gewesen sind.«

»Ja, aber Juls Antihaltung zur Karte hat uns entzweit. Sie hat uns wirklich gehasst. Kurz vor seinem Tod hat sie ihn mehrfach angerufen. Er war jedes Mal sehr aufgewühlt. Das ging über einen normalen Rechtsstreit weit hinaus!«

»Das erzählen Sie mir heute zum ersten Mal.«

»Ich hatte keine Lust, mich weiter von Ihrer Kollegin verunglimpfen zu lassen. Sie hätte mir sowieso nicht geglaubt.«

Folgte man Nadja Danners Vermutung, hatte der Tod ihres Mannes mit der Hundemafia rein gar nichts zu tun. Sollten es tatsächlich zwei komplett unterschiedliche Fälle sein – zwei Morde im Mafiamilieu und einer, weil Danner die Kreise des heiligen Tourismus gestört hatte? Irmi wollte das nicht recht glauben. Zu sehr störte sie die Tatsache, dass zumindest zwei der Opfer definitiv durch eine Eisenhutvergiftung gestorben waren. Was die Todesursache von Gudrun Eisenschmied betraf, hatten sie ja noch keine Gewissheit. Es blieb alles so undurchschaubar!

Irmi atmete tief durch. Sie musste auf der Hut sein. »Frau Eisenschmied hat Ihnen drei wertvolle Kunstwerke vererbt. Wussten Sie davon?«

»Erst, seit ein Schreiben von einer Kanzlei gekommen ist.«

»Warum hat sie das getan?«

»Ich glaube, das war eine Wiedergutmachung.«

»Eine großzügige Wiedergutmachung. Diese Bilder sind einiges wert.«

»Das weiß ich auch erst, seit ich mich informiert habe. Ich kannte den Künstler gar nicht. Vielleicht wusste sie auch nicht, was die wert sind.«

Irmi wusste nicht, ob sie das glauben sollte oder nicht. Nach wie vor konnte auch Nadja Danner alle drei Morde begangen haben, wohl wissend, dass sie dann ein gutes Startkapital für ein neues Leben besitzen würde. Auch diese Variante durfte sie nicht aus den Augen verlieren.

Theorien über Theorien. Wirr, verflochten, zu viele Menschen beteiligt. Und strapaziös für die Hirnwindungen einer Ermittlerin, die ohnehin darunter litt, dass ihr

Kopf niemals Pause machte und ihr sogar nachts verstörende Träume lieferte, in denen die aktuellen Fälle weiter bearbeitet wurden. Wann ließ sie der Kopf mal in Ruhe? Auf einer der seltenen Bergtouren, wenn sie nur noch monoton dahinging. Das half. Es war auch manchmal Ruhe im Gedankensturm, wenn sie mit den Katern scherzte und spielte. Und manchmal beim Sex, aber längst nicht immer ...

Irmi sah wieder Nadja Danner an. »Hatten Sie denn Kontakt zu anderen Geschädigten?«

»Wir haben eine Familie in München gefunden, deren Hund mit vier Monaten eingeschläfert wurde. Die wollten aber nichts mit uns zu tun haben. Und wir hatten Kontakt zu anderen Leuten, die den Hund an ein Tierheim abgegeben hatten. Auch die haben dichtgemacht. Es gab noch ein Paar in Oberbayern, die waren aber auch unentschlossen, was zu tun wäre. Jul hat an die anderen Geschädigten appelliert, dass man solchen Verbrechen doch entgegentreten müsse. Aber die Leute waren einfach froh, dass es vorbei war. Das Problem ist einfach weggestorben oder wurde entsorgt.«

Nadja Danner hielt kurz inne, dann fuhr sie fort: »Es gibt eine Website, www.stopptwelpendealer.org, auf der man anonyme Hinweise geben kann. So kann die Organisation weiterrecherchieren und ihren politischen Forderungen noch mehr Nachdruck verleihen. Vielleicht können Sie dem nachgehen. Jul hatte ja leider keine Zeit mehr dazu.«

Irmi ließ sich noch die Kontaktdaten der anderen Geschädigten geben, mit denen die Danners zu tun gehabt hatten, und bat Nadja Danner, sie anzurufen, wenn ihr noch irgendetwas auffiele. Dann verabschiedete sie sich.

Langsam fuhr Irmi in Richtung Heimat, als es aus dem Radio schallte: »Hast in den Safe gefasst, mein letztes Geld verprasst. Alles ohne mich! Das ist gemein. So gemein. Hundsgemein! Das ist gemein. So gemein. Hundsgemein!« Gab es solche Zufälle? War das ein Fingerzeig?

Ideal – eine Kultband ihrer Jugend. Heute war das lange her. Und gleichzeitig eben nicht. Sie verstand Nadja Danner und alle anderen geschädigten Menschen, die ein elendes Hundekind gekauft hatten und nun jeden Tag darum rangen, einem verhaltensgestörten Wesen ein normales Hundeleben zu ermöglichen. Sie mussten für die immensen Tierarztkosten aufkommen und zermürbende emotionale Achterbahnfahrten aushalten. Immer wenn es den Anschein hatte, das Tier würde genesen, kam ein neuer Schlag in die Magengrube. Manche gaben auf, andere schämten sich, überhaupt in eine solche Situation gekommen zu sein – weil sie zu geizig gewesen waren oder zu blauäugig.

Als Irmi die Abzweigung zu Lissis Hof erreichte, setzte sie spontan den Blinker. Sie brauchte jetzt jemanden, der Optimismus ausstrahlte.

Lissi stand in der Küche. Es roch köstlich.

»Hallo, Irmi, ich versuche mich an was Indischem. Die Männer sind außer Haus, also muss ich heute keine Fleischberge auftischen.« Sie lachte. »Dauert nur noch ein paar Minuten. Mach mal einen Prosecco auf!«

Lissi hatte immer irgendwo Prosecco, das war ihr einziges Laster, dem sie regelmäßig, aber immer mäßig frönte.

Irmi holte Gläser, dickbauchige himmelblaue Gläser auf einem halbhohen Stiel. Sie wusste, was hineingehörte: eine Orangenscheibe und Eis. LLP nannte Lissi das, Lissis Long Prosecco.

»Lissi, es ist mitten am Tag!«

»Na und? Wir wollen uns ja nicht besaufen. Mach schon!« Lissi grinste und fuhr fort: »Wunderst du dich immer noch über die CoolCard und warum man einen Gast für eine Leistung nicht bezahlen lässt?«

»Ehrlich gesagt habe ich die Tourismusspur etwas aus den Augen verloren. Wir sind nämlich mitten hineingeraten in die Machenschaften der Hundemafia.«

»Welche Hundemafia? Jetzt lass uns erst mal anstoßen. Setz dich.« Lissi stellte einen Teller vor Irmi auf, aus dem verführerische Gerüche aufstiegen. Es war ein Eintopf aus Linsen und Spinat mit Käse und betörenden Gewürzen.

»Ist das gut!«, stöhnte Irmi, nachdem sie probiert hatte.

»Du solltest öfter mal was G'scheits essen!«

»Das ist mir kürzlich selber aufgefallen. Da hab ich mir Salat gemacht. Schließlich hab ich Reserven.«

»Ich hab weit mehr Reserven als du. Es geht nicht um deine Figur. Aber ordentliches Essen hält gesund und hilft der Seele. Du immer mit deinen Käsebroten! Viel zu einseitig.«

»Ja, Mama!« Irmi lachte. Es tat gut, hier zu sein.

»Wie war das jetzt mit dieser Hundemafia?«, fragte Lissi.

»Hunde werden in Osteuropa unter erbärmlichen Bedingungen gezüchtet, mit falschen Papieren viel zu jung nach Deutschland gebracht und dann verkauft. Die Hunde sind oft krank oder verhaltensgestört. Und mein aktueller Fall führt mich mitten rein in diesen Sumpf.«

»Und der Julius Danner hat auch was damit zu tun?«

»Indirekt. Er hat sich so einen Hund gekauft. Die ganze Sache ist ziemlich verwirrend und hat so viele Gedanken freigesetzt, Emotionen losgetreten. Über Tiere, über mich, über Verantwortung. Lissi, ich glaub, ich …«

»Trink Prosecco, lehn dich zurück, atme tief durch. Du mutest dir immer zu viel zu. Wo war Kathi? Arbeitet die nicht? Nein. Bloß du!«

»Ja, aber …«

»Nix aber, du hast Angst vor dem Nichtstun, das ist dein Problem. Du kannst nicht delegieren. Du reißt alles an dich. Ein Großteil der Menschheit hört freitagmittags auf zu arbeiten. Erholung ist nichts Verwerfliches.«

»Müßiggang ist aller Laster Anfang«, meinte Irmi lächelnd. »Du bist doch auch jeden Tag auf den Füßen.«

»Ja, aber ich passe auf mein Herz auf! Hundewelpen – ist doch klar, dass dir das Thema nahegeht. Du solltest endlich wieder einen Hund lieben. Es gibt keine Alternative zur Liebe.«

Lissi sagte nicht »anschaffen« oder »zulegen«. Sie hatte Ehrfurcht vor allen Geschöpfen und wusste, dass man sich Tiere nicht einfach zulegte. Lissi begleitete ihre Rinder im Hänger, wenn sie zum Schlachten mussten, und sie versuchte ihren Mann zu überzeugen, die Tiere nur noch über Fangschuss auf der Weide zu töten. In ihrem Jüngsten Felix hatte sie einen Verbündeten.

»Lissi, du weißt, dass Tierhaltung eine Frage der Ethik

oder Religion ist. Aber du stehst auf der Seite der Exoten. Wer gibt uns das Recht, Mitgeschöpfe so schlecht zu behandeln? Vor allem weil wir doch inzwischen längst wissen, dass Tiere fühlen, trauern, intelligent und zu ganz erstaunlichen Leistungen fähig sind. Wir sind doch über Descartes hinausgewachsen und sollten wissen, dass der Mensch nicht die Krone der Schöpfung ist.«

»War es Descartes, der gesagt hat, dass nur die Menschen ein Bewusstsein haben, weil sie sprechen können? Oder so ähnlich?«

»Richtig, und das hatte im Lauf der Jahrhunderte ziemlich fatale Folgen für die Tiere. Denn wer nicht sprechen kann, darf gequält und aufgefressen, für Tests einer neuen Salbe missbraucht oder als Nahrungsmittelproduzent in Massentierhaltung eingequetscht werden.«

»Selbst im meinem Landwirtschaftsblatt steht, dass Tiere ein Bewusstsein haben und über ein präzises und intelligentes Kommunikationssystem verfügen. Tiere kommunizieren über akustische, chemische und optische Signale, und bloß weil wir sprechenden Menschen zu dumpf sind, sie zu verstehen, muss tierische Kommunikation ja nicht dümmer sein!«, erklärte Lissi und trank ihr Glas leer, um es erneut zu füllen.

»Das weißt du, weil du offen dafür bist. Das wissen Menschen, die es fasziniert, wenn Rabenvögel Nüsse auf die Straße werfen, ein Auto darüberfahren lassen und dann den Nusskern fressen. Das mag diejenigen berühren, die nachts Tierdokus schauen, in denen schlaue Affen Steine sammeln, daraus ein Munitionslager bauen und sie später auf Zoobesucher werfen. Aber wen interessiert das denn?

Wie ist das mit deinen Gästen? Von denen haben doch nur die wenigsten Ehrfurcht vor Tieren.«

»Ach, die sind weit weg von unserem Leben. Für die sind wir so was wie exotische Zootiere. Die leben in Städten und streben nach Erfolg und sind im ständigen Vergleich mit anderen. Sie posten jeden Scheiß hier im Urlaub, sie müssen an besseren Orten gewesen sein, müssen besser gegessen haben, mehr Party gemacht haben, bessere Frauen aufgerissen und im Sport großartiger gewesen sein als alle anderen.«

»Lissi, du bist eine Philosophin!«

»Quatsch! Schon meine Oma wusste, dass dieses Schauen auf andere Menschen entweder aggressiv oder depressiv macht!«

»Vielleicht solltest du eine App entwickeln, die deinen Gästen hilft.«

»Einen Scheiß werd ich. Das sag ich auch immer meinen Jungs. Früher hatten wir Poster an den Wänden, heute posten sie jeden Dreck auf Facebook.«

»Aber deine Jungs sind doch noch vergleichsweise harmlos«, meinte Irmi.

»Ja, weil wir so ein schlechtes Netz haben und kein WLAN. Felix hat im Rahmen eines Versuchs in der Schule mal zwei Wochen freiwillig auf Handy und Computer verzichtet. Dabei musste er feststellen, dass er viel weniger Stress hatte und mehr Zeit. Er ist in einer sensiblen Phase und denkt viel nach.«

»Ein toller Junge«, sagte Irmi.

»Ja, aber auch er fragt sich, ob er weitermachen will mit dem Hof. Wahrscheinlich wird er es nicht tun. Weißt du,

Irmi, dann sind wir in unserer Familie die letzte Generation, die Tiere hält und mit der Natur wirtschaftet. Die Tiere sind unsere Gradmesser, das war auch bei unseren Eltern und Großeltern so. Wer ist denn heute noch bereit, so viel Verantwortung für Schutzbefohlene zu übernehmen?«

Lissi hatte ganz recht, dachte Irmi. Die Ermittlungen in den aktuellen Mordfällen hatten ihr wieder ganz klar vor Augen geführt: Die Menschheit teilte sich im Umgang mit Tieren in völlig überdrehte Tierhysteriker und in solche, die sie ausbeuteten. Dazwischen gähnte ein tiefer Abgrund.

10

Als Irmi ins Büro kam, saß Andrea emsig vor dem PC und war in ihre Arbeit vertieft. Sie schien nie Mittag zu machen, Irmi sah sie auch nur selten etwas essen. Dabei war Andrea eher stämmig. Also nahm sie wohl doch irgendwas zu sich und war ganz einfach mit einem trägen Stoffwechsel gestraft. Auch Irmi aß vergleichsweise wenig und war dennoch eher Litfaßsäule als schlanke Gerte. Das Leben war unfair. Kathi konnte fressen wie eine Mastsau und war trotzdem dürr wie ein Stecken.

Irmi lächelte Andrea an und wies sie auf die Website hin, die Andrea aber schon entdeckt hatte. Außerdem bat sie sie, die Tierschutzorganisation zu kontaktieren, an die Gudrun Eisenschmied ihr Vermögen vermacht hatte, und gab ihr die Adressen der geschädigten Hundekäufer, von denen Nadja Danner erzählt hatte.

Da läutete Irmis Handy, es war die Gerichtsmedizin.

»Sie hatten unseretwegen vermutlich ein ungutes Wochenende?«, sagte Irmi zur Begrüßung.

Der Mann schnaubte. »Haben Sie so was wie Wochenenden?«

»Ich habe erst kürzlich über den Wert von Freizeit philosophiert. Es soll ja so was wie Wochenenden geben. Angeblich lassen manche Leute freitags gegen zwölf alles fallen und trinken erst montags gegen neun ihr erstes Käffchen auf der Arbeit«, konterte Irmi lachend.

»Nun, ich habe mich am Sonntag und gestern bis in die Nachtstunden um die Dame Eisenschmied gekümmert. Ich dachte, ich lass ihnen zumindest den Nachtschlaf, bevor ich was verkünde.«

»Das ehrt Sie! Und?«

»Frau Mangold, Sie müssten herkommen. Wann können Sie hier sein?«

Irmi stutzte. Der Rechtsmediziner klang irgendwie merkwürdig. »Können Sie mir nicht am Telefon einen kurzen Abriss geben?«

»Das möchte ich ungern, die Sache wird eventuell etwas … nun ja … heikel. Delikat.«

»Ich komme«, versprach Irmi, legte auf und rief Kathi an. Es meldete sich die Mailbox. Irmi war es leid, der Kollegin hinterherzutelefonieren. Also stürzte sie einen zweiten Kaffee hinunter und sprang in ihr Auto. Genau siebzig Minuten später stand sie in München in der Gerichtsmedizin. Der Mediziner nagte gerade an einer Butterbreze, als Irmi sein Büro betrat.

»Nun, Frau Mangold, die exhumierte Dame, die ja nicht lange im kühlen Grab verweilen durfte, hatte eine bemerkenswerte Muskulatur für ihr Alter.«

»Aha, und deshalb durfte ich einen Ausflug nach München machen?«

»Nein, es gibt noch was anderes, dazu komme ich noch. Ich konnte einige alte Verletzungen feststellen und einen Nasenbeinbruch.«

»Was?«

»Ja, so was haben normalerweise nur Preisboxer oder Leute aus dem Milieu.«

Das deutete natürlich auf eine Verletzung durch Dritte hin, wie es der Enkel angenommen hatte. Und auch Nadja Danner hatte erwähnt, dass die alte Dame sich bedroht gefühlt hatte.

»Ich habe Anlass zu glauben, dass es die Dame mit sehr dubiosen Kreisen zu tun hatte«, sagte Irmi nachdenklich.

»An diesen Verletzungen ist sie allerdings nicht verstorben, sondern an einer letalen Dosis Eisenhut«, berichtete der Arzt.

Irmis Magen krampfte. »Und das war jetzt noch nachzuweisen?«

»Giftmorde können auch nach Jahren aufgeklärt werden, das Skelett und eventuelle Organreste bleiben verräterisch. Insofern war die Aufgabe diesmal eher einfach.« Er sah Irmi an. »Bei weit zurückliegenden Fällen kann man auch das Erdreich selbst analysieren. Die Gifte heute sind zwar breiter gefächert, aber wir Rechtsmediziner werden eben auch immer ausgebuffter. Aconitum-Alkaloide könnten wir also finden, auch wenn wir nicht regelmäßig danach suchen, aber in dem Fall war das ja die Aufgabe.« Er lächelte wieder. »Nein, wir werden nicht schlauer, aber die Methoden werden besser. Trotzdem kennt keiner die Dunkelziffer bei Giftmorden, der blaue Eisenhut war schon in der Antike das Mittel der Wahl – nicht zuletzt, weil die Symptome einer Darmgrippe ähneln.«

»Frau Eisenschmied starb also definitiv an einer Eisenhutvergiftung«, fasste Irmi zusammen. »Aber darum haben Sie mich doch nicht hergebeten, oder? Sie kannten ja die Vorgeschichte, dass wir zwei weitere Tote mit Eisenhutvergiftungen haben. Das hätten Sie mir doch auch am Telefon sagen können!«

»Da ist noch was anderes. War die Dame denn vorher mal krank?«

»Der Enkel hat uns erzählt, dass seine Oma pumperlgesund gewesen sei. Sie habe nur diese zähe Grippe gehabt, und wenig später sei die Oma verstorben. Ach ja, und von Nerven-und Gliederschmerzen hat er gesprochen. Und von dem Sturz.«

»Das passt«, sagte der Rechtsmediziner.

»Was passt? Würden Sie mir bitte endlich mal sagen, was hier los ist?«

»Frau Gudrun Eisenschmied hatte Tollwut.«

Irmi starrte ihn an. »Wie bitte?«

Er zwinkerte hektisch. »Ich wollte das erst nicht glauben. Nach Tollwut suchen wir nicht standardmäßig, sondern nur, wenn es einen konkreten Hinweis gibt. Ich bin auf eine Bissverletzung gestoßen und daher misstrauisch geworden. Also habe ich die Tote auf Tollwut hin untersucht.«

Irmi verstand gar nichts mehr. »Tollwut? Ich dachte, die Krankheit ist ausgestorben?«

»Seit 2008 gilt Deutschland bezüglich der klassischen Tollwut, das heißt bei Wild- und Haustieren, in der Tat als tollwutfrei. Was aber nicht für die Fledermaustollwut gilt. Und es gibt auch in Europa mal Einzelfälle«, erklärte er.

»Aber …« Irmi war völlig konsterniert. »Haben Sie denn jemals einen Menschen gesehen, der …« Irmis Schädel drohte zu platzen, so sehr polterten und kegelten die Gedanken umher.

Der Rechtsmediziner schenkte Irmi Kaffee nach und schob ihr ein Glas Wasser hin.

»Ich hatte etwas mehr Zeit als Sie, das Unglaubliche zu sortieren. Ich glaube, die allerwenigsten Ärzte in Europa haben je einen Fall gesehen. Ich hingegen war als junger Mann bei Ärzte ohne Grenzen in Indien, und dort ist Tollwut omnipräsent. Ich habe Ihnen ein paar Zahlen herausgesucht.«

Der Mediziner zog ein Blatt hervor. »Weltweit sterben pro Tag hundertsechzig Menschen an Tollwut. Das sind knapp sechzigtausend Menschen pro Jahr, schätzt die WHO. Etwa ein Drittel der weltweiten Todesfälle stammt aus Indien. Ich sage Ihnen, das ist eine Hölle dort. Kinder und Jugendliche unter fünfzehn Jahren werden mit vierzig Prozent überproportional häufig Opfer von Tierbissen, und Tiere sind in Indien oder Afrika nun mal häufig mit Tollwut infiziert.« Er schüttelte den Kopf. »Unglaublich, mir war das auch nicht mehr so präsent.«

Irmi schluckte. »Und es gibt keinen Zweifel?«

»Ich habe den postmortalen Nachweis erbracht mittels Immunfluoreszenztest aus Proben vom Ammonshorn, aus dem Cerebellum und dem Hirnstamm. Bei humanen Todesfällen unklarer Genese nach einer neurologischen Symptomatik kann eine Tollwutinfektion auch über eine immunhistochemische Untersuchung an fixierten Schnittpräparaten von Gehirngewebe differenzialdiagnostisch abgeklärt werden. Nun, das führt jetzt vielleicht etwas zu weit. Aber Gudrun Eisenschmied hatte definitiv Tollwut.«

Irmi verstand nur Bruchteile von dem, was der Arzt sagte. Sie wiederholte noch einmal leise das Wort »Tollwut«.

»Ja, Frau Mangold. Es war Tollwut, Sie dürfen mir schon glauben. Ausgelöst durch Viren. Der Erreger, der Tollwut auslöst, nennt sich Rabiesvirus und stellt eine Unterart der Lyssaviren dar. Er befindet sich im Speichel zahlreicher Tiere, im Verdauungssekret der Bauchspeicheldrüse und im Schweiß. Tollwut wird sowohl von Wild- als auch von Haustieren übertragen. Haben Sie eine Ahnung, woher die Dame das haben könnte? Auslandsreisen? Fledermauskontakt?«

»Wir nehmen an, dass die alte Dame in die Machenschaften der Hundemafia verstrickt ist. Sie hat Hundewelpen aus dem Osten verkauft, die wahrscheinlich von dubiosen Züchtern stammen. Wir gehen von falschen Papieren aus.«

»Aha, das klingt logisch. Dann handelt es sich höchstwahrscheinlich um Hunde ohne korrekten Impfstatus, die demnach nicht gegen Tollwut geimpft sind. Ich habe, wie gesagt, die Bissstelle lokalisiert. Dann muss sie ein mit Tollwut infizierter Hund gebissen haben. Durch den infizierten Speichel gelangt das Tollwutvirus ins Gewebe und schlussendlich in die Blutbahn des Bissopfers. In den Muskelzellen vermehren sich die Tollwutviren und wandern entlang der peripheren Nerven zum Gehirn. Bei einem ungeimpften Wirt beginnt nun die unheilvolle Symptomatik. Das Tollwutvirus vermehrt sich im Gehirn erneut, gelangt in die anatomisch nahe gelegenen Speicheldrüsen und in die Mundhöhle. Damit steht es für eine erneute Infektion zur Verfügung. Weitere Sekrete zur Übertragung der Tollwut sind Schweiß und das Verdauungssekret.«

»Weiß man denn dann schon, dass man infiziert ist? Ich meine ...«

»Klinisch sichtbare Anzeichen einer Tollwut beginnen erst in dem Moment, in dem die Viren das Gehirn erreicht haben. Die Inkubationszeit hängt auch von der Menge an Tollwutviren ab, die in den Organismus gelangt sind. Die durchschnittliche Inkubationszeit liegt bei etwa drei Wochen bis hin zu einem Vierteljahr. Sie ist umso kürzer, je näher die Bissstelle am Gehirn liegt. Frau Eisenschmied wurde in den Unterarm gebissen. Ich tippe auf einen schnelleren Verlauf. Hätte sie sich doch gleich bei einem Arzt vorgestellt!«

»Was sie sicher nicht getan hätte, weil ihre Tätigkeit ja illegal war«, sagte Irmi leise. »Und man geht ja beim Biss eines Hundes nicht davon aus, dass der Tollwut hat!«

»Nein, aber trotzdem ist ein Hundebiss nicht ohne. Man würde die Wunde reinigen, ein Antibiotikum verabreichen. Kein Hausarzt würde an Tollwut denken.« Er schüttelte den Kopf. »Was für eine Geschichte.«

»Das heißt aber auch, dass der Hausarzt die ersten Symptome nicht erkannt hat?«

»Wie denn auch! Sie haben eine Grippesymptomatik mit Kopfschmerzen, Fieber, Appetitlosigkeit und Gliederschmerzen. Die Verläufe sind sehr unspezifisch. Die Fachbücher sprechen davon, dass dann eine akut-neurologische Phase der ›rasenden Wut‹ kommt, daher auch der Name der Krankheit. Diese Phase ist gekennzeichnet von Tobsuchtsanfällen, starken Ängsten und ungeheuren Schluckbeschwerden, weswegen Tollwutpatienten das Schlucken und Trinken vermeiden. Dadurch tritt am Ende

Speichel oder Schaum aus dem Mund. Es gibt auch paralytische Verläufe mit Lähmungen. Aber welcher Hausarzt rechnet schon mit Tollwut?«

Übelkeit stieg in Irmi auf. »Hätte man sie retten können?«

»Nun, wenn man sofort nach dem Biss geimpft hätte, also eine Postexpositionsprophylaxe durchgeführt hätte, wer weiß. Das Wort besagt, dass die vorbeugende Impfung nach bereits erfolgtem Erregerkontakt durchgeführt wird. Aber die Prognose ist dennoch schlecht.«

Irmis Magen rebellierte. »Aber sie ist doch letztlich am Eisenhut verstorben, oder?«

»Im Prinzip ja – und wie der in die Dame gekommen ist, liebe Frau Mangold, das kann ich Ihnen auch nicht sagen. Wenn ich spekulieren darf: Sie hat ungeheuer gelitten. Wenn sie gewusst hat, geahnt hat, dass es Tollwut ist, mag sie ihrem Leben ein Ende bereitet haben.«

Doch ein Suizid? Sie hatte Eisenhut im Garten gehabt, das klang durchaus logisch. Das Stichwort Tollwut löste bei ihr Bilder aus dem Mittelalter aus, wo zerlumpte Menschen mit Schaum vor dem Mund vor den Toren der Stadt elend verendeten. Dann sah sie ein Endzeitspektakel vor sich: verödete Skyscraper, auf denen die wenigen Überlebenden standen, nachdem Tollwut, Pest und Cholera zurückgekommen waren. Irmi wurde zur Regisseurin eines bizarren Films.

»Aber dann …?«

»Richtig, es könnten auch andere Hunde infiziert sein. Andere Tiere in der Umgebung. Und auch Menschen – im unwahrscheinlichen Fall, dass Speichel der infizierten

Person in eine offene Hautverletzung einer anderen Person gedrungen ist oder über Kontakt von Speichel mit Schleimhäuten von Augen, Nase oder Mund weitergegeben wurde. Das Entscheidende für uns ist an dieser Stelle: Es besteht eine namentliche Meldepflicht. Ich muss die Erkrankung sowie die Todesursache beim zuständigen Gesundheitsamt melden. Dort wird man die weiteren Maßnahmen veranlassen, insbesondere den Infektionsweg abklären und gegebenenfalls weitere Risikopersonen identifizieren. Darum hatte ich Sie hergebeten. Da kommt nun etwas ins Rollen, Frau Mangold! Ihnen geht es um eine Mordermittlung, aber hier geht es nun um weit mehr. Mit wem hatte die Dame denn Kontakt?«

»Mit Sicherheit hatte sie häufiger Kontakt mit ihrem Enkel. Mit dem Hausarzt wohl auch.«

»Nun, der Kollege scheint mir am stärksten gefährdet zu sein. Beim Enkel kommt es darauf an, wie innig er sich seiner Oma genähert hat. Waren denn noch weitere Hunde auf dem Anwesen?«

»Nicht vor Ort. Sie hat die Tiere alle verkauft. Aber wenn darunter weitere infizierte Hunde waren, dann sind auch die an Neubesitzer gegangen. Nicht auszudenken …« Und dann schoss noch etwas durch ihren Kopf. »Wir haben noch die beiden anderen Toten: Julius Danner und den Niederländer, der sich Klaas de Witt nannte, was im Übrigen ein falscher Name ist. Alle hatten in irgendeiner Form mit dieser Hundemafia zu tun. Könnte einer von ihnen auch von Tollwut infiziert sein?«

»Die beiden Leichen hatten wir zur Obduktion auch auf dem Tisch?«

»Ja.«

»Das war dann der Kollege …« Das Gesicht des Arztes war fahl.

»Hätte der Kollege denn merken können, ob eine Tollwutinfektion vorlag?«

»Nein, wie sollte er auf die Idee kommen, danach zu suchen? Wir schreiben das Jahr 2016 in Deutschland. Da kommen Sie nicht auf Tollwut! Sind die beiden Toten denn schon freigegeben?«

»Nein«, sagte Irmi und fühlte ihren Puls gegen die Schläfen pochen.

»Ich sehe sie mir noch mal an. Gibt es Wege, die Kunden von Frau Eisenschmied ausfindig zu machen?«, fragte der Arzt.

»Wir versuchen das, bisher haben wir es wegen der Mordermittlung getan, nun bekommt das natürlich eine ganz andere Dimension. Sie hatte eine Reihe Hunde im Garten begraben. Vielleicht sind davon auch einige an Tollwut verstorben.«

»Das könnte man eventuell nachweisen«, sagte der Arzt leise. Es wurde still.

»Was passiert denn nun?«, fragte Irmi nach einer Weile, die sie gebraucht hatte, um einen klaren Satz zu formulieren.

»Nun, ich muss, wie gesagt, das Gesundheitsamt informieren. Der Verdacht auf eine Tollwuterkrankung beim Menschen erfordert eine sofortige stationäre Einweisung und Betreuung des Patienten unter intensivmedizinischen Bedingungen. Das dürfte in erster Linie den Enkel und den Arzt betreffen. Und eventuell andere, die noch gar nichts von ihrem Glück wissen. Es gibt auch Fälle von sehr langer Inkubationszeit.«

Irmi dachte an Kira und Nadja Danner. Wenn Julius infiziert worden war, konnte er sie leicht angesteckt haben. Ein Schneeballprinzip, wüste Szenarien aus Katastrophenfilmen, Quarantänestationen – das Unglaubliche löste ungeahnte Ängste aus. Das schien auch der Arzt zu spüren.

»Wir sollten vermeiden, in Panik zu verfallen. Es ist natürlich vor allem der Biss, der gefährlich ist. Die weitere Übertragung von Mensch zu Mensch ist weit unwahrscheinlicher. Ich informiere das Gesundheitsamt, damit man dort Bescheid weiß. Da wird sicher umgehend ein Krisenstab gebildet. Bitte treten Sie sofort mit den Kollegen dort in Kontakt, Frau Mangold! Sie können ja wahrscheinlich auch weitere Kontaktpersonen nennen.«

Nicht in Panik verfallen, das klang abgeklärt. Doch momentan war Irmi alles andere als abgeklärt.

»Aber dann, ich meine …« Akute und anhaltende Sprachlähmung war hoffentlich kein Anzeichen von Tollwut.

»Ich weiß, dass Sie mitten in einer Mordermittlung stecken, Frau Mangold. Aber hier geht es um mehr, da ist Geheimhaltung leider unmöglich und gar nicht erlaubt. Dem Gesundheitsamt muss schon der Krankheitsverdacht gemeldet werden! Der direkte oder indirekte Nachweis von Rabiesvirus ist meldepflichtig, und zwar innerhalb von vierundzwanzig Stunden nach erlangter Kenntnis. Ich wollte Sie vorher informieren.«

»Danke, ich weiß das zu schätzen. Ich muss das nur erst

verdauen. Was glauben Sie denn, was genau passieren wird?«

»Wenn es Zweifel daran gibt, dass man alle Kontakt-personen erreicht hat, wird meist das volle Programm ge-fahren mit Pressemitteilungen und öffentlichen Aufrufen. Auch in diesem Fall wird man an Zeitungs- und Radio-aufrufen wohl kaum vorbeikommen. Und ich sehe mir die beiden anderen Toten noch mal an, ob …« Er schüttelte den Kopf. »Wirklich, Frau Mangold, jetzt stehe ich so kurz vor der Pensionierung, und da kommen Sie mir mit so was!«

Ob das witzig sein sollte? Irmi verzichtete auf einen Kommentar.

»Ich sehe nur ein Problem«, sagte sie stattdessen. »Frau Eisenschmied hat illegal eingeschleuste Hunde verkauft. Alles lag im Dunkeln. Natürlich ist da fast jeder Kontakt intransparent! Was, wenn den Leuten das peinlich ist? Wenn sie sich gar nicht melden?«

»Liebe Frau Mangold, die Ämter lassen keinen Zweifel daran, dass es um Leben und Tod geht. Ich kann mich an einen Fall in Indien erinnern, als eine Britin ihr Kind nicht gegen Tollwut impfen lassen wollte, weil es Neurodermitis hatte. Wissen Sie, die Dame hat sehr schnell begriffen, dass sie die Wahl zwischen etwas schlimmerem Juckreiz oder aber dem Tod des Kindes hatte. Raten Sie mal, wie sie sich entschieden hat?«

Irmi schwieg.

»Frau Mangold, Ihnen kommt das jetzt natürlich sehr unübersichtlich vor, aber es gab schon 2008 in Lörrach so einen Fall. Ein aus Kroatien importierter Mischlingshund hatte klinische Anzeichen einer Tollwut und wurde in einer Kleintierpraxis eingeschläfert. Der erkrankte Hund aus Kroatien wurde im Juni 2008 geboren und im Alter von sechs Wochen von der Familie aus einem Tierheim in Kroatien geholt. Dabei erfolgte nach Angaben der Besitzer keine Kontrolle. Laut Impfausweis war der Hund im Tierheim gegen Staupe, Hepatitis und Leptospirose geimpft worden. Eine Tollwutimpfung kann immer erst ab dem dritten Lebensmonat durchgeführt werden, das ist ja die Krux mit all diesen Hunden. Sie sind bei Abgabe viel zu jung, das wissen Sie ja sicher. Es ist ja immer das Gleiche.«

Irmi nickte.

»Zunächst hatten die Besitzer angegeben, dass der Hund außerhalb des Gartens immer angeleint gewesen sei, aber dann gaben sie eben doch zu, dass er zum Teil auch frei gelaufen war. Mögliche Kontaktpersonen und Kontakttiere waren nicht nachzuvollziehen. In einer Presseerklärung des Landratsamts knapp vor Silvester wurde dann die Bevölkerung über den Tollwutfall sowie die Notwendigkeit einer Postexpositionsprophylaxe informiert. Es wurden Personen und Haustiere gesucht, die in den letzten vierzehn Tagen engen Kontakt zu dem erkrankten Hund gehabt hatten. Das hat prima funktioniert.«

Wenn man so viel gesehen hatte wie dieser Mann, war man bestimmt abgeklärt. Irmi war in vielen anderen Dingen durchaus abgehärtet, aber das hier verstörte sie tief.

Sie verabschiedete sich und fuhr südwärts, auf die Berge zu, deren Anblick sie heute gar nicht tröstete. Sie durfte dieser Tollwut in ihren Gedanken nicht allzu viel Raum lassen, sie musste Struktur in diesen verworrenen Fall bringen. Im Geiste malte sie verschiedene Szenarien aus, die sie gleich mit ihren Leuten diskutieren würde. Sie fuhr wie in Trance, plötzlich umfing sie der Tunnel, mit dessen Wand sie bei ihrem letzten Fall nähere Bekanntschaft geschlossen hatte. Komisch, obwohl sie immer wieder in Lebensgefahr geriet, hatte sie nie das Gefühl gehabt, dass es wirklich schon Zeit gewesen wäre.

Als sie ins Büro kam, rief sie als Erstes die Staatsanwaltschaft an, dann vereinbarte sie für den nächsten Morgen einen Termin im Gesundheitsamt und schickte dem zuständigen Amtsarzt vorab per E-Mail die Kontaktdaten von Nadja Danner, Tobias Eisenschmied, vom Hausarzt der alten Dame und den Hundekäufern, die die Danners ausfindig gemacht hatten.

Dann erst ließ sie ihre Leute kommen. Sie versuchte relativ emotionslos von der Tollwut zu berichten. Dennoch brach ein Chaos los. Wortfetzen wirbelten durch die Luft: »Ist die denn nicht ausgestorben?«, »Sind wir jetzt auch bedroht?«, »Da muss man ja halb Garmisch impfen!«, »Kein Irrtum möglich?« Es dauerte eine ganze Weile, bis die Stimmen abebbten und Irmi zusammenfassen konnte, was der Arzt ihr erklärt hatte.

»Wir haben das nicht mehr in der Hand, ab jetzt entscheidet das Gesundheitsamt. Aber wie gesagt: Außerhalb des Körpers ist das Virus schnell abgetötet, die größte Gefahr liegt in den Bissen solcher Hunde.«

»Ein Vorteil könnte sein ... also ... ein Vorteil für uns ist, dass wir ... na ja ...« Andrea schaute unglücklich.

»Dass wir auf diese Weise erfahren, wer noch alles Hunde gekauft hat«, sagte Irmi leise.

»Ja«, sagte Andrea. »Ich hab schon einiges unternommen. Die Dame von dieser Tierschutzorganisation war völlig überrascht von der Erbschaft. Sie hatte nie vorher Kontakt mit Gudrun Eisenschmied gehabt und will noch mal nachsehen, ob Frau Eisenschmied eventuell schon mal irgendwas gespendet hat oder so. Aber sie hat keine Ahnung, warum sie ein so wertvolles Haus bekommen haben.«

»Klang sie glaubhaft?«, fragte Irmi.

»Ja, eigentlich schon.«

»Gut, Andrea, und weiter?«

»Ich habe mit einer Dame vom Tierschutz telefoniert. Tatsächlich haben sich Geschädigte von Frau Eisenschmied bei denen gemeldet. Sie kann diese Leute informieren, dass die Polizei gerne Kontakt mit ihnen aufnehmen würde. Das ist durchaus auch so … ähm … üblich. Die Leute wollen ja Gehör, also …«

»Danke, Andrea. Du verfolgst das bitte weiter. Wir müssen jetzt Ruhe bewahren und unseren Fall noch mal ganz klar strukturieren.« Irmi wandte sich dem Flipchart zu und skizzierte die fünf Szenarien.

Szenario eins: Hundemafia ermordet den Niederländer und Gudrun Eisenschmied – Danner wurde von der Cool GmbH ermordet. Zwei unterschiedliche Täter?

Szenario zwei: Danner ermordet den Niederländer und Gudrun Eisenschmied. Aus Verzweiflung und Wut, Eskalation wegen der Hunde. Anschließend nimmt er sich das Leben.

Szenario drei: Nadja Danner wusste von der Erbschaft. Sie wollte ein neues Leben beginnen und ermordet alle drei.

Szenario vier: Die Hundemafia hat alle drei ermordet, weil sie unbequem geworden waren, oder auch, weil man Kenntnis von der Tollwut hatte und das unbedingt unter dem Deckel halten wollte.

Szenario fünf: Gudrun Eisenschmied nimmt sich selbst das Leben, weil sie mit ihrer Schuld nicht leben kann – oder weil sie Angst vor einem qualvollen Tod hat. Aber wer hat dann Danner und den Niederländer auf dem Gewissen?

Irmi sah ihre Leute an. »Kathi hätte gerne Variante drei, nehme ich an.«

Kathi streckte ihr weder die Zunge raus noch gab sie irgendwelche Flüche von sich. Diese Tollwutsache steckte ihr in den Knochen.

»Die böse Kathi hält die vierte Möglichkeit immer noch für die wahrscheinlichste«, sagte sie ungewohnt leise.

»Des dat i aa moana«, bemerkte Sailer.

»Im Grunde teile ich eure Meinung, aber was mich daran stört, ist der Eisenhut. So morden doch keine professionellen Killer«, entgegnete Irmi.

»Eher die Weiber morden mit Gift. Immer scho. I moan historisch aa«, sagte Sepp.

»Das Gift könnte auch ein Ablenkungsmanöver sein«, fuhr Irmi fort. »Eben weil es so eine ungewöhnliche Mordwaffe ist. Wir müssten der Frage nachgehen, ob es in letzter Zeit woanders in Europa Giftmorde mit Eisenhut gab, die in Zusammenhang mit der Hundemafia stehen könnten. Das kann ja auch deren Handschrift sein. Wir sollten nichts ausschließen.«

»Ja, bloß allmählich sollten wir mal weiterkommen und nicht nur von einem Wahnsinn in den nächsten getrieben werden. Wir agieren nicht, wir reagieren nur, und das nicht mal gut«, meinte Kathi.

Nicht nur das Rätselraten war zermürbend, sondern auch die Tatsache, dass die Tage nur so wegglitten.

Mittlerweile war es acht Uhr abends. Irmi vermutete, dass sie nachts sicher schlecht schlafen würden. Sie selbst träumte seltsamerweise nicht von Tollwut, nicht von Schaum vor dem Mund, auch nicht von Hunden. Als sie mitten in der Nacht schlagartig aufwachte, konnte sie sich zumindest an keinen Traum erinnern, was aber auch daran liegen mochte, dass die beiden Kater eine wilde Jagd über ihr Bett veranstaltet und ihr dabei versehentlich einen ordentlichen Kratzer am Arm verpasst hatten. Gut nur, dass ihr Weg nicht direkt über Irmis Gesicht geführt hatte.

11

Irmis Mittwoch begann, wie zu erwarten gewesen war, mit Telefonaten. Anschließend eilte sie hinüber ins Gesundheitsamt, wo sie sich mit dem Amtsarzt traf, den sie seit vielen Jahren kannte und schätzte. Ein vehementer Mann, der kein Blatt vor den Mund nahm und kurz vor der Pensionierung stand. Die Guten verließen das sinkende Schiff? Sank es, sank es unmerklich? Amateure haben die Arche Noah gebaut, Profis die Titanic, schoss es Irmi durch den Kopf. Sie hatte schon wieder das Gefühl, dass ihre Gedanken ein Eigenleben führten und sich immer weniger kontrollieren lassen wollten.

»Frau Mangold!«, rief der Amtsarzt gerade. »Da scheiß ich doch auf jeden Datenschutz der Welt!«

Eben hatte er in einer atemlosen Rede ein paar Tollwutfälle der letzten Jahre zusammengefasst. Den Fall in Lörrach, den der Gerichtsmediziner gestern angerissen hatte. Einen Verdachtsfall mit einem Hund aus der Türkei, bei dem man nicht mal Symptome gesehen hatte. Trotzdem war das Tier in Quarantäne gekommen, und man hatte die Kontaktpersonen sicherheitshalber geimpft.

»Auch das Kind, das der Hund abgebusselt hat!«

Er sprach vom Fall einer Indienrückkehrerin, die mit nur vierundzwanzig verstorben war und die man posthum als Organspenderin gefeiert hatte. Sechs Leuten hatte sie Organe gespendet, drei davon starben, und zwar an Tollwut, denn die junge Frau hatte den Erreger in sich getragen.

»Wir müssen mit allem trommeln, was wir haben, liebe Frau Mangold«, fuhr er fort. »Ich rede von einer absolut tödlichen Krankheit. Zeitung, Radio, alle sozialen Medien müssen es herausschreien: Leute, wenn ihr nur den leisesten Zweifel habt, lasst euch impfen. Wenn ich einen nicht erwische, der dann stirbt, der das Virus weiterträgt, wissen Sie, was dann los ist?«

Ja, das ahnte Irmi. Es war jetzt schon die Hölle. Der Zerberus saß da und grinste sie an. Seht her, ihr Zivilisationsmenschen, schien er zu sagen. Ihr glaubt, ihr habt die bösen Geister unter Kontrolle. Gar nichts habt ihr!

»Der Zeitrahmen nach hinten ist so groß«, sagte Irmi schließlich tonlos.

»Ja, das macht die Sache noch schlimmer. Umso mehr müssen wir alle Register ziehen.«

»Sie haben schon einen Krisenstab gebildet?«, erkundigte sich Irmi.

»Gestern Nacht noch! Alles ist mobilisiert, ab jetzt gibt es keine Nächte und Wochenenden mehr. Ich leite das Ganze fachlich, der Landrat ist federführend, die Task Force des Landesamtes für Gesundheit und Lebensmittelsicherheit ist im Boot, die Telefonhotline steht. Wir gehen gleich an die Medien.«

Er lächelte Irmi an. Wie konnte er denn jetzt lächeln? Irmi war nach allem zumute, nur nicht dazu, die Mundwinkel nach oben zu ziehen.

»Wir haben die Nachricht über einen E-Mail-Verteiler an alle im Landkreis und in den umliegenden Landkreisen niedergelassenen Ärzte weitergeleitet. Unter Berücksichtigung der grenznahen Lage haben wir das Geschehen auch an das European Early Warning and Response System gemeldet. Und das Veterinäramt ist im Boot, Kontakttiere müssen ermittelt werden, auch die Katzen in der Nachbarschaft. Danke für die Namen und Adressen, die Sie mir per E-Mail geschickt haben. Gibt es noch mehr Menschen, die wir jetzt ganz konkret informieren müssen, Frau Mangold?«

»Wir versuchen gerade weitere Käufer der Hunde von Gudrun Eisenschmied ausfindig zu machen. Es gibt eine Tierschutzorganisation, die sich um Geschädigte des illegalen Handels kümmert …«

»Ja, solche Leute sind gut vernetzt und daher gute Multiplikatoren! Trommeln Sie, Frau Mangold! Und dann ginge es ja auch um die Hehler. Die sind ebenfalls in Gefahr.«

Das war in der Tat so, aber würden die sich melden? Kaum! Einer der ihrigen war tot in einem Wohnwagen gefunden worden, dieser kriminellen Szene stand der Sinn kaum nach Öffentlichkeit. Und dann brannte ihr noch etwas auf der Seele.

»Ich war Ersthelferin bei einem der beiden Mordopfer in meinem aktuellen Fall. Wenn der auch mit Tollwut infiziert war … Und meine Leute waren im Haus der alten Dame, sie haben die Hundekadaver im Garten exhumiert … also …«

»Wenn ich es richtig verstanden habe, werden die beiden anderen Toten ja noch untersucht, oder? Das warten Sie mal ab, Frau Mangold. Die Übertragung erfolgt per

Speichel in offene Wunden oder von Schleimhäuten zu Schleimhäuten. Intakte Haut ist weniger gefährdet, und auch mit Speichel benetzte Gegenstände sind schon nach relativ kurzer Zeit nicht mehr riskant, weil die Viren außerhalb des Wirtes an der Luft schnell absterben. Beruhigen Sie Ihre Leute – und wie gesagt: Beim leisesten Zweifel impfen!«

Weil Irmi schon wieder schwieg, versuchte er es mit einem aufmunternden Tonfall. »Wir bekommen das in den Griff. Wir haben doch gelernt aus dem Mittelalter. Am besten daheimbleiben und sich von Reis und Wasser ernähren. So war das bei der Pest: Wer daheimgeblieben ist, hat überlebt.«

Irmi versuchte nun doch ein kleines Lächeln. »Da haben wir aber alle die falschen Berufe im Seuchenfall, oder?«

»Ja, das blöde Ethos. Dieses Verantwortungsgefühl. Der fatale Anstand! Ich würde meiner Familie einen letzten Kuss geben und dann ins Amt gehen. Nicht mehr zurückkehren. Im Amt schlafen. Das droht Ärzten und Pflegepersonal.«

Wem würde sie den letzten Kuss geben?, fragte sich Irmi. Ihrem Bruder? Sie würde die Kater streicheln, und Jens würde sie dann vielleicht nie mehr sehen. Ja, nicht einmal sprechen, wenn die Telefonleitungen zusammenbrachen. Die Katastrophenfilme amerikanischen Zuschnitts waren gar nicht so abwegig, denn sie als Polizistin würde auch nicht bei Wasser und Reis daheimbleiben können. Sie würde draußen sein, um Plünderungen und Übergriffe zu verhindern.

Der Amtsarzt war aufgestanden und ging im Zimmer

umher. »In den Fünfzigerjahren kam ein Arzt aus Indien zurück. Er bekam Angina und Pickel. Sicherheitshalber hängte er seine Kleidung auf den Balkon, wo die Putzfrau sie entdeckte und wusch. Die Putzfrau ist gestorben. Er hatte noch zwanzig weitere Menschen im Krankenhaus mit Pocken angesteckt, am Ende mussten über dreihundert Menschen in Quarantäne. Die Klinik war für zwei Wochen Sperrgebiet. Da wurde von schwer Vermummten das Essen in den Hof gekippt, und die Aussätzigen haben es sich dann geholt. Das waren die Fünfzigerjahre, sagen Sie vielleicht, aber so weit weg ist das nicht in dieser Welt, die ja so schön zusammenrückt. Sie kennen die Notfallpläne doch auch, Frau Mangold. Was würden wir tun? Die Hotels als Quarantänestationen beschlagnahmen?«

Irmi hatte Gustl Häringer vor Augen. Seine grünen Corporate-Identity-Angestellten. Die kleinärschigen Golferinnen. Sie würden alle nicht begeistert sein.

»Das sind heute andere Zeiten«, fuhr der Amtsarzt fort. »Die Hoteliers würden sofort ihre Juristen mobilisieren. Wir könnten ein paar Menschen ins Café Loisach in Quarantäne geben oder nach Landsberg fahren, da wäre mehr Platz. Drum sag ich auch: Ich scheiß auf den Datenschutz. Wir müssen den Klarnamen der Dame natürlich nennen, die Adresse, das ist Ihnen klar, Frau Mangold?«

Irmi nickte.

»Vielleicht spült das für Ihren Fall ein paar Ratten aus den Kanälen. Ich geb Ihnen meine Notfallnummer, die ist immer frei. So, Frau Mangold, ich muss weiter! Die ersten Aufrufe im Radio laufen.«

Irgendwie hatte Irmi den Eindruck, dass der Mann wie

entfesselt war. Nicht, dass er auf so etwas gehofft hatte, aber er war in seinem Element.

Irmi eilte zurück in ihr Büro, wo es natürlich nur ein Thema gab: die Tollwut. Dort gab sie die Aussagen des Arztes an ihre Kollegen weiter und versicherte, dass für sie alle keine Gefahr bestehe. War das so? Sie sah ihre Leute an, jene Menschen, mit denen sie die meiste Zeit in ihrem Leben verbrachte. Diese Menschen hatte sie sich nicht erwählt, sie waren alle so zusammengewürfelt worden. Kathi, das Reibeisen in Elfengestalt. Andrea, die ständig verunsicherte Begabte. Sailer, der stets die Nägel auf den Kopf traf. Sepp, der erdige Gutherzige. Ja, und der Hase, die Obermimose. Jeder für sich genommen waren sie Unikate und manchmal unerträglich – aber Irmi würde sie alle sehr vermissen.

»Gibt es was Neues bei euch?«, fragte Irmi.

»Ich habe von der Tierschutzorganistaion noch ein paar Adressen bekommen. Diese Leute habe ich auch gleich kontaktiert und sie gebeten, sich beim Gesundheitsamt zu melden. Die Leute waren aus Landshut, Augsburg und einer sogar aus Reutlingen. Die drei, die Nadja Danner kannte, also, ja … die waren aus München, Murnau und aus der Jachenau. Ja, und …«

»Und was?« Kathi war heute wieder weniger zimperlich und funkelte Andrea böse an.

»Die Dame vom Tierschutz hat mir einen entscheidenden Hinweis gegeben. Alle Hunde waren bei demselben Tierarzt, der ihnen deutsche Pässe ausgestellt hatte!« In Andreas Blick lag etwas Triumphales. »Die Hunde, die zu Gudrun Eisenschmied kamen, waren wahrscheinlich zu jung und ungeimpft und hatten falsche Pässe. In der EU nimmt man dann die EU-Heimtierausweise, und korrupte Tierärzte haben Blankopässe mit den Chipnummern der Tiere, da kommen dann die Aufkleber rein, ohne dass die Hunde wirklich geimpft wurden. Das sieht dann für den Besitzer ganz seriös aus – entwurmt, gechippt, geimpft, und das von einem Arzt in Deutschland. Keine Papiere aus dem Osten oder aus den Niederlanden, versteht ihr?«

Oh ja, sie verstanden. »Und da tauchen immer wieder dieselben Namen auf? Dieselben Tierärzte?«, hakte Irmi nach.

»Ja, das hat die Dame gesagt. Es kann auch sein, dass die Oma den Tierarzt des Vertrauens gleich noch weiterempfiehlt und so weiter. Und bei denen, die weiter weg gewesen sind, da ist er, also …«

»Da ist er auch mal zur Oma ins Haus gekommen, um den Käufern was vorzugaukeln?«, half Irmi aus.

»Ja, genau.«

»Und wer ist dieser Tierarzt?«

»Genau genommen ist es eine Ärztin. Dr. Maria Rausnitz. Ich habe sie erst nicht gefunden. Sie hatte offenbar eine Praxis in Österreich, im Burgenland. Die hat sie dann wohl verkauft. Aber …«

»Aber was?«

»Sie hat noch eine Praxis mit ihrem Bruder. In Kecskemét, das liegt in Ungarn.«

»In Ungarn? Wie heißt der Bruder?«

»Dr. Gabor Farkas-Mann, Veterinär.«

Kathi stutzte. »Der Name sagt mir was, oder?«

Irmi überlegte kurz.

»Diese Tourischnepfe heißt Mann!«, rief Kathi. »Barbara Mann.«

»Ja, schon, aber …« Irmi hatte die Stirn gerunzelt. Das tat sie häufig, doch es war nicht zu kontrollieren. Die Falten wurden tiefer und blieben.

»Ihr lasst mich gar nicht ausreden«, sagte Andrea ruhig. »Dieser Dr. Farkas-Mann hat nicht nur eine Praxis in Ungarn mit seiner Schwester, sondern auch noch eine Praxis in Bayern.«

»Los, Andrea, zeig!«, rief Kathi.

Sie umringten Andrea am Computer. Sie fand die Homepage sofort. Dr. Farkas-Mann führte eine recht stylishe Praxis für Kleintiere und Pferde. Es klang alles sehr gut, was er anbot an medizinischen Leistungen. Auf einigen Fotos war er selbst zu sehen. Ein gut aussehender Arzt, dem die Tierbesitzer mit Sicherheit vertrauten.

»Und diese Barbara?«, fragte Kathi aufgeregt.

»So weit war ich noch nicht«, sagte Andrea und googelte eine Weile.

»Da!« Andrea war fündig geworden. Bei einem Empfang der bayerischen Landesregierung letztes Jahr waren die beiden zusammen zu sehen. Barbara Mann trug ein cremefarbenes Kleid mit Gehrock darüber, er hatte einen eleganten Dreiteiler an.

»Der Mann ist der Mann von der Mann! Wow!«, rief Kathi.

»Wo in Bayern liegt die Praxis, Andrea?«, fragte Irmi.

»In Kochel, das ist Landkreis Bad Tölz. Die Dame hat mir gesagt, es sei durchaus üblich, dass man extra Ärzte nimmt, die von weiter weg kommen.«

»Und die Schwester?«

»Ich denke, die wollten das alles möglichst wenig transparent halten …«

»Mir kommt da ein Gedanke«, meinte Irmi langsam. »Ich gehe davon aus, dass der Name Farkas ungarisch ist und eigentlich wie Farkasch ausgesprochen wird. Angenommen, dieser Dr. Gabor Farkas ist Ungar, dann haben wir es mit einem ungarischen Tierarzt zu tun, der zwei Praxen hat. Eine in Ungarn und eine hier in Bayern. Das ist doch die perfekte Tarnung!«

»Wahnsinn!«, rief Kathi.

»Ich spekuliere mal etwas rum«, fuhr Irmi fort. »Dieser Dr. Farkas-Mann weiß also von den Machenschaften der Oma, er hängt mit drin, er hat die Pässe gefälscht. Er kann schon Tiere in Ungarn mit falschen EU-Pässen ausstatten. Seine Frau, diese Barbara Mann, weiß auch Bescheid, und nun ist ausgerechnet Julius Danner unter den Betroffenen und hat die ganze Sache durchschaut. Sie kennt ihn aus ganz anderen Zusammenhängen. Er ist es, der ihre Arbeit torpediert. Was wird sie tun?«

»Die verräumt den«, schlug Kathi vor. »Auf dem Bulldogtreffen bietet sich eine ideale Gelegenheit! Es ging nicht um diese Karte, sondern um die Hunde. Für sie war das doch praktisch, da hat sie gleich zwei Probleme aus der Welt geschafft. Der Streit um die Karte kommt ihr zupass, denn das lenkt vom viel größeren Problem ab. Angenommen, Farkas-Mann und seine Frau wussten von der Tollwutinfektion der alten Dame, dann hatten sie einen Grund mehr, warum sie damit auf gar keinen Fall in Verbindung gebracht werden wollten, oder?«

Das hatte was, dachte Irmi. Eindeutig! So ließ sich auch diese gewaltige Antipathie erklären, die Nadja Danner geschildert hatte. Dieser Hass, der übertrieben gewesen wäre wegen kritischer Äußerungen über eine All-inclusive-Karte, der sich aber nachvollziehen ließ, wenn es um den eigenen Mann ging, das eigene Leben, das – stimmte das alles – auf tönernen Füßen stand.

»Wir fragen sie, oder! Die kommt mir grade recht, diese blöde Tusse!«, rief Kathi in kriegerischem Tonfall.

Irmi atmete tief durch. »Andrea, schau dir bitte noch mal die Bilder vom Traktorentreffen an. Vielleicht kannst du Dr. Farkas-Mann darauf erkennen. Auch er kann unser Mörder sein. Er scheint mir weitaus stärkere Motive zu haben als seine Frau. Außerdem hat er medizinische Kenntnisse.«

»Und was machen wir jetzt in Sachen Tollwut?«, warf Andrea ein.

»Wir müssen das Amt über diesen Dr. Farkas-Mann informieren, keine Frage. Er hatte ja wohl Kontakt zu Frau Eisenschmied und deren Tieren. Ruf bitte beim Amtsarzt an. Wir gehen solange zu seiner Frau«, sagte Irmi. »Auf, Kathi!«

Die beiden Frauen waren aufs Äußerste angespannt. Sie hatten so lange im Trüben gefischt. Nun wurde es heller.

Die missmutige Lady mit den Krallennägeln war vor Ort. Die Nägel waren heute kürzer, dafür aber himmelblau und mit Strasssteinchen beklebt. Sie erwiderte den Gruß der Kommissarinnen nicht, sondern sagte nur pampig: »Frau Mann ist nicht da.«

»Wann kommt sie denn wieder?«

Die Assistentin zuckte mit den Schultern.

Kathi haute auf den Tresen, dass ein Aufsteller mit Flyern eines Kutschenunternehmers hochhüpfte. »So, du Nebelkrähe, jetzt mal Klartext: Wo ist sie hin? Was hat sie für eine Handynummer? Wo ist ihr Terminplaner? Du behinderst hier eine Mordermittlung, schnallst du das? Arsch hoch, Alte!«

Die Sekretärin hatte ihre stark geschminkten Augen weit aufgerissen, und jetzt lag eindeutig Angst in ihrem Blick.

»Frau Mann hat einen Anruf bekommen. Sie war etwas … ähm … etwas laut. Dann ist sie weg.« Ihre Stimme bebte leicht.

»Festnetz oder Handy?«

»Was?«

»Kam der Anruf übers Festnetz? Hallo, ist jemand zu Hause?«, brüllte Kathi und tippte sich ans Hirn.

»Über die Zentrale, also über mich … ich …«

»Schau nach, welche Nummer das war!«

Es war eine Nummer mit der Vorwahl 0 88 41.

»Rückwärtssuche!«, brüllte Kathi.

Etwas zittrig hieb die Frau mit ihren Strassfingerchen in die Tasten. Die Nummer gehörte Skydreams, Agentur für Outdoor, Riegsee.

Dieses »Scheiße!« von Kathi war eines der herzhaftesten, das sie jemals ausgestoßen hatte.

»Rufen Sie Frau Mann an!«, sagte Irmi. »Und geben Sie mir ihre Handynummer!«

»Da kommt nur die Mailbox«, sagte die Assistentin und

reichte Irmi eine Visitenkarte, auf der auch die Mobilnummer verzeichnet war. Auch Irmi probierte es. Nach viermal Läuten ging die Mailbox dran.

»Wenn Frau Mann sich meldet, treten Sie umgehend mit uns in Kontakt«, rief sie im Hinauseilen der Krallenfrau zu, die nur konsterniert nickte.

Draußen angekommen, forderte Irmi eine Handyortung von Barbara Mann an.

»Nadja Danner hat die Mann angerufen? Das heißt doch, die weiß das mit dem Mann von der Mann, oder?«

»Davon gehe ich aus. Es wird immer klarer. Sie hatte Kontakt zu anderen Geschädigten. Die sind dann vielleicht auch auf den immer gleichen Tierarzt gestoßen. Haben eins und eins zusammengezählt! Wie wir! Verdammt!«, rief Irmi. »Wo ist diese Praxis noch mal?«

»In Kochel, hat Andrea gesagt. Warte mal, ich suche die genaue Adresse raus.«

Wenig später hatte Kathi sie gefunden und las sie laut vor.

»So, da fahren wir jetzt hin«, sagte Irmi. »Informier bitte die Kollegen im Landkreis Tölz, was wir vorhaben.«

»Und die Handyortung?«, fragte Kathi.

»Das erfahren wir unterwegs, notfalls kehren wir um. Ich will diesem verdammten Tierarzt in die Augen sehen!«

12

Sie waren kurz hinter Ohlstadt, als die Nachricht kam. Dort wo an einem harmlosen Sonntag vor anderthalb Wochen alles begonnen hatte. Das Handy war am Kochelsee lokalisiert worden.

»Dann ist Barbara Mann bestimmt in der Praxis! Und Nadja Danner vielleicht auch. Was wollen die da? Hoffentlich macht die Danner keinen Scheiß!« Kathi war aufs Höchste angespannt.

Irmi gab Gas und setzte ihr Blaulicht ein. Das tat sie selten, weil sie das so hollywoodesk fand und weil das mit einem Cabrio so eine Sache war. Doch ihr jetziges Cabrio hatte ein Hardtop. Mit Martinshorn fuhren sie weiter. Durch Schlehdorf, am Kloster vorbei, wo schon im 8. Jahrhundert Mönche gesiedelt hatten und später ein Augustiner-Chorherrenstift entstand und wo heute die kirchliche Realschule jedes Jahr darum rang, genug Kinder zusammenzubekommen. Sie durchfuhren die Ebene und waren mitten im Land von Franz Marc, der mehrere Sommer auf der Staffelalm bei Kochel verbracht hatte – und so sinnlos mit sechsunddreißig Jahren in Verdun gefallen war.

Nebel lag über den Wiesen, eigentlich fuhr Irmi zu schnell für die schlechten Sichtverhältnisse. Von Marcs Blauem Land war heute wenig zu erspüren. Manches Mal konnte man zwischen Sindelsdorf und Benediktbeuern einen Blick auf die Berge im Süden erhaschen, die dann im Gegenlicht in mystisch blauem Dunst lagen.

Irmi bremste erst am Ortsschild von Kochel stark ab. Die Praxis lag oben in der Straße Am Sonnenstein. Irmi war vor zwei Jahren mit Jens im Franz-Marc-Museum gewesen und hatte sich von seinen Bildern bezaubern lassen. Dieser Maler machte es einem leicht, ihn zu verehren mit seinen roten Rehen und dem Turm der blauen Pferde. Seine Kunst war zeitlos und berührend, aber vermutlich sprach es eher von Kunstverstand, wenn man diesen Kippenberger kannte.

Vor der Praxis bremste Irmi scharf. An der Hauswand hing neben dem »V«, dem Kennzeichen für Veterinäre, ein Praxisschild. Irmi betätigte die Klingel, es war ein Türsummer zu hören, sie traten ein und standen mitten im Wartezimmer. Broschüren lagen aus, und an den Wänden fragte ein Poster: Ist Ihr Hund ein Moppelchen? Darunter war eine superfette französische Bulldogge abgebildet. Ein anderes Poster zeigte einen roten Kater, der sich herzhaft kratzte: Was tun, wenn die lästigen Blutsauger piesacken?, stand darüber.

Was tun, wenn der Tierarzt ein Krimineller ist?, dachte Irmi. Dieses Poster fehlte! Eine Tür öffnete sich, und heraus kam eine junge Frau.

»Wollen Sie Medikamente abholen?«, fragte sie.

»Nein.«

Sie sah sich suchend um, wahrscheinlich vermisste sie ein Tier. »Wir haben eigentlich geschlossen.«

»Wir suchen Dr. Farkas-Mann.«

»Der Chef ist nicht da. Wenn Sie Pharmavertreter sind,

müssten Sie bitte einen Termin machen.« Sie griff nach einem Stapel Visitenkärtchen und reichte Irmi eins.

»Nein, wir sind die, die ohne Termin kommen! Polizei!«, rief Kathi. »Wo ist er?«

Die junge Frau, auf deren Kittel »Laura« eingestickt war, stutzte. »Ich weiß nicht, wo er ist. Wir haben diese Woche geschlossen. Die Vertretung übernimmt die Frau Dr. …«

»Wollen Sie mich nicht verstehen?«, brüllte Kathi. »Ich brauch keine Frau Dr. Piesepampel, sondern Ihren Chef!«

Das Mädchen zuckte zusammen. »Ich weiß nicht, wo er ist. Wirklich! Er hat mir nur gesagt, dass wir diese Woche zuhaben. Ich mache Bürokram und so was. Ich hab nichts getan!« Nun klang sie weinerlich.

Komisch, sobald die Polizei auftrat, fühlten sich die Menschen bemüßigt, irgendeine Unschuld zu beteuern. Egal welche. Sie waren nicht zu schnell gefahren. Hatten kein Alkohol im Blut. Hatten nicht auf dem Balkon gegrillt. Nicht die Musik aufgedreht. Nicht gemordet … Irmi ging davon aus, dass diese Laura vom Tun ihres Chefs nichts wusste.

»Könnte er in Ungarn sein? Er hat da ja eine Dependence. Das wissen Sie aber schon?«

»Ja, klar. Ich weiß aber nicht, ob er nach Ungarn ist.« Sie zitterte regelrecht.

»Und seine Frau? Frau Mann? Wo ist die?«

»Die war kurz hier. Komisch, weil sie ja eigentlich in der Früh zum Arbeiten nach Garmisch gefahren ist. Und dann ist sie ganz schnell wiedergekommen und gleich wieder weiter …«

Das Mädchen war völlig von der Rolle. Laura war ein Hasi und hatte sicher auch nur den IQ eines solchen. Die perfekte Tierarzthelferin, wenn man kriminelles Tun verstecken wollte. Die checkte bestimmt rein gar nichts.

»War jemand bei ihr?«, fragte Irmi.

»Nein.«

»Gut.« Irmi sah auf das Kärtchen. In dem Moment kam eine Nachricht über die Handyortung. Das Handy war am Walchensee eingeloggt.

Irmi und Kathi eilten zum Auto. Minuten später schoss Irmi die Kesselbergstraße hoch. Das Dorado der Motorradfahrer war heute kaum befahren. Ein Lkw mit Gastro-Mietwäsche kam ihnen entgegen. Irmi überholte einen Wagen aus Wiesbaden. Es gab noch einige Touristen für den oberbayerischen Wanderherbst.

»Wo sind die hin? Was wollen die da?«, fragte Kathi.

»Keine Ahnung! Ich weiß nur, dass ich ein sauschlechtes Gefühl habe.«

Kathi machte heute keine Witze über Irmis Gefühle und Ahnungen. Sie passierten den Scheitelpunkt am Sattel und fuhren in Urfeld ein. Und jetzt? Was tun? Irmi rollte unschlüssig die Straße hinab und bog einem Impuls folgend links ab. Am Haus Seewinkel standen zwei Autos. Ein VW Touareg und ein Porsche Cayenne.

»Das ist doch der Protzkarren vom Tobias!«, rief Kathi.

»Ja, verdammt! Was hat der denn damit zu tun?«

Langsam rollten sie auf dem gesperrten Sträßchen am Seeufer entlang. Der Nebel waberte, ließ die Konturen verschwimmen und nahm so dem fast zweihundert Meter tiefen See alles Bedrohliche. Weit und breit war kein

Mensch zu sehen. An einer Ausbuchtung des Sees hielt Irmi an, nahm das Fernglas, das sie immer im Handschuhfach hatte, und suchte das Ufer ab.

Da! Vorne in der Sachenbacher Bucht standen vier Personen! Eine davon war eindeutig Barbara Mann. Sie hielt eine Pistole in der Hand und stand etwa zwanzig Meter entfernt von einer weiteren Frau, die Irmi noch nie gesehen hatte. Ganz in der Nähe erkannte sie Nadja Danner, die Kira an der Leine hatte. Neben ihr stand ein Mann mit dem Rücken zu Irmi. Dennoch identifizierte sie ihn sofort als Tobias Eisenschmied.

»Die Mann hat eine Waffe. Nadja Danner und Tobias Eisenschmied sind auch dabei. Und noch eine Frau. Ruf Verstärkung, Kathi! Wir laufen. Wenn wir da mit dem Auto reinpretschen, wer weiß, was passiert!«

»Diese Idioten! Was für ein Wahnsinn!«, rief Kathi und informierte die Kollegen. Aber sie hatten keine Zeit mehr zu verlieren, um auf Verstärkung zu warten.

»Die haben wahrscheinlich selber recherchiert. Nadja Danner hat mir sogar mal gesagt, dass sie der Polizei nichts zutraut. Und Eisenschmied hackt alles und jeden! Verdammt, das hätten wir verhindern müssen«, sagte Irmi schwer atmend. Ihre Kondition war schon besser gewesen.

»Wie denn? Wir sitzen nicht in den Hirnen von Menschen, Irmi! Was wollen die überhaupt hier?«

Sie hasteten weiter. Dann hörte man Stimmen. Und dieses Bellen, das einem durch Mark und Bein ging. Sie waren fast an der Sachenbacher Bucht angelangt. Diese Bilderbuchlandschaft am Ostufer des Walchensees.

Auch Irmi und Kathi hatten ihre Waffen gezogen,

obwohl sie das nur ungern taten. Kathi, weil sie wirklich schlecht schoss und ihre Ausbildungsmodule immer nur mit Ach und Krach bestanden hatte. Dass ihre Tochter so gut im Biathlon war, lag eindeutig nicht am Erbe der Mama. Und Irmi verabscheute Waffen generell. Nun waren sie noch etwa achtzig Meter entfernt. Die Dreiergruppe stand mit dem Rücken zu ihnen. Barbara Mann hingegen registrierte die beiden Kommissarinnen sofort.

»Legen Sie die Waffe weg!«, schrie Kathi.

Ein Schuss fuhr in die Stille des nebligen Herbsttages. Eisenschmied war zu Boden gegangen, die beiden Frauen standen da, das Bellen der kleinen Hündin überschlug sich.

»Frau Mann, legen Sie die Waffe weg. Wollen Sie drei Menschen erschießen?«

»Das ist auch schon egal«, brüllte Barbara Mann.

»Egal wegen der anderen Morde? Wegen der Tollwut? Frau Mann, hören Sie auf. Reden Sie mit mir! Lassen Sie diese Menschen gehen!« Irmis Stimme war fest. Nun war sie ganz ruhig. Sie war in sich angekommen.

Wieder durchschnitt ein Schuss die Luft. Barbara Mann hatte irgendwohin gefeuert. Kathi und Irmi standen ungeschützt auf einem Wanderweg, auch ihr Leben war in Gefahr. Und doch hatte Irmi nicht das Gefühl, dass sie getroffen werden könnte. Es war merkwürdig: Sie hatte im Laufe ihrer Berufslaufbahn nur einmal echte Todesangst gehabt. Allein mit einem Rentierschädel in einem Bunker. Weil der Mann, der sie eingeschlossen hatte, zu alt gewesen war, um noch zu warten. Barbara Mann war das nicht, und sie war sicher keine gute Schützin.

Auch in der winzigen Ortschaft Sachenbach regte sich

etwas. Der Seekiosk hatte schon geschlossen, aber aus einem der opulenten Bauernhäuser waren zwei Menschen gekommen. Hoffentlich versuchten die nicht auch noch mitzumischen. Sie alle standen wie auf dem Präsentierteller da.

Inzwischen waren Irmi und Kathi näher gekommen. Sie mussten nicht mehr schreien. Der Nebel waberte weiter auf dem Wasser. Kleine Wellen schwappten an Land. Kiras Bellen war ein Winseln geworden. Eisenschmied lag reglos auf dem Boden. Nadja Danner machte einen Schritt nach vorne.

»Komm, erschieß mich! Du hast schon meinen Mann auf dem Gewissen. Du tust mir einen Gefallen. Lass Tobi und Eva gehen. Babs, du bist am Ende. Sieh das doch endlich ein!« Wieder ein Schritt nach vorne.

»Bleib sofort stehen! Es ist noch lange nicht vorbei!«

»Es ist vorbei. Für dich und für deinen Mann. Warum ist die Polizei wohl hier? Weil sie genau wie wir weiß, dass dein fabelhafter Mann dieses ganze Elend zu verantworten hat. Babs, nun gib diese dumme Waffe her!«

Wieder ein Schritt. Da löste sich ein weiterer Schuss. Einen Sekundenbruchteil vorher sprang Kira auf Barbara Mann zu, hoch in die Luft, ein weißes Wollknäuel, das zu fliegen schien und dann abstürzte. Der kleine weiße Hund lag am Boden. Rotes Blut tränkte sein Fell.

In diesem Moment, der so kurz war wie ein Wimpernschlag und doch eine Ewigkeit dauerte, spurtete Kathi hinein, entriss Barbara Mann die Waffe, warf die Frau zu Boden, zerrte von irgendwoher Handschellen und legte sie an. Von der Sachenbacher Seite kamen zwei Fahrzeuge mit Blaulicht angerast. Polizisten sprangen heraus, mehr Menschen kamen von irgendwo. Der Nebel wurde dichter. Jemand hatte den Film auf Zeitlupe gestellt. Tobias Eisenschmied erhob sich ganz langsam vom Boden, die andere Frau sackte irgendwie weg, und Nadja Danner sank in die Knie. Vor die kleine Hündin. Vor das rote Bündel. Irmi kam langsam näher. Hockte sich zu Nadja Danner. Kira war tot, sie hatte sicher nicht gelitten. Die Kugel war mitten ins Herz gefahren. Nadja Danner legte die Hand auf den Kopf des Tieres.

»Sie hat mein Leben gerettet, sie ist in die Flugbahn der Kugel gesprungen«, flüsterte sie. Ihre Worte schienen vom Nebel verschluckt zu werden. Sie sagte diesen Satz dreimal. Dann begann sie zu weinen.

Irmi scheuchte einen Kollegen weg, der neben sie getreten war. Dann blickte sie auf und sah, wie Barbara Mann abgeführt wurde. Sah Kathi mit Eisenschmied reden. Sah einen Notarzt, der sich um die andere Frau kümmerte. Irmi kniete neben Nadja Danner und dem toten Tier. Sie konnte sich nicht vorstellen, jemals wieder aufstehen zu können.

»Sie hat es gewusst. Kira ist vor dem Schuss gesprungen«, sagte Irmi und ahnte, dass viele Menschen sie wahlweise für sentimental oder irre halten würden. Dabei war ihr klar: Kira war gesprungen, weil Tiere über einen siebten Sinn verfügten, der nur wenigen Menschen geheuer war. Wie fast jeder Mensch kannte Irmi diese Situationen, bei denen sie tief drinnen ganz klar wusste, was sie tun musste. Oft verbat ihre Ratio ihr, auf ihr Innerstes zu hören. Aber Hellsichtigkeit, Hellhörigkeit und Hellfühligkeit schlummerte in vielen Menschen, die Frage war nur, ob man das zuließ. Irmi wusste, dass ihre Kater manchmal scheinbar irgendwohin starrten und etwas wahrnahmen. Die Aura eines Menschen? Es war doch kein Zufall, dass Katzen sich bei innerlich und äußerlich verletzten Menschen dorthin begaben, wo es wehtat. Und Kira hatte es auch gewusst, gespürt, gefühlt auf die Distanz.

Nadja Danner blickte auf. Ihre Augen schwammen in Tränen. Sie sah Irmi an und nickte fast unmerklich. Auch Irmi legte ihre Hand auf Kiras Kopf. Aus dem Nebel flog eine Ente auf. Nadja Danner lächelte, so wie jemand lächelt, dessen Herz gebrochen ist, der aber weiß, dass er weitermachen wird.

Die Seele dieses Tieres hatte gerade den leblosen blutigen Körper verlassen. Für Irmi war es wie eine Heilung. Zum ersten Mal tat ihr der Tod ihrer Hündin Wally nicht mehr so grauenvoll weh. In diesem Moment war der Schmerz einer Melancholie gewichen und einer tiefen Dankbarkeit. Ihre Ausnahmehündin hatte sie ein Stück des Wegs begleitet, das war mehr, als man zu hoffen wagen durfte.

»Wally, kümmer dich ein bisschen um Kira«, sagte Irmi leise. »Sie ist manchmal etwas ängstlich.«

»Wally?«, fragte Nadja Danner.

»Meine Hündin, sie ist vor ein paar Jahren gestorben.«
Nadja Danner drückte ganz kurz Irmis Hand.

»Frau Danner, Sie müssten mit aufs Revier kommen, wir brauchen Ihre Aussage, was hier genau passiert ist«, sagte Irmi und erhob sich. »Ich würde Sie mit den Kollegen mitfahren lassen. Wir sehen uns dann in der Polizeiinspektion. Wir müssen wissen, was Sie hier eigentlich wollten. Was Sie über Frau Mann wissen.«

Nadja Danner gab eine Art kleines Schnauben von sich, das pure Verachtung ausdrückte. Dann sah sie auf Kira hinunter. »Ich kann sie nicht hier liegen lassen!«

»Nein«, sagte Irmi und winkte Sailer heran. Sie ging ihm ein Stück entgegen. »Organisieren Sie mir eine Decke.«

»Was?«

»Eine Decke, Wolldecke, Überwurf. Los!«

Während Sailer sich trollte, blieben Nadja Danner und Irmi einfach stehen und blickten über den See hinaus. Der Nebel hatte sich ein klein wenig gelichtet. Er hing an den Bergen fest, hatte aber die Wasserfläche freigegeben.

Sailer kam mit einer Schweizer Armeedecke zurück. Irmi faltete sie einmal und legte sie auf den Boden. Vorsichtig bettete Nadja Danner die tote kleine Hündin darauf und schlug sie ein.

Sailer starrte. »Und i soll jetzt den dodn Hund mitnehmen? Des is ned Ihr Ernst?«

»Doch, das ist mir todernst. Der Hund wird später mit Frau Danner nach Hause gefahren. Damit sie den richtigen Platz finden kann, wo man Kira beerdigen wird.«

Sailer stieß Luft aus und drehte sich um. Irmi sah genau, dass er ihr im Weggehen den Vogel zeigte.

»Gehen Sie bitte mit«, sagte sie zu Nadja Danner, die das Wollpaket aufnahm und dem Polizisten folgte.

Kathi war näher gekommen. Sie sah Nadja Danner kurz an.

»Gibst du mir noch ein paar Minuten?«, fragte Irmi. »Ich komm gleich nach.«

Kathi nickte nur und ging davon. Irmi sah ihrer schlanken Gestalt hinterher. Dann ließ sie ihren Blick wieder über den See schweifen, wo jetzt ein Fischerboot zu sehen war. Kein Wikingerschiff. Die Wikinger waren schon mehrfach hier gewesen. In der Sachenbacher Bucht hatte man 1959 *Tales of the Vikings* mit Christopher Lee gedreht, vor wenigen Jahren dann waren am Walchensee die *Wickie*-Filme entstanden, nachdem Regisseur Bully Herbig mit vielen Drehorten in ganz Europa geliebäugelt hatte. Sieh, das Gute liegt so nah!

Irmi suchte ihr Handy und wählte Jens' Nummer. Sie rechnete mit der Mailbox – bestimmt war er irgendwo in Italien in einem Meeting, und er switchte wohl gerade zwischen all den Sprachen, die er konnte. Aber er ging hin.

»Irmi, was ist los?«

Es war nachmittags, da rief sie sonst nicht an.

»Wenn eine Seuche ausbrechen würde und ich dich nicht mehr anrufen könnte, wäre dir klar, dass ich ganz am Schluss an dich denken würde?«, fragte Irmi.

»Sekunde mal«, sagte Jens. Irmi hörte ihn etwas auf Italienisch sagen, dann war er wieder dran.

»So, Irmi, meine Allerliebste, was für eine Seuche?«

Irmi erzählte. Jens hatte den Anfang dieser verworrenen Geschichte ja noch mitbekommen, als Danner vom Bulldog gefallen war. Irmi fasste zusammen und sprach von der Eskalation, die sie nun bedrohte: Tollwut im Werdenfels. Von der Lawine, die nun losgetreten war, und davon, wie schwierig es werden würde, alle Kontaktpersonen zu finden. Davon dass sie gerade am Walchensee stand, wo eine

Katastrophe eben noch abgewendet worden war. Sie sah über den See.

»Ach, Jens, der Nebel hebt sich immer weiter hoch. Es gibt schon Lücken. Aber das macht es nicht besser. Ich sollte auf den Jochberg gehen, das würde mein Herz leichter machen. Weißt du noch? Wir waren mal oben.«

»Natürlich. Mir ist fast die Luft ausgegangen. 1565 ganz schön steile Meter. Dieser dämliche Nunatak.«

»Wer?«

»Das hatte ich dir damals auch erklärt.« Er lachte. »Das schöne Wort bezeichnet einen Berg, der aus dem Eis ragt. Der Jochberg hat während der Würmeiszeit etwa hundertfünfzig Meter aus dem Eisstrom herausgeschaut!«

»Stimmt! Dein Gedächtnis ist so viel besser als meines. Du hast mir auch eine Geschichte zur Bucht erzählt. An so einer Kapelle, oder?«

»Ja, an der Fieberkapelle, die Schauplatz eines Kriegsdramas war. Drei Frauen gerieten in den Kugelhagel von SS-Soldaten, und die eine von ihnen schaffte es mit übermenschlicher Anstrengung zurück nach Sachenbach, wo sie vor dem Hof des Irglbauern zusammenbrach. Der Bauer raste mit dem Fahrrad nach Urfeld und bat die Amerikaner um Hilfe. Am Ende wurde das junge Mädchen in Walchensee von den Ärzten einer Genesendenkompanie bei Kerzenlicht operiert.«

»So viel Tragik an einem einzigen See! Es ist ein merkwürdiger Platz. Und heute gab es schon wieder ein Drama.«

»Dramen gibt es überall. Das weißt du. Irmi, du musst dich ein klein wenig beruhigen.«

Irmi schniefte. »Und außerdem wohnt hier bestimmt ein Seeungeheuer, so tief, wie der See ist.«

Jens lachte. »Es soll einen riesigen Waller geben, der auf dem Seegrund ruht und seit Jahrtausenden seinen Schweif im Maul hält. Wenn aber einmal Unglaube und Gottlosigkeit das Land beherrschen, wird er ihn loslassen und den Kesselberg zerschlagen – und die gottlosen Menschen werden weggespült.«

»Wundert mich, dass er nicht schon längst losgelassen hat«, sagte Irmi leise.

»Irmi, sei nicht so pessimistisch! Das passt nicht zu dir. Vielleicht setzt der Waller noch Hoffnung in die Menschen. Das tust du doch auch!«

»Ja, aber sie machen es einem schwer. Danke, Jens!«

»Wofür dankst du mir? Du kannst mich immer anrufen, das weißt du doch. Du hast ganz sicher keine Tollwutinfektion, und es kommt auch keine Seuche. Ach ja, und wenn du mich telefonisch nicht erreichen solltest, würde ich eben zu dir kommen.«

»Aber du würdest dann sterben.«

»Ja, aber ich hätte das Allerliebste bei mir. Irgendwann einmal ist es so weit. Aber jetzt noch nicht. He, Irmgard Mangold, löse deinen Fall. Ich bin hier in ein paar Tagen fertig, dann sehen wir uns, ja? Geht's wieder?«

»Ja.« Irmi schniefte immer noch.

Sie steckte ihr Handy in die Jackentasche. Langsam ging sie an den Gestaden des Sees entlang, der so geheimnisvoll war und eigentlich gar nicht so weit weg von ihrem Zuhause. Mit ihrer Oma war sie hier einmal gewandert, und die hatte ihr erzählt, dass das Wasser des Walchensees unterirdisch durch die Kuhflucht in die Loisach bei Partenkirchen abfließen würde. Als kleines Mädchen hatte sie das sehr fasziniert, und sie hatte der Oma vorgeschlagen, eine Puppe in den See zu werfen und abzuwarten, wo sie herauskäme. Die Oma hatte ihr das nur mühsam ausreden können – aber am Ende hatte die Argumentation gezogen, dass die Puppe die Luft nicht so lange würde anhalten können.

Kathi wartete am Auto. »Das ist ja ein arges Ding«, sagte sie nur. Dann fuhren sie nach Garmisch.

Es war Abend geworden. Zum Glück war das Adrenalin noch da, denn die Nacht würde noch lang werden. Sie hatten die vier in unterschiedliche Räume gebracht und begannen ihre Befragung mit der fremden Frau, Renate Jonas.

Wie vermutet hatte Nadja Danner auf eigene Faust nachgeforscht. Trotz allem traute sie den deutschen Autoritäten nicht. Und – so abgegriffen das klang – sie hatte in der Tat wenig zu verlieren, nur noch ihr eigenes Leben. Es war Nadja Danner gewesen, die Kontakt zu Tobias Eisenschmied gesucht hatte, sie hatten sich wegen der Erbsache kennengelernt. Über ein Forum im Internet hatten sie Renate Jonas aus der Jachenau ausfindig gemacht, die einen Hund von Tobias' Oma gekauft hatte. Weil ein Tierarzt in Kochel auch rein geografisch für sie nahegelegen hatte, war sie zu Dr. Farkas-Mann gegangen, der den kleinen Hund gegen Giardien und Kokzidien behandelt, den Krankheitsverlauf aber immer heruntergespielt hatte. So was passiere eben mal.

Er hatte behandelt und kassiert, und erst als der kleine Rüde, überdies ein Geschwisterhund von Danners Kira, ein Nachbarskind in den Unterschenkel gebissen hatte, war Renate Jonas nicht mehr bereit gewesen, all diese Beschwichtigungen zu glauben.

Ihr Mann wollte den Hund gleich vom Vater des gebissenen Jungen erschießen lassen, doch der Jäger und Landwirt lehnte ab und fand, dass sein Sohn eben besser aufzupassen habe. Auch heute gab es anscheinend noch Eltern, die keinen Schutzkokon um ihre Kinder spannten und gleich ganze Anwaltskanzleien anheuerten. Renate Jonas hatte ihrerseits viel Geld in Hundeschulen investiert, viel Geduld, viel Liebe, und sie hatte einen guten Umgang mit dem Tier gefunden.

Renate Jonas war Anfang vierzig und arbeitete als freiberufliche Journalistin und Werbetexterin, ihr Mann war Architekt. Sie waren ein klassisches kinderloses Ehepaar: intellektuell, beruflich erfolgreich, ein wenig nonkonform, weswegen sie einen alten Bauernhof in der Jachenau umgebaut hatten. Kluge Leute, politisch informiert, sie lasen nicht die Regionalzeitung, sondern die *Zeit*, sie waren im Naturschutz engagiert, was wiederum vielen der Alteingesessenen nicht gefiel. Sollten die »Stoderer« doch woanders die Welt retten, woanders Blühstreifen für Insekten fordern und woanders versuchen, Bauernhofkatzen zu kastrieren. Am Land ließ man sich ungern in die Karten schauen, die alt waren und vergilbt und perfekt für so manchen Kartenspielertrick.

Die Jonas waren informierte Menschen, und doch hatte das nicht gereicht, um eine Frau wie Gudrun Eisenschmied zu durchschauen. Im Gegensatz zu anderen Betroffenen, die sich schämten oder das Tier schnell abgestoßen hatten, war Renate Jonas schließlich aktiv geworden. Sie hatte erst noch gezögert, aber Julius Danner hatte sie wohl aufgerüttelt. Sie war eine Frau des Wortes, sie konnte schreiben und netzwerken, und sie hatte viel in Bewegung gesetzt, um andere zu warnen.

»Ich habe selber einen Blog und ein Forum eröffnet, wo ich vor diesen Machenschaften warne und wo sich Menschen austauschen. Sie glauben gar nicht, wie sehr das die meisten emotional angreift.«

»Hätte man das denn nicht vorher merken müssen? Wenn so ein Hund fünfhundert Euro kostet, wo Sie beim Züchter locker tausend hinblättern?«, fragte Kathi.

Frau Jonas zwinkerte kurz, es war ihr anzusehen, dass sie nicht gewillt war, in eine Provokation einzusteigen. »Wenn Sie das Tier von einer netten alten Dame kaufen, wohl kaum«, sagte sie sehr beherrscht.

»Ist es nicht so, dass man heute schon fast der Bad Guy ist, wenn man Tiere bei einem deutschen VDH-Züchter kauft, anstatt eins aus den diversen Tötungsstationen weltweit zu retten? Das Internet wimmelt ja nur so von armen Auslandstieren«, sagte Kathi kalt wie eine Hundeschnauze.

Irmi war überrascht. Kathi hatte sich wohl doch weiter in die Materie vertieft, als sie angenommen hatte.

»Wir haben keinen Auslandshund geholt. Bewusst nicht. Wir haben gedacht, wir kaufen den Welpen bei einer Hobbyzüchterin«, sagte Jonas nun deutlich schärfer.

»Gut«, unterbrach Irmi. »Das wissen wir ja alles. Sie

hatten Kontakt zu den Danners, aber wie passt Tobias Eisenschmied dazu?«

»Nadja hat ihn über seine Oma kennengelernt. Sie hat etwas geerbt von Frau Eisenschmied.«

»Und warum, bitte schön, geraten Sie alle miteinander in eine Szene wie in einem Bronson-Film?«, fragte Kathi erbost. »High Noon am Walchensee, oder was?«

Renate Jonas zwinkerte erneut. »Nadja hat ihren Mann verloren, Tobi seine Oma. Beide wollten die Hintergründe aufdecken und sind darauf gestoßen, dass es immer der gleiche Tierarzt war, der die EU-Pässe ausgestellt hat. Dr. Farkas-Mann. Nadja wollte Barbara Mann zur Rede stellen und hat ihr angekündigt, dass wir nun wirklich ein Fass aufmachen. Ich bin auch für ein Nachrichtenmagazin tätig, und sie hat ihr mit einer Öffentlichkeit gedroht, die sie sich kaum wünschen wird. Wir haben uns mit ihr hier am See getroffen, weil ich in der Jachenau wohne. Ich habe kein Auto, da konnte ich mit dem Fahrrad hinfahren.«

Das war so banal, das Leben konnte so banal sein.

»Aber was sollte das bringen?«, wollte Irmi wissen.

»Als Nadja herausgefunden hatte, dass Dr. Gabor Farkas-Mann, der Gatte von Barbara Mann, der Dreh- und Angelpunkt in dieser Hundemafia ist, da ist sie völlig ausgeflippt. Die kennen sich alle von früher, und dann spielt der in seinem eigenen Umfeld den Menschen so mit? Das machte es ja noch viel perfider! Nadja war sich auf einmal sicher, dass Gabor Jul umgebracht hat und auch Frau Eisenschmied auf dem Gewissen hat. Sie wollte Barbara Mann damit konfrontieren. Und sie brauchte Zeugen und weitere Personen, die Bescheid wissen. Und sie wollte Öffentlichkeit durch mich.«

»Was für ein Schwachsinn!«, rief Kathi. »Die Rächer der Enterbten, oder was? Selbstjustiz? Einfach mal die arbeiten lassen, die sich mit so was auskennen? Einfach mal die Polizei anrufen?«

»Also, mit dieser Berufsgruppe haben wir nur schlechte Erfahrungen gemacht. Dienst nach Vorschrift und weniger. Lange Wege, bis eingeschritten wird. Bürokratie. Korruption, auch hier in Deutschland. Faschistoide Tendenzen, Nähe zu den Rechten, Faulheit gepaart mit Arroganz. Staatsbeamten, die …«

»Frau Jonas, danke für Ihre Ansichten. Bevor das hier in schwere Beamtenbeleidigung mündet, lassen Sie es lieber!« Irmi konnte sehr kühl werden. Sie bebte innerlich, aber das hatte sie gelernt. Von so einer, die sich für den intellektuellen Gipfel der Schöpfung hielt, ließ sie sich nicht provozieren. »Und Sie haben wirklich geglaubt, dass Barbara Mann zusammenklappt? Und was hätten Sie genau von ihr erwartet? Hätte sie ihren Mann anschwärzen sollen? Und was, wenn sie die Mörderin ist? Haben Sie darüber nachgedacht?«

»Na ja …«

»Na ja, gar nichts haben Sie gedacht!«, schnaubte Kathi.

Irmi warf ihr einen schnellen Blick zu, der den Kettenhund zurückrief. »Frau Jonas, Sie wollten Dr. Farkas-Mann aus zwei Gründen aus der Höhle treiben. Wegen der gefälschten Pässe und weil Sie ihn für einen Mörder halten?«

»Ich wegen der Hundesache. Nadja wegen ihrem Mann.«

Renate Jonas war es also egal, dass Farkas mutmaßlich drei Menschen ermordet hatte? Irmi musste sich sehr zusammenreißen.

»Und so wie Sie hier nun in unserem Büro sitzen, weit weg von Ihrer schwachsinnigen Inszenierung: Wundert es Sie nicht, dass Barbara Mann mit einer Waffe aufgetaucht ist und bereit gewesen wäre, Sie alle zu erschießen?«

Renate Jonas starrte auf die Tischplatte.

»Ja, was jetzt? Welcome to reality!«, sagte Kathi wütend. »Das ist hier kein Theaterstück! Das hätte so was von schiefgehen können!«

Frau Jonas schwieg beharrlich.

»Und Sie haben uns alles erzählt?«, hakte Irmi nach.

»Ja, natürlich«, sagte Renate Jonas und zögerte kurz. »Das genügt doch auch. Ich weiß, ja, ich …«

»Sie ahnen, dass Sie Mist gebaut haben? Was Sie aber anscheinend nicht wissen: Barbara Mann und ihr Gatte hatten noch ein ganz anderes Problem«, fuhr Irmi fort. »Sie wussten offenbar, dass Frau Eisenschmied mindestens einen oder auch mehrere Hunde hatte, die mit Tollwut infiziert waren. Und das ist eine ganz andere Nummer. Eine ganz andere Bedrohung. Das wussten Sie wirklich nicht?«

Auch wenn Irmi es noch nicht belegen konnte – sie ging stark davon aus, dass die Manns von der Tollwutsache gewusst hatten. Und dass sie die Mitwisser Eisenschmied, Danner und den Niederländer aus dem Weg geräumt hatten. Dr. Farkas-Mann hatte als Tierarzt ganz bestimmt dafür gesorgt, dass kein Gerichtsmediziner die Tollwut hätte feststellen können. Das wäre ja auch fast unentdeckt geblieben. Irmi schauderte innerlich.

Renate Jonas zuckte zusammen. »Tollwut? Aber ... aber ... ich, aber ... wir ...«

»Frau Jonas, seit heute laufen Aufrufe über Radio, Presse und alle Kanäle. Sie sollten sich in jedem Fall melden. Um sicherzugehen, sollten Sie sich impfen lassen. Sie gehören zu den Kontaktpersonen.«

»Aber, aber!« Sie zwinkerte hektisch. »Aber unser Herr Einstein? Unser Hunderl?«

»Hat eher keine Tollwut, wenn er aus Kiras Wurf stammt. Aber Sie müssen ihn genau beobachten. Infos dazu gibt es auch bei der Hotline, die eigens dafür eingerichtet wurde.« Irmi reichte ihr ein Kärtchen mit der entsprechenden Nummer.

»Wissen Sie eigentlich, was Sie für ein Glück hatten?«, sagte Kathi. »Aber das Glück ist ja mit den Dämlichen!«

Renate Jonas zuckte zusammen. »Kann ich jetzt gehen?«

»Ja, für den Moment haben wir keine Fragen mehr.«

Als sie draußen war, hieb Kathi einmal herzhaft auf den Tisch. »Was für eine Schrapnelle! Was denken sich solche Leute nur?«

»Dass sie besser sind als andere und daher unverwundbar«, sagte Irmi. »Auf zu Eisenschmied, der hat sicher gedacht, er ist Spielfigur in einem seiner Games.«

Tobias Eisenschmied saß vor einem Glas Wasser. Er war immer noch kalkweiß. Es war ihm anzusehen, dass er mit sich haderte. Er war umgeplumpst wie ein Getreidesack, hatte am Boden gelegen und toter Mann gespielt, während um ihn herum die Welt unterzugehen drohte. Er hatte sein nacktes Leben gerettet, und Irmi ahnte, dass das tief drinnen an seiner Männlichkeit – oder was er dafür hielt – kratzte. Er war wahrlich nicht der Typ, der sich in glänzender Rüstung vor die Damen geworfen hätte. Seine Waffe war das Internet, das normale Leben war leider so anders. Auf Nachfragen von Irmi und Kathi hin bestätigte Tobias Eisenschmied die Geschichte von Renate Jonas.

»Aber dass so eine Frau eine Waffe hat und schießt, also, damit rechnet man doch nicht«, sagte er kleinlaut.

»Leute, die Waffen haben, schießen häufig damit«, ranzte Kathi ihn an. »Ihre Oma ist nicht etwa Mitglied eines munteren Kaffeekränzchens gewesen. Sie hat sich mit Schwerkriminellen eingelassen, denen das Leben nichts gilt, geht das in Ihren Schädel?«

Er sah auf den Tisch.

»Herr Eisenschmied, Sie sind sicher schon vom Gesundheitsamt kontaktiert worden. Sie sind am meisten in Gefahr.«

»Wie, Gefahr? Welches Gesundheitsamt?«

»Ihre Oma hatte Tollwut«, erklärte Irmi und fand, dass das immer noch so unglaublich klang. Sie konnte und wollte sich daran nicht gewöhnen.

»Toll… was?«

»Tollwut, Sie wissen schon. Schaum vor dem Mund, Raserei, gruseliger Tod«, sagte Kathi emotionslos.

»Kathi, jetzt reicht's!« Irmi erklärte ihm möglichst neutral, was ihr der Gerichtsmediziner erläutert hatte. In diesem Moment brach Tobias Eisenschmieds Welt aus Apps, Web und Forge of Empires zusammen. Genau wie er selbst.

Diesmal allerdings nicht als tot gestellter Hase, sondern mit einer echten Bewusstlosigkeit.

»Memme!«, rief Kathi.

»Ruf einen Notarzt, und lass ihn wissen, dass Tobias Eisenschmied vom Gesundheitsamt dringend gesucht wird. Ich gehe zu Nadja Danner.«

»Ach, nur du? Was ist das für ein Ding zwischen euch?«

»Kein Ding, aber nach dem, was du vor dem armen Eisenschmied rausgekotzt hast, würde ich weitere Menschen gerne schützen. Du hast so viel Einfühlungsvermögen wie ein Stahltanker auf Kollisionskurs.«

Kathi zuckte mit den Schultern und verschwand.

13

Nadja Danner saß zusammengesunken da und hob den Kopf erst, als Irmi sich einen Stuhl an den Tisch zog.

»Ja, das war blöd, dumm, übereilt, alles, was Sie jetzt sagen werden.«

»Dann muss ich es ja nicht mehr tun! Frau Danner, ich kenne Ihre Abneigung der Polizei gegenüber, aber Sie haben Ihr eigenes Leben gefährdet und, was schlimmer ist: das von zwei weiteren Personen! Außerdem behindern Sie unsere Ermittlungen. Frau Mann haben Sie in jedem Fall jetzt aus der Höhle getrieben. Was sollte das ganze Kamikazeunternehmen?«

»Ich bin davon überzeugt, dass es Gabor war, der meinen Mann, Tobis Oma und diesen Niederländer getötet hat. Er ist der Tierarzt, der die Pässe ausstellt. Er war das fehlende Rädchen im Getriebe. Der Niederländer war ein Bauernopfer. Ein Handlanger, der wegmusste. Gudrun Eisenschmied war lange die Verkäuferin, die sich wohl schnelles Geld versprochen hat und es wahrscheinlich bis am Ende nicht verstanden hat, wo sie da reingeraten ist. Mein Mann war einer der Geschädigten. Er hat sich eingemischt und mit den falschen Leuten angelegt. Aber das ganze perfide System hat erst dann Sinn, wenn ein korrupter, geldgieriger Tierarzt mit im Spiel ist.« Sie atmete aus, strich eine Haarsträhne zurück. »Ich kenne Babs, also Frau Mann, wirklich schon lange. Im Tourismus kennt man sich eben. Wir waren sogar befreundet – bis vor vier Jahren diese dumme CoolCard kam. Sie hat uns entzweit. Wenn man im Bekanntenkreis ungewöhnliche Meinungen vertritt, ist man bald ein Aussätziger. Wir wurden nicht mehr zu Gartenpartys und Nikolausglühwein eingeladen. Aber ich hätte nie gedacht, dass Babs so weit gehen würde.«

»Seien Sie doch nicht naiv, Frau Danner! Es ging ja nicht nur um Barbaras Ehemann, sondern auch um das ganze Leben, das sich die beiden aufgebaut hatten! Wäre Gabor Farkas-Mann wegen mehrfachen Verstoßes gegen das Tierschutzgesetz verurteilt worden – das allein hätte schon genügt, dass Barbara Mann nie mehr auch nur eine Zehenspitze in irgendeine Tür bekommen hätte. Weder beruflich noch privat. Und wenn er wegen Mordes angeklagt würde, erst recht. Barbara Mann wollte ihren Gatten schützen, notfalls auch mit einer Waffe. In Ausnahmesituationen verlieren Menschen jegliche Kontrolle. Das müssen Sie doch wissen. Aber genau das haben Sie forciert!«

»Ich dachte, ich könnte Babs die Augen öffnen. Damit sie endlich Gabor durchschaut, dieses fiese Schwein. Ich mochte ihn nie. Zu smart. Zu schön. Fickte alles, was er erreichen konnte – und das waren viele. Bei diesem ungarischen Akzent werden die Frauen schwach. Das war wie aus einem K.-u.-k.-Filmchen. Da wird jede Frau zur Sisi mit ihrem ganz persönlichen Grafen. Sie verstehen? Gabor war ein Fiesling, immer schon. Ein Fiesling unter der Maske eines ungarischen Landadligen. Wenn er von seinen Jugendtagen an der Theiß erzählte, wenn er anfing, ungarische Literaten zu zitieren, da hatten die Frauen ihren Slip schon unten. Ich höre ihn noch Attila József zitieren: ›Auf Steinen saß ich an des Flußdamms Saum. Als ob sie grade quer durch mich hinfloß, trüb war die Donau. Trüb, weise und groß.‹ Dazu dieser auf tiefgründig gestellte Blick, er war unerträglich.«

»Auf Sie hat das alles nicht gewirkt?«, fragte Irmi.

»Nein! Aber bei mir hat er es auch probiert. Mehrfach. Dieser geile Bock.«

»Und Barbara Mann?«

»Sie wollte das alles nicht sehen. Er ist ihr zweiter Mann. Ein Hauptgewinn in ihren Augen. Sie hat mindestens fünf OPs hinter sich, nur um für ihn attraktiv zu bleiben. Aber der hat auch die Putzfrau mit zwanzig Kilo Übergewicht gevögelt oder die Postbotin. Gabor ging es nur um die Schlagzahl.«

Barbara Mann, das alternde Püppchen. Sie war sicher nicht dumm, aber das schützte gerade intelligente Frauen nicht davor, den schönen Blendern zu verfallen. Denn nur wenige Frauen waren so bei sich, dass sie sich nicht auch über ihr Aussehen definierten. Das Altern war nun mal nicht aufzuhalten, keine wurde schöner – und auch die Frauen, die sich mit Botox und Fettabsaugungen gegen die Zeit stemmten, verloren irgendwann einmal.

Der alte Spruch ihrer Mutter fiel Irmi wieder einmal ein: Die Frau wird im Alter zur Ziege oder zur Kuh. Barbara Mann war auf dem besten Weg zur dürren gelifteten Ziege, Irmi hingegen würde immer eine Kuh bleiben. Als Kind schon war sie eines dieser kerngesunden moppeligen Bauernkinder gewesen, in den Zwanzigern dann mal rank und schlank, doch seit sie Mitte dreißig war, waren die

Pfunde draufgewachsen. Eine Kuh war ein schönes Tier, aber halt kein zartes Rehlein.

Barbara Mann hatte sich Gabor Farkas, den schönen Ungarn, geangelt. Zu einem hohen Preis. Was nutzte einem der Hauptgewinn, wenn er eigentlich eine Niete war? Skrupellos, geil, untreu – das war das wahre Gesicht dieses strahlenden Helden.

»Gabor Farkas ist Ungar. Auch der Fahrer des letzten Welpentransporters war Ungar. Viele dieser schrecklichen Hundezuchtstationen liegen in Ungarn. Was wissen Sie sonst noch, Frau Danner?«

»Gabor hat auch noch eine Praxis in Ungarn. Die führt seine Schwester, er reist da aber sicher einmal im Monat hin. Und ich bin mir sicher, dass diese Praxis auch nur ein Deckmantel ist für seine Hundeschiebereien. Ich wette, er ist selber der Kopf einer solchen Tierschänderbande.«

»Und das alles sagen Sie mir erst jetzt?«

»Mir sind die Zusammenhänge auch erst klar geworden, als wir der Sache mit den Pässen nachgegangen sind. Und herausgefunden haben, dass Frau Dr. Rausnitz Gabors Schwester ist. Sie ist eine geborene Farkas und hat einen Burgenländer geheiratet. So schließt sich der Kreis der kriminellen Augenwischerei.«

Darauf waren die Ermittler inzwischen auch gekommen. Aber ohne den schönen Gabor live und in Farbe vor sich zu haben, waren ihnen immer noch die Hände gebunden. Sie konnten wieder mal Klinken putzen gehen, konnten zur Abwechslung das Konterfei des Tierarztes herumzeigen, aber das war wieder so eine hilflose Aktion. Wenn er auf dem Campingplatz oder in der Nachbarschaft der Oma gesehen worden war, konnte er sich trotzdem noch herausreden. Sofern sie seiner überhaupt habhaft wurden. Und seine Frau? Die würde sich kaum durch übersprudelnde Auskunftsfreudigkeit hervortun. Es war zum Kotzen!

Irmi zögerte kurz. »Ich muss Ihnen auch noch eine Mitteilung machen«, sagte sie dann.

»Was für eine Mitteilung?«

»Das Gesundheitsamt hat bestimmt schon versucht, Sie zu kontaktieren: Gudrun Eisenschmied hatte Tollwut.«

»Was?« Nadja Danner fuhr hoch.

»Ja, und nun müssen alle Kontaktpersonen ermittelt werden. Sie gehören dazu.«

Nadja Danner schwieg erschüttert.

»Ich bin mir ziemlich sicher, dass Kira keine Tollwut hatte«, fuhr Irmi fort. »Die Krankheit hätte längst ausbrechen müssen. Aber Sie sollten sich in jedem Fall impfen lassen.«

»Ich bin geimpft«, sagte sie leise.

»Ach?«

»Kasachstan! Ich besuche öfter mal Verwandte dort. In Kasachstan sterben immer noch Menschen an Tollwut. In den letzten fünf Jahren etwa vierzig jährlich. Ein Cousin von mir ist Arzt, er hat es auch mit Tuberkulose, Brucellose und Milzbrand zu tun. Selbst die Pest könnte bei uns theoretisch wiederauferstehen.«

Irmi hatte die Worte des Amtsarztes im Ohr. Von der Pest und der Quarantäne, all diese Szenarien, die so weit weg schienen, aber es vielleicht gar nicht waren.

Nadja Danner starrte auf die Tischplatte. »Wissen Sie,

Frau Mangold, die Deutschen sind so saturiert. Sie wissen gar nicht, wie es auf der übrigen Welt aussieht. Welche Gefahren da überall noch lauern. Wie schnell ein Leben bedroht ist von Viren, Bakterien, von schlechter Hygiene, kranken Tieren und Unterernährung. Sie ahnen nicht, wie wenig ein Leben anderen Menschen wert sein kann. Der Deutsche krepiert an Fettleibigkeit und Herzkreislauferkrankungen, wo anderswo Menschen verhungern, von Erdbeben und Fluten ausgelöscht werden und von Kriegen. Da ist Tollwut noch eines der geringeren Risiken.«

Nadja Danner hatte recht, dachte Irmi. Die Deutschen waren nicht nur selbstgefällig, sondern auch ignorant. Kaum kam etwas Fremdes herein, schottete man sich ab, schlug um sich – und das tat man am Dorf doch schon, wenn einer aus dem Nachbardorf zuzog oder gar aus exotischen Bundesländern wie Niedersachsen. Es war ihnen nur selten bewusst, wie schnell ein Leben enden konnte. Sie glaubten ein Anrecht auf Ärzte zu haben, die sie binnen Minuten dranzunehmen hatten. Ein Anrecht auf immer höhere Gehälter. Auf all die Urlaube, die sie gebucht hatten, und auf Domestiken, die diese Zeit zur schönsten des Jahres machen mussten. Der Überfluss machte dick und unbeweglich. Körperlich und geistig. Irmi sah Nadja Danner an.

»Deshalb wollten Sie auch weggehen?«

»Ja, auch wenn das komisch klingen mag. Meine Familie hat hier eine Chance bekommen. Ich war schwer krank und hätte ohne Behandlungen in deutschen Krankenhäusern nicht überlebt. Ich bin dafür dankbar. Aber das ist nicht unser Weg ...« Sie stockte. »Es war nicht unser Weg –

und meiner ist es nun erst recht nicht mehr.« Sie kämpfte ein paar Tränen nieder.

»Frau Danner, Sie können jetzt gehen. Ich lass Sie heimfahren, mit Kira. Aber bitte halten Sie sich jetzt raus aus der Sache, bevor Sie noch mehr Schaden anrichten! Und bleiben Sie vorerst bitte an Ihrem Wohnort.«

Sie nickte. »Danke. Wegen Kira.« Nadja Danner stand auf und verließ das Zimmer.

Im nächsten Moment steckte Andrea den Kopf herein. »Hast du ein paar Minuten?«

»Ja.«

»Also, die Fotos. Die vom Bulldogtreffen.«

»Hast du etwa Gabor Farkas-Mann darauf erkannt?«

Andrea nickte und legte Irmi einen Farbausdruck vor. Der Tierarzt stand mit einem Bierglas in der Hand inmitten einer Menge von Trachtenvolk. Im Hintergrund standen die Bulldogs aufgereiht.

»Um wie viel Uhr war das?«

»Um 10.10 Uhr«, sagte Andrea. »Vielleicht war in diesem Glas das Gift.«

»Das Foto beweist leider nur, dass Farkas-Mann vor Ort war. Liebe Andrea, bitte nimm Sailer und Sepp mit, und zeig den Leuten am Campingplatz noch mal die Bilder von Barbara Mann und von Gabor Farkas-Mann. Vielleicht wurden sie ja zusammen gesehen. In der Praxis werden wir seine Fingerabdrücke finden. Die müssen wir mit denen im Haus von Gudrun Eisenschmied abgleichen. Der Hase hatte im Zugfahrzeug des Niederländers Fingerabdrücke festgestellt. Wenn das seine wären!«

Doch all das würde letztlich von einem guten Verteidiger in der Luft zerrissen werden. Sie brauchte mehr. Ein langer Indizienprozess war keine gute und befriedigende Option.

»Ich kläre das mit der Staatsanwaltschaft«, fuhr sie fort. »Wir müssen in diese Praxis in Kochel. Du kümmerst dich um alles Weitere?«

»Klar«, sagte Andrea.

Irmi setzte die Staatsanwaltschaft ins Bild. Man stimmte dem Sicherstellen von Fingerabdrücken zu, wollte aber aufgrund der momentanen Beweislage keinen internationalen Haftbefehl erwirken. »Da brauchen wir mehr. Nicht nur ein paar Tierausweise«, hatte es geheißen. Es war so zäh, so ermüdend!

Nun stand für Irmi und Kathi der härteste Part an: die Befragung von Barbara Mann. Die Tourismuschefin saß in angespannter Haltung auf ihrem Stuhl und sah aus, als hätte sie einen Stock verschluckt.

»Ich mache von meinem Recht Gebrauch, keine Angaben zum vorgeworfenen Sachverhalt zu machen«, sagte sie, bevor Irmi überhaupt das Wort ergreifen konnte. »Ich unterschreibe nichts, und glauben Sie bloß nicht, Sie könnten mich irgendwie einlullen. Und erzählen Sie mir nichts von Strafminderung, das können Sie gar nicht bestimmen.«

»Haben Sie ein Laiensemester Jura studiert?«, ätzte Kathi.

»Ohne meinen Anwalt sage ich gar nichts!«

»Das ist Ihr gutes Recht«, sagte Irmi ruhig. »Ist Ihr Anwalt informiert?«

»Ja, aber er kommt erst morgen aus dem Ausland zurück.«

»Gut«, sagte Irmi und erhob sich. »Dann machen wir morgen weiter. Aufgrund Ihrer hervorragenden Kenntnisse nehme ich an, Sie wissen bereits, dass ein Haftbefehl vorliegt und dass Sie in Untersuchungshaft bleiben werden.«

Frau Mann schwieg.

»Wo ist Ihr Mann?«, fragte Kathi.

»Haben Sie nicht zugehört?«, brüllte Barbara Mann.

»Nicht so laut, nicht so aggressiv! Ziehen Sie jetzt gleich wieder eine Waffe? Wir wollten mit Ihnen ja vor allem darüber plaudern, warum Sie Nadja Danner fast erschossen haben. Die Frage nach Ihrem Mann ist eine ganz andere Nummer.« Kathi lächelte wie die böse Hexe.

Barbara Mann schnappte nach Luft. »Ich verweise nochmals auf mein Aussageverweigerungsrecht.«

»Verweisen Sie ruhig!«, sagte Irmi und zog Kathi am Ärmel. »Lassen wir Frau Mann doch in Obhut unserer hervorragenden Gastronomie. Als Touristikerin kennt sie sich ja mit Qualitätsunterkünften aus. Wir haben allerdings keine CoolCard. Kost und Logis sind aber inklusive!«

Barbara Mann zischte etwas, das Irmi geflissentlich überhörte. Als sie und ihre Kollegin draußen standen, sagte Kathi empört: »Diese Schrappnelle hat eben Bitch zu dir gesagt.«

»Ach, das soll sie ruhig tun«, sagte Irmi.

Da kam Andrea den Gang entlang. »Ich hab die Info vom Veterinäramt. Von den beerdigten Hunden im Garten von der Eisenschmied hatten fünf Tollwut. Die waren übrigens alle aus einem Wurf. Die übrigen toten Hunde sind an was anderem gestorben.«

»Danke, Andrea, das heißt dann wohl, dass Frau Eisenschmied von einem Hund dieses Wurfs gebissen wurde. Vielleicht kann man darüber eingrenzen, wer eventuell noch Hunde aus dem Wurf hatte? Das kann ja nett werden morgen!«, stieß Irmi aus.

Andrea nickte.

»Jetzt mach mal Feierabend«, sagte Irmi.

»Ich könnte aber noch …«

»Nee, du kannst jetzt nix mehr«, sagte Kathi überraschend versöhnlich, und Andrea zog leicht irritiert von dannen.

»So milde?«, fragte Irmi.

»Ach, kimm! Andrea ist ja nicht unrecht. Verglichen mit einer Bitch wie dieser Mann. Manche Leute sind schon unerträglich, wenn man sich nur Sekunden mit ihnen beschäftigt, oder!«

»Ja, Kathi, Frau Mann würde ich normalerweise auch nicht zu meinen Bekannten zählen wollen. Aber wir möchten ja nicht mit ihr Skat spielen. Oder Schweine hüten. Lass uns heimgehen. Morgen werden wir genug zu tun haben.« Irmi lächelte müde. »Und bewahre dir diese neue Milde!«

»Das ist nur ein kurzer Anfall«, konterte Kathi grinsend.

Irmi fuhr nach Hause. Morgen würden sie wahrlich genug zu tun haben. Nicht nur mit Barbara Mann, auch die Tollwutnachricht würde Wellen schlagen.

Irmi öffnete sich ein Feierabendbier. Und dachte an Nadja Danner. Ob sie Kira schon begraben hatte? Würde eine Frau wie Nadja Danner ein kleines Kreuzchen aus Ästen basteln?

Diese Frau machte ihr Sorgen. Bohrende Sorgen, aber sie wusste nicht, was sie hätte tun sollen. Sie lernte in ihrem Beruf immer wieder Menschen kennen, die sie verstörten, und andere, die sie bewunderte. Das nahm so viel emotionalen Raum ein, da war es gut, am Abend nur noch mit leise schnurrenden Katern in der Stille zu sein. So wie jetzt.

Am nächsten Morgen saß Irmi müde vor einem Kaffee in der Küche und verteidigte ihr Toastbrot gegen einen der Kater. Bernhard kam mit der Zeitung herein. Auf der ersten Seite hatte man einen Aufruf veröffentlicht. Der Tollwutfall war nun amtlich. Und gedruckt. Das machte ihn noch bedrohlicher, fand Irmi.

»Mir ham die Tollwut hier! Woaßt du was?«

»Ja, Bernhard«, sagte Irmi und erzählte ihm das, was er wissen musste und durfte.

»Do siehst du's! Die knickrigen Deppen. Sollen s' an Hund halt beim Züchter kaufn. Heitzutag hot ja jeder an Hund. Und koaner is erzogen. Erst gestern is wieder so a Sauviech bei mir durch den Wald. Und die Besitzerin hinterher. Und woaßt, was die mir g'sagt hat?«

Irmi schüttelte den Kopf.

»Sie wär in der Hundeschule g'wesen, und der Trainer hätt g'moant, so a Hund dat aa selber entscheiden. Er sei ja koa Befehlsempfänger. Schwester, do fehlt's weit nei!« Er schüttelte den Kopf. Zögerte. »Du host aber ned, du …«

»Nein, ich hatte keinen direkten Kontakt.« Ihr Bruder

machte sich Sorgen, das war einer seiner seltenen emotionalen Momente. Zumindest jener, die er zeigte. Irmi lächelte.

Im Büro lief das Telefon schon auf Hochtouren. Die Hotline drüben im Gesundheitsamt vermutlich erst recht. Diese vermeintlich ausgestorbene Krankheit würde die Gemüter erhitzen und Diskussionen befeuern mit dem Zunder guter und schlechter Argumente und dem Zunder der Angst.

Kathi kam herein. »Morgen! Der Anwalt von Barbara Mann ist schon da. Wir können loslegen.«

Barbara Mann war ungeschminkt und blass. Ihr Blick wirkte eher gelangweilt. War sie wirklich so abgebrüht? Der Anwalt war Irmi unbekannt. Er war Anfang vierzig, würgte sich ein kurzes »Guten Tag« heraus und sah so aus, als käme er direkt aus einem Modejournal. Außerdem hatte er ein von im Namen. Na, das konnte ja was werden.

Der Anwalt ließ Barbara Mann auch kaum zu Wort kommen, sondern verwies darauf, dass sie nicht absichtlich einen Menschen habe erschießen wollen.

»Ich bitt Sie!«, rief Kathi. »Sie hat genau auf Frau Nadja Danner gezielt. Wir standen daneben. Das ist versuchte Tötung, wenn nicht gar versuchter Mord.«

»Das würde bedeuten, dass die anderen Beteiligten arg- und wehrlos waren, was ich bezweifle. Und ich bezweifle auch die Tötungsabsicht. Der Tod eines Hundes ist ja wohl kein Mordversuch.«

»Der Hund ist rettend zwischen Mensch und Kugel gesprungen. Dadurch ist der Versuch, Frau Danner zu töten, fehlgeschlagen. Aber das ändert juristisch doch nichts!« Irmi kochte.

»Das, verehrte Frau Mangold, obliegt dem Gericht.«

»Ja, aber die Staatsanwaltschaft wird die U-Haft in jedem Fall aufrechterhalten.«

»Auch dazu ist noch nicht das letzte Wort gesprochen. Ich werde Akteneinsicht beantragen, um zu erfahren, was überhaupt der Ermittlungsstand ist. Anschließend werde ich ihn mit der Mandantin besprechen.« Er klang ein bisschen so, als wäre Barbara Mann gar nicht im Raum. Aber sie hielt sich auch sehr bedeckt und schien in jedem Fall ihr Zeugnisverweigerungsrecht zu nutzen.

»Frau Mann, jenseits der unschönen Szene am Walchensee: Wo befindet sich Ihr Gatte?«

Sie schwieg.

»Meine Mandantin hat aufgrund der Ehegatteneigenschaft ein Zeugnisverweigerungsrecht. Im Verfahren gegen sich selbst hat sie ebenfalls ein Aussageverweigerungsrecht. Muss ich Ihnen das aufmalen?«, meinte der Anwalt.

Irmi ignorierte ihn. »Wollten Sie Ihren Gatten schützen, Frau Mann? Sie wussten doch genau wie er, dass mindestens ein Hund von Frau Eisenschmied Tollwut hatte! Stimmt das? Wussten Sie es?«

»Auch das ist noch nicht bewiesen«, entgegnete der Anwalt. »Sie haben außer wüsten Spekulationen nichts in der Hand. Nicht gegen Herrn Dr. Farkas-Mann, geschweige denn gegen meine Mandantin.«

»Na, immerhin wissen wir, dass der Herr Dr. EU-Heimtierausweise gefälscht hat!«, rief Kathi.

»Nun, in den Pässen steht Frau Dr. Rausnitz. Meines

Wissens liegt auch kein Haftbefehl gegen Herrn Dr. Farkas-Mann vor. Warum auch? Machen Sie sich doch nicht lächerlich mit Ihren sentimentalen Tiergeschichten.«

Es war sinnlos, Barbara Mann würde weiter die Aussage verweigern. Erst wenn sich der Anwalt von und zu näher eingelesen hatte, würde er ihr eventuell zu einer Aussage raten. Sie steckten fest. Wieder mal. Und mussten froh sein, dass Barbara Mann überhaupt in U-Haft blieb.

»Scheiße!«, rief Kathi, als sie und Irmi wieder im Büro saßen. Sie war in einer üblen Verfassung. »Wir müssen diesen verdammten Doktor finden.«

»Wo, glaubst du, steckt er?«, fragte Irmi.

»In Ungarn! Wenn er seiner Helferin sogar gesagt hat, dass die Praxis eine Woche schließt, dann weiß er doch, wie dicht ihm alle auf den Fersen sind. Und ich wette, er wusste, dass Gudrun Eisenschmeid sich mit Tollwut infiziert hatte.«

»So seh ich das auch, und drum …« Irmi holte Luft.

»Drum?«

»Drum werde ich mit meiner alten Kollegin und Freundin Eszter Kontakt aufnehmen. Sie ist in Budapest bei der TEK.«

»Echt?« Kathi stutzte.

Irmi wusste, dass Eszter etwas mit der ungarischen TEK zu tun hatte, der Terrorelhárítási Központ. Das war eine Antiterror-Spezialeinheit, der GSG9 vergleichbar. Eszter hielt sich immer sehr bedeckt über ihren genauen Aufgabenbereich. Irmi akzeptierte das. Als sie das letzte Mal mit Eszter gemailt hatte, war es der TEK gelungen, fast hundert Waffen zu beschlagnahmen, die angeblich als Requisiten für Dreharbeiten mit Brad Pitt dienen sollten. Die Waffen waren nicht ordnungsgemäß deaktiviert gewesen, und man hätte sie mit echter Munition benutzen können. Brad Pitt sei nicht amused gewesen, hatte Irmi in einem Polizei-Newsletter gelesen. Sie hatte Eszter angemailt, ob sie Brad Pitt denn live getroffen habe. Ihre Kollegin hatte ihn gesprochen, ihn aber nicht weiter aufsehenerregend gefunden. »Da wäre mir mein Postbote hundertmal lieber. Der ist echt ein Schnittchen«, hatte sie mit einem Smiley geantwortet. Das war 2011 gewesen. Seither war die Zeit dahingejagt wie Wolken an einem Herbsttag.

»Ja, sie spielt in einer hohen Liga.«

»Dann sind Hundeschmuggler aber weniger ihr Geschäft, oder?«, meinte Kathi.

»Ja, aber sie kennt jeden. Hat Verbindungen.«

»Und du willst das mal wieder zu einem informellen Ausflug nutzen? Gib es zu!«

»Na ja, ich …«

»Kein Problem! Ich halte die Stellung.«

Kathi musste ernsthaft krank sein. Oder auf Drogen. Oder sie war bei Frau Shania gewesen. Die hatte sie sicher mit gechannelten Lichtwesen besprüht.

»Kathi, du hast was genommen! Du warst sogar zu Andrea freundlich.«

»Ich werde altersmilde, glaub mir halt. Und ich muss mich um das Soferl kümmern. Sie ist die ganze Zeit im Tierheim und betreut die kleinen Hunde. Das nimmt sie ziemlich mit. Es mussten noch zwei eingeschläfert werden. So ein Scheiß!«

Irmi schluckte. Hoffentlich war das kleine Wesen, das sie in der Hand gehalten hatte, noch am Leben.

»Ich kümmer mich um die Fingerabdrücke. Ich will diesen Ungarn bluten sehen. Und dieses Weibsstück auch!«

»Viel Glück! Und danke, Kathi!«

»Passt schon.« Kathi zwinkerte ihr zu.

Als ihre Kollegin draußen war, suchte Irmi Eszters Handynummer heraus. Ob das überhaupt noch ihre Nummer war? Schnell war eine wohlbekannte Stimme zu hören. »Hallo?«

»Eszter, hier ist die Irmi«.

Sie stutzte kurz. »Irmi, Irmi Mangold! Ich glaub es nicht! Das ist ja ewig her! Ich freu mich so. Warte mal, ich muss mich erst mal setzen. Irmi, du Gute!«

So war sie, die übersprudelnde Eszter. Sie war kaum eins sechzig groß und sehr zierlich, aber sie hatte das Herz eines Bergwerks. Und sie schien noch immer dasselbe Temperamentbündel zu sein, das sie Ende der Achtzigerjahre gewesen war. Eszter war ein paar Jährchen jünger als Irmi, sie dürfte die fünfzig aber auch schon passiert haben. Ihre Stimme klang wie immer – jung und mit diesem hinreißenden ungarischen Akzent.

»Irmi, was für eine Freude! Ich wollte mich auch längst melden. Ach, das Leben geht ja nur so dahin. Wo sind sie, die Jahre?«

Ja, wo waren sie geblieben? Sie saßen in den Falten und im Bauchspeck, sie lauerten in alten Liedern und alten Fotos. Sie traten ans Tageslicht aus uralten Serien. *Daktari, Der Doktor und das liebe Vieh* – schlechte Dialoge, schlecht ausgeleuchtete Sets, endlos lange Kameraeinstellungen, aber trotzdem so schön, so alt, so anders.

»Du klingst, als wäre an dir das Leben ohne Einkerbungen vorbeigegangen«, erwiderte Irmi lachend.

»Ach, du kennst uns Ungarn. Unser Leben ist ein Schwanken zwischen verschiedenen Möglichkeiten, wenn sie nur nicht zu schlecht sind. Und das stammt beileibe nicht von mir, sondern von Péter Esterházy.« Sie lachte hell. »Mir geht's gut, Unkraut vergeht nicht. Du weißt ja: Ich habe eine Scheidung über die Bühne gebracht und zwei Lungenentzündungen gut überstanden, außerdem zwei neue Knie, und meine Töchter sind zuckersüß. Sie studieren in England. Weißt du eigentlich, was in London eine Wohnung kostet? Da kaufst du für die Jahresmiete ein Haus in Ungarn. Ach, Irmi, es gibt so viel zu erzählen! Ich müsste dich mal besuchen kommen, ich war ewig nicht mehr in München. Diese Freude, deine Stimme zu hören!«

»Vielleicht besuche ich dich demnächst. Ich war auch ewig nicht mehr in Ungarn.«

»Ja, wie schön! Wann?«

»Morgen?«

Es war sekundenlang still, dann lachte Eszter glockenhell. »Ich hätte es wissen müssen! Du kannst mal wieder nicht delegieren. Du ermittelst und glaubst nicht, dass deine Kollegen im Ausland das auch schaffen.«

»Na ja …« War sie so leicht zu durchschauen? »Weißt du, Eszter, ich brauche eine Spitzenkraft in der ungarischen Polizei, und da gibt es nur dich.«

»Du musst mir nicht schmeicheln, und bevor du weiterredest: Ich diskutiere nicht über das Vorgehen der Ungarn beim Schließen der Balkanroute oder über Orbán. Ich will, kann, darf darüber nichts sagen. Geht es um Asyl?«

»Nein, um Hunde.«

»Hunde?«

»Kutyák, elende kutyák, ich weiß das Wort für elend nicht.«

»Szegényes«, sagte Eszter und fragte: »Du kommst wegen elender Hunde nach Ungarn?«

»Ja, und wegen der Tollwut. Veszettség, das hab ich im Wörterbuch nachgesehen. Pass auf, Eszter …« Langsam begann Irmi zu berichten. Von den Toten, vom Tollwutfall, von der Welpenmafia und von Dr. Gabor Farkas-Mann und seiner Schwester. »Die ungarische Praxis liegt in Kecskemét«, schloss Irmi.

Eszter pfiff durch die Zähne. »Was für eine Geschichte! Du weißt bestimmt, dass mit Hunden und Katzen extrem viel Geld gemacht wird. Diese Typen schrecken vor nichts zurück.«

»Ich bin mir ziemlich sicher, dass Gabor Farkas-Mann drei Menschen getötet hat. Einen Mann aus seinen eigenen Reihen, eine ältere Frau und einen, der das Ganze aufdecken wollte und nicht gewillt war lockerzulassen.«

»Was kann ich für dich tun?«

»Kannst du bis morgen alles über diesen Tierarzt und seine Schwester herausfinden?«

»Sicher. Und du fährst heute Nacht?«, fragte Eszter.

»Ja, ich möchte gerne morgen früh in Budapest sein. Geht das?«

»Natürlich. Ich maile dir meine aktuelle Adresse. An der Tür steht Anna-Lena Hrdlicka.«

Für Eszter war es kein großes Ding, sieben Stunden durch die Nacht zu fahren. Sie hätte nie gesagt: Willst du nicht lieber tagsüber fahren? Und Irmi fragte nicht, wer Anna-Lena Hrdlicka war. Auch deshalb fühlte sich Irmi ihrer Freundin Eszter so verbunden.

Eszter kicherte. »Weißt du noch, wie wir immer mit dem alten Fiat zu meinen Eltern gefahren sind? Unsere Kassetten, hast du die noch?«

»Leider nein, die sind als armer Bandsalat verstorben.«

»Gute Fahrt, meine Freundin«, sagte Eszter und legte auf.

14

Irmi brach in der Nacht von Donnerstag auf Freitag gegen ein Uhr auf. Das war ungefähr die Zeit gewesen, als sie früher auch gestartet waren. Immer in der Nacht, immer die Pet Shop Boys und Heaven 17 im Kassettendeck. Und Kim Wilde. Später hatten sie in Sopron stundenlang in der sengenden Sonne an der Grenze gestanden, während sie auf dieses pinkfarbene Visum warteten, das in den Reisepass eingeklebt wurde. Eine Welt voller Mauern und Zäune war es gewesen. Eine Welt voller Angst, an der Grenze irgendetwas falsch zu machen, wodurch es noch länger dauern oder man gar keinen Eintritt erhalten würde. Diese Grenzen gab es nicht mehr – und doch waren sie noch in den Köpfen.

Heute sah alles so anders aus. Riesige Tankstellen, die aussahen wie Ufos. Am Straßenrand Werbeplakate von Aldi und Lidl und Kaufland. Wo waren die winzigen ABC-Supermärkte auf dem Land geblieben, deren Scheiben stets mit oranger Folie verklebt waren, um die wenigen Exponate der Auslage vor dem Verbleichen zu schützen? Diese Läden, in deren Regalen Weine mit ganz gruseligen Etiketten gestanden hatten und wo sie immer ein paar Flaschen Szürkebarát gekauft hatten und Amor-Sekt. Und den Magenbitter Unicum, so viel Unicum. Sie waren auf Landstraßen gefahren, die sich durch Felder gewunden hatten, an endlosen Sonnenblumen entlang. Sie waren an

Pferdefuhrwerken vorbeigekommen und an klapprigen Fahrrädern, auf denen alte Männer dahinschwankten.

Nun fuhr Irmi auf der Autobahn. Sie war auf Höhe von Györ, als die Sonne hinaufstieg, und es war kurz nach sieben, als sie sich den Außenbezirken von Budapest näherte. Dank Navi orientierte sie sich ganz gut. Früher waren sie mit Karte gefahren, hatten sich verfranzt, waren im Einbahnstraßengewirr versackt.

Plötzlich tauchte die Donau vor ihr auf. Am anderen Ufer prunkte das Parlament. Ein starkes Gefühl in Irmi hatte dreißig Jahre überdauert: War diese Stadt schön! Das Navi lenkte sie über die Petöfibrücke. Hier gab es keine Trabis und Wartburgs mehr, keine Ladas und Skodas, sondern lauter hohe SUVs.

Eszter wohnte in der Nähe der Prachtstraße Andrássy út, nicht weit vom Stadtwäldchen, eine erlesene Adresse. Auf dem Weg dahin durchfuhr Irmi das großstädtische Pest: Ringstraßen-Palais – mal morbide-bröckelnd, mal so frisch renoviert, als hätte Ödön Lechner eben die letzte Kachel aus Zsolnay-Keramik befestigt. Auch Eszters Haus war ein wunderbar renovierter Jugendstilbau. Es war ein Stil, der auch orientalische Elemente hineinmischte und einen selbstbewussten ungarischen Nationalstil aus der Taufe gehoben hatte. Die ganze Straße war von solchen Palais gesäumt, weiter vorne wehte die Flagge einer Botschaft. Direkt vor Eszters Haus standen vier Pylonen und ein Warnschild. Von irgendwoher kam Eszter angerannt, winkte und räumte die Pylonen zur Seite.

Ihr kinnlanges braunes Haar war von grauen Strähnen durchzogen. Sie hatte eine markante schmale Nase und sehr braune Augen, die lachten und lachten. Niemand konnte so lachen wie Eszter. Irmi rangierte in die Lücke und stieg aus. Eine dicke Umarmung folgte.

»Das ist ein Service!«, rief Irmi.

»Ich bin bei der Polizei, da ist es doch unnötig vergeudete Lebenszeit, lange nach einem Parkplatz zu suchen. Das ist würdelos, meine Beste. Herein, herein!«

Der Eingang des Hauses lag auf der Seite, an der Außenwand waren mehrere goldene Tafeln angebracht. Vermutlich Kanzleien und Praxen. Auf einem Schild stand: Anna-Lena Hrdlicka, Pszichológus. Eszter stieß die Tür auf, und sie wurden von einem herrschaftlichen Treppenhaus empfangen. Auch hier prachtvolle Jugendstilkacheln.

Allein die geschnitzte und reich verzierte Wohnungstür im zweiten Stock war filmreif. Die Wohnung selber schien riesig zu sein. Eszter dirigierte Irmi in ein Gästezimmer.

»Wenn du dich etwas frisch machen willst – die Tür da geht ins Gästebad. Ich bin in der Küche. Schräg gegenüber.«

Irmi stellte ihre Tasche auf dem Bett ab, das im Stil alter Gehöfte in der Puzsta gehalten war. Daneben stand ein alter Schrank, der nur hier in den hohen Räumen wirken konnte. Das Bad hatte rosa Fliesen und war ein wenig in die Jahre gekommen. Irmi schaute in den Spiegel. Dafür, dass sie die ganze Nacht Auto gefahren war, sah sie erträglich aus. Das musste die besondere Aura ihrer Freundin sein, Eszter machte jeden Tag zu einem Fest.

Irmi wusste, das Eszter schlimme Dinge erlebt hatte. Ihr Exmann war ein ganz hohes Tier in Ungarn, deshalb auch Eszters konsequente Weigerung, irgendetwas zur aktuellen politischen Situation zu sagen. Irmi wusste auch, dass diese Lungenentzündungen, die Eszter fast das Leben gekostet hätten, einem Gefängnisaufenthalt zuzuschreiben waren. Noch immer verschwanden unliebsame Menschen schnell hinter Gittern. Menschenrechte waren auch in manchen Ländern Europas eine Lachnummer. Eszter hatte dunkle, sumpfige Täler durchschritten, doch sie ging nie mit ihrer Geschichte hausieren.

In der Küche machte Eszter gerade Kaffee in einer französischen Bistrokanne.

»Ich kann mich nicht an diese Automaten gewöhnen. Anna-Lena hat so ein Ding drüben in den Praxisräumen.«

»Sie ist Psychologin?«

»Ja, und Psychiaterin. Dabei ist sie gar nicht durch… Wie heißt das Wort noch mal?«

»Durchgeknallt?«

»Ja, genau. Sie therapiert andere, nicht sich selber. Wir können beide den Beruf dortlassen, wo er hingehört. Ich habe Distanz gelernt.«

Irmi war klar, dass damit alles gesagt war und Eszter auch keine weiteren Fragen wünschte. Und das war völlig in Ordnung.

»Sag mal, Eszter, würde es dir was ausmachen, wenn wir etwas rausgehen? Ich glaube, ich muss meine alten Knochen etwas entzerren.«

»Irmi, immer noch dieser Bewegungsdrang! Ihr Menschen aus den Bergen seid lustig! Aber natürlich, lass uns einen zweiten Kaffee im Gundel trinken. So wie früher.«

»Touristenprogramm?« Irmi lächelte.

»Nein, aber ich liebe die Bar dort. Das Restaurant leisten wir uns eher selten. Aber Anna-Lena ist Wienerin, und ohne Kaffeehäuser verkümmert sie. Komm!«

Es war mittlerweile zehn Uhr geworden, die Großstadt war erwacht. Sie gingen hinaus auf die Andrássy út und hinauf zum Heldenplatz, wo das Millenniumsdenkmal stand. Der Geruch jeder Stadt ist einzigartig, der hier war jene Mischung aus Abgasen, von sandigen Böden und den etwas kläglichen Bäumen, die im Stadtwäldchen standen. Eszter hielt auf die Burg Vajdahunyad zu, weil sie wusste, dass dieses Bauwerk Irmi jedes Mal entzückte. Es zitierte tausend Jahre ungarischer Baustile und mixte sie locker. So ungewöhnlich war das nicht, in Ungarn lag so manches dicht beieinander. Ein Gebäude wurde als Steinbruch für ein Neues verwendet: Häuser für Klöster, Klöster für Festungen, Festungen für Hotels.

Sie schlenderten zurück und betraten das Gundel, wo Eszter überschwänglich von einem Ober begrüßt wurde, der einfach so aussah, wie man sich einen Kaffeehausober vorstellte. Sie bestellten sich einen großen Braunen und eine Sachertorte. Die Welt dort draußen war wie verschluckt. Hätte Irmi nur einen Funken von Schreibtalent besessen, sie hätte sich hier einen Stammplatz besetzt und einen Bestseller geschrieben, aber das hatten größere Geister vor ihr schon getan.

Nach einer Weile zog Eszter ein paar gefaltete Blätter aus der Jackentasche. »Mein alter Freund Tibor ist Tierschützer. Früher war er beim ungarischen Verfassungsschutz.«

Tibor? Den Namen hatte sie doch schon im Garmischer

Tierheim gehört. Eszter kannte eben überall Leute. Sie war eine Instanz in Ungarn. Irmi wartete.

»Er hat die Farkas-Geschwister schon länger im Blick und hat mehrfach versucht, sie irgendwie zu fassen, aber das ungarische Tierschutzgesetz ist ein Witz. Ich muss gestehen, ich war die letzten Jahre, ja, Jahrzehnte, nur wenig mit Tieren befasst. Unser Tierschutzgesetz stammt aus dem Jahre 1978, die letzten Ergänzungen sind von 2004. 1998 wurden im Rahmen des EU-Beitritts von der Landesversammlung ein paar halbherzige Formulierungen gefunden. Ich zitiere: ›Die Landesversammlung legt fest – in dem Wissen, dass Tiere Respekt verdienende Wesen sind, die imstande sind zu fühlen, zu leiden, Freude zu empfinden –, dass es die moralische Pflicht jedes Menschen ist, in Anerkennung des unterschiedlichen Wertes, den die Tierwelt als Ganzes und Tiere im Einzelnen für den Menschen haben, ihr Wohlbefinden zu gewährleisten.‹ Zitatende. Es folgt eine Definition der Begriffe ›Schädigung des Tieres‹ und ›Tierquälerei‹. Demnach gäbe es die Möglichkeit, den Halter mit bis zu drei Jahren Haft zu verurteilen. Tibor sagte mir, das passiert natürlich nie. Es gibt sogar anerkannte Züchter, die Hunde unter erbärmlichsten Bedingungen halten, angekettet oder in kleinsten Bretterverschlägen, dazwischen Kadaver von Artgenossen. Tibor sagt, manche Amtsveterinäre wollen einfach keine Verstöße feststellen. So, und nun kommt es: Die Schwester von Gabor Farkas ist die Amtsveterinärin im Komitat Jász-Nagykun-Szolnok. Die Geschwister haben ein undurchdringliches Netz gewoben. Die Praxis in Kecskemét läuft offiziell auf Gabor. Die Schwester ist zusätzlich Amtsärztin im Nachbarkomitat. Die können alles tun, alles verschleiern und sind fast nicht angreifbar. Auch wenn internationale Tierschützer immer wieder auf bestialische Zustände hinweisen – es dauert ewig, bis die Polizei aktiv wird. Sie beschlagnahmt dann die Tiere und verteilt sie in den Tierheimen der Umgebung. Weil es aber ein laufendes Verfahren ist, sind die Tiere Beweismittel und können nicht an Privatpersonen vermittelt werden. Das Problem habt ihr in Deutschland ja auch, aber die Unterbringung ist dann natürlich anders. Bei uns werden beschlagnahmte Tiere sogar in Tötungsstationen untergebracht, stell dir das mal vor! Weil man dort aber auf Dauerbelegung nicht ausgelegt ist, vermehren die Tiere sich weiter und leben genauso erbärmlich wie vorher. Der Mensch ist eine Bestie. Aber das wissen wir ja!«

Irmi schluckte. Das alles hatte sie für ein paar Stunden verdrängt. Aber sie war eben nicht hergereist, um eine alte Freundin zu besuchen. Ein Tier tötete, weil es die Art erhalten oder weil es essen musste. Der Mensch hingegen tötete aus Gier. Irmi schob ihre halb aufgegessene Sachertorte zur Seite, ihr Magen krampfte.

»Und an diese Farkas-Geschwister kommt man nicht ran?«

»Tibor gibt nicht auf, und er meint auch, dass dieser deutsche Tollwutfall Bewegung in die Sache bringen könnte. Die Geschwister sind bisher immer durchgekommen, untergetaucht. Zudem kennen sie in Ungarn ein paar sehr einflussreiche Leute. Ganz oben! Weißt du, Irmi, das sind Kreise, die interessiert ein Hundeleben einfach nicht. Die Generation der heute Fünfzigjährigen ist doch noch mit den Kettenhunden aufgewachsen. Das war ganz normal auf dem Land. Ist es ja immer noch! Heute haben exaltierte junge Ungarinnen Schoßhündchen wie überall auf der Welt, und nebenan hängt ein Hund im Hinterhof an der Kette. Aber diese Hundebesitzerin mit ihrem Toyhund bringt beides nicht miteinander in Verbindung. Tierliebe hört an der Kante des Designersofas auf. Verstehst du?«

Oh ja, Irmi verstand. Ihr drängte sich das Bild von einer überschlanken jungen Frau auf, die in ihren hohen Schuhen am Flughafen in Budapest, Bukarest, Sofia oder Podgorica stand. Unterm Arm trug sie ihr Hündchen mit Diamanthalsband, während draußen in einem Müllcontainer gerade wieder eine kleine Katze starb, die jemand achtlos hineingeworfen hatte. Irmi musste an die edlen Jachten der Schönen und Reichen denken, die in irgendwelchen neu gebauten Häfen in Balkanländern wie zum Beispiel Montenegro anlegten. An Bord sah man nur die Bodyguards und einen Dalmatiner auf einem Deckchair mit Baldachin, während nur wenige Meter entfernt an der Hafenmauer eine völlig erschöpfte Hündin neben ihren toten Welpen lag, die im Urin ertrunken waren …

Irmis Handy läutete. Es war Kathi. »Ich muss kurz rangehen«, erklärte sie und ging hinaus in den kleinen Gastgarten. Kathi klang aufgeregt. Sie hatten in der Praxis Fingerabdrücke von Farkas-Mann sichergestellt und sie anschließend abgeglichen. Dabei hatten sie Abdrücke des Tierarztes im Auto des Niederländers nachgewiesen und auch im Haus von Gudrun Eisenschmied.

»Und weißt du was?«

»Nein, Kathi.« Irmi bemühte sich um einen ruhigen Tonfall, obgleich sie innerlich bebte.

»Frau Mann wurde ja erkennungsdienstlich behandelt.«

»Richtig, daher haben wir von ihr ebenfalls Fingerabdrücke.«

»Ihre Fingerabdrücke sind auch im Haus der alten Frau Eisenschmied und auf dem Bulldog von Danner«, stieß Kathi aus. »Und Farkas-Mann wurde am Campingplatz gesehen. Dieser Münchner Dauercamper ist sich ziemlich sicher.«

»Kathi, das ist großartig. Da hat der Anwalt eine knifflige Aufgabe vor sich. Und wir haben Zeit gewonnen.«

»Ich habe Überzeugungsarbeit geleistet. Es gibt nun einen internationalen Haftbefehl für Gabor Farkas-Mann.«

»Danke, Kathi.« Irmi atmete tief durch. »Die Fingerabdrücke helfen uns zwar, aber ein ständig alkoholisierter Dauercamper ist als Zeuge ziemlich unzulänglich. Den zerreißt uns der Anwalt in der Luft. Diesen Zeugen werden wir im Prozessfall kaum einsetzen können.«

»Ja, aber du bist ja jetzt in Ungarn! Gut angekommen?«

»Ja, alles bestens.«

»Na, dann. Das ist nach dem zähen Anfang doch fast ein Quantensprung! Eventuell hat das Ehepaar gemeinsame Sache gemacht. Barbara Mann ist dem Typen hörig, sie würde für den ungarischen Herrn Doktor doch alles tun, da kannst du einen drauf lassen!«

»Das werde ich nicht tun, aber ansonsten hast du großartige Arbeit geleistet! Kathi, wir bleiben in Kontakt!«

»Servus. Und pass auf dich auf.«

Wie selten war die Liebe von Souveränität, Respekt und Augenhöhe getragen, dachte Irmi, viel öfter von Eifersucht und Verlustangst. Sie ging wieder ins Kaffeehaus und erzählte Eszter von dem Gespräch.

»Das ist doch schon etwas«, kommentierte diese. »Aber ihr braucht ein Geständnis. Ich denke, die Achillesferse dieser Dame ist ihr Mann. Seltsame Wege, die die Liebe geht.«

»Und was machen wir nun?«, fragte Irmi.

»Wir suchen diese Schwester auf. Ich muss ein bisschen … na ja … improvisieren, um sie aus ihrem Loch zu jagen. Das ist nicht ganz legal, wenn ich in meiner Position … Ach, vergiss es! Ich nehme das auf meine Kappe.«

Sie verließen Budapest um halb zwölf. Auch Eszter fuhr einen großen SUV. Budapest wucherte in die Umgebung hinaus. Bald hatten sie die M5 erreicht, die die Puszta bis zur serbischen Grenze durchschnitt. Gerade huschte das Schild »Kerekegyháza« vorbei. Eszters Heimatstädtchen.

»Bist du manchmal zu Hause?«, fragte Irmi.

»Ja, mein Bruder lebt mit seiner Familie in der Nähe, und ein Teil der Verwandtschaft wohnt an der Theiß. Das alte Haus habe ich als Sommerhaus behalten, als Rückzugsort. Budapest ist sehr laut. Du kennst das ja. Die Zeit rennt, die Kinder sind erwachsen, die Geschwister werden alt – nur man selber nicht.« Sie lachte. »Ach, Irmi, weißt du noch unsere alte Eisdiele? Und die Kneipe in Fülöpháza?«

»Ja, und ich glaube, ich habe nie in meinem Leben so

viel Fröccs getrunken wie mit dir. Dabei bin ich doch eigentlich Biertrinkerin.«

Weinschorle hatte es schon morgens um neun gegeben, wenn die Sonne schon über den Weiten der Puszta flirrte. Fröccs hatte den fetten russischen Salat abgemildert und die Fleischberge verdünnt. Es hatte über träge, trocken heiße Nachmittage geholfen – und Irmi hatte nie das Gefühl gehabt, betrunken zu sein. Auf dem Reiterhof Varga Tanya in Eszters Heimatort hatte Irmi einen ihrer wenigen Reitversuche gestartet und erneut beschlossen, dass Pferde zwar schöne Tiere waren, aber vor allem aus der Ferne!

Sie fuhren in Kecskemét ein, vorbei an Plattenbauten und hinein ins Zentrum. Es war immer noch eine Stadt mit breiten Straßen, großen Plätzen und einer Weitläufigkeit, die gar nicht urban wirkte. Das berühmte Rathaus, auch von Lechner, prunkte im Jugendstil, der Cifra-Palast glänzte wie eh und je.

Die Praxis lag ganz in der Nähe in der Klapka utca. Eszter parkte am Gehweg, dann stürmte sie regelrecht in das stattliche Haus hinein. Es war kurz vor eins, anscheinend war man gerade dabei, die Praxis zu schließen. Eszter herrschte die Helferin an, die völlig verängstigt wirkte. Wenig später kam Dr. Rausnitz in den Empfangsraum. Eine schöne Frau, ganz ohne Zweifel. Hochgewachsen, schlank, ihr rötliches Haar war schulterlang, ihr Gesicht fein geschnitten. Ihre Augen waren blau, eisblau, eher ungewöhnlich für eine Ungarin.

Zwischen den beiden Frauen flogen Sätze hin und her. Irmi verstand ein paar ungarische Namen, bei einem zuckte die schöne Frau Doktor zusammen. Schließlich führte die Ärztin die beiden Besucherinnen in einen Raum, der Irmi für eine Tierarztpraxis reichlich repräsentativ erschien. Rausnitz zischte noch etwas auf Ungarisch, dann wechselte sie ins Deutsche. Wie Eszter beherrschte sie die Sprache ausgezeichnet, nur ihr anmutiger Akzent verriet ihre Herkunft.

»Wie geht das eigentlich, eine Praxis in Kecskemét zu haben und gleichzeitig Amtsveterinärin im Nachbarkomitat zu sein?«, fragte Eszter. »Gibt es da keine Interessenskonflikte?«

»Die Praxis gehört meinem Bruder. Er hat hier einen angestellten Tierarzt. Ich sehe nur ab und an nach dem Rechten.«

»Praktisch. Und wo ist Ihr Bruder heute?«

»Ich weiß nicht, wo mein Bruder ist. Hier jedenfalls nicht. Er wird in Deutschland sein. Da lebt er schließlich!«

»Da ist er aber auch nicht«, meinte Irmi. »Wahrscheinlich, weil ihm die Tatsache, dass mindestens ein illegal eingeführter Welpe Tollwut hatte, wohl zu heiß wurde.«

»Davon weiß ich nichts.«

»Dann wissen Sie wohl auch nicht, dass Ihr Bruder Hunde vermehrt? Und Sie nicken ab, dass diese Welpen ungechippt und viel zu jung nach Deutschland gehen oder in die Niederlande. Wo man sie umetikettiert wie Industrieware. Mehr sind diese Tiere ja auch nicht – für Menschen wie Sie.«

»Das sind haltlose Behauptungen!«

»So einfach ist das nicht«, wandte Eszter ein. »Mir liegen Bilder und Filme vor, die in der Hundezucht Ihres Bruders geschossen worden sind.«

»Illegale Eindringlinge, sonst nichts! Verleumdungen! Tierschützerpack! Hysteriker!«

»Vorsicht! Wenn wir einen Hund finden, der Tollwut hat und Sie so ein Tier wissentlich weiterverkauft haben, wenn dazu all die Dossiers von Tibor Fehér kommen, wenn das Fernsehen hier aufläuft, und zwar nicht nur das ungarische, sondern internationale Sender, dann werden Sie den Tag verfluchen, an dem Sie beschlossen haben, mit Hunden schnelles Geld zu verdienen.« Eszters Blick war eisig.

Die schöne Ärztin schnaubte wie ein Rennpferd.

»Es läuft eine internationale Fahndung nach Ihrem Bruder. Er steht im Verdacht, drei Menschen ermordet zu haben«, fiel Irmi ein. »Wir haben Fingerabdrücke an den Tatorten, wir haben Fotos und Zeugen. Oder waren Sie sogar dabei?«

»Ich? Ich habe Ungarn seit sechs Monaten nicht verlassen. Das hängen Sie mir nicht an!«

»Dann können Sie uns sicher sagen, wo Sie am vorletzten Wochenende waren?«

»Wahrscheinlich zu Hause. Was soll dieser ganze Unsinn?«

»Nochmals: Es geht um illegalen Hundehandel, Verstoß gegen das Tierschutzgesetz und Amtsmissbrauch! Sie haben eine alte Frau auf dem Gewissen. Und mehrere Dutzend Menschen werden sich nun impfen lassen müssen. Weil Sie solche Tiere ausreisen lassen. Das wird Sie auch in Ungarn den Job kosten.« Irmi war nicht bereit, auch nur einen Millimeter zu weichen.

»Ich habe mir nichts vorzuwerfen. Die Hundezucht meines Bruders ist völlig in Ordnung. Wir füttern die Tierchen nicht von goldenen Tellerchen, aber die Tiere haben zu fressen und ein Dach über dem Kopf. Ihr Deutschen seid ja so lieb zu euren Tieren und hasst Kinder. Ihr hasst Ausländer, aber das liebe Haustierchen, das verpimpert ihr. Ich habe mich völlig korrekt verhalten. Und mein Bruder verkauft die Hunde völlig korrekt.«

Angesichts dessen, was es an erbärmlichen Zuständen in Deutschland gab, wo manche Amtsveterinäre eben auch nicht handelten oder nur sehr zögerlich und Tiere unter desaströsen Bedingungen dahinvegetierten und langsam starben, war ihr vielleicht wirklich nicht beizukommen. Weil eben auch in Tierschutz-Deutschland viel zu wenig so war, wie es sein sollte. Weil auch dort die Gesetzeslage viel zu lasch war und selbst engagierten Amtstierärzten die Hände gebunden waren.

»Mord ist nie korrekt«, sagte Irmi.

»Ich habe damit nichts zu tun. Und mein Bruder auch nicht!«, schrie sie plötzlich so laut, dass Irmi zusammenzuckte. »Wenn jemand Dreck am Stecken hat, dann ist das Barbara.«

»Wie bitte?«

»Barbara, dieses dumme Weibchen. Sie wollte Gabor schützen, dabei braucht man Gabor nicht zu schützen!«

»Ach! Dann geben Sie also zu, dass Sie von der Tollwut gewusst haben. Wie viele Hunde haben denn sonst noch Tollwut? Wo sind diese tickenden Zeitbomben untergekommen? Was wusste Ihr Bruder? Und wo ist er?«

»Ich weiß nur, dass Barbara dauernd wegen irgendetwas

in Panik gerät. Sie reimt sich etwas zusammen. Sie stalkt meinen Bruder regelrecht. Sie ist rasend eifersüchtig, diese Kuh. Dabei ging es ihr nie um Gabor! Ihr geht es um ihr bequemes Leben. Um ihren Status. Ihr Standing in der Gesellschaft. Ha! Was, glauben Sie, hat Barbara Mann beruflich gemacht, bevor sie meinen Bruder geheiratet hat? Sie war eine dumme Chemielaborantin.«

»Moment, wieso Chemielaborantin? Sie war Geschäftsführerin des Tourismusverbandes.«

»Ja, später. Sie hat irgendeine Allergie entwickelt. Daraufhin hat sie eine zweite Ausbildung im Tourismus gemacht. Ohne Gabors Einfluss hätte sie diesen Job nie bekommen. Sie hat nicht mal studiert. Eine Made im Speck ist sie, nichts anderes.«

»Frau Dr. Rausnitz, ich frage Sie noch mal: Wo ist Ihr Bruder?«

»Irgendwo, nirgendwo. Wenn Sie Mörder jagen wollen, dann halten Sie sich an meine Schwägerin! Hiermit ist unser Gespräch beendet. Ich rufe jetzt meinen Mann an. Er ist Richter in Eisenstadt. Ziehen Sie sich warm an, wenn Sie glauben, dass Sie mich belasten wollen.«

»Ich dachte, Sie leben getrennt von Ihrem Mann? Sind die Kinder nicht bei ihm? Glauben Sie, dass der Sie raushaut?«, fragte Eszter.

»Vigyázat!«

»Selber Vorsicht!« Eszter lächelte und nickte Irmi zu. Sie erhoben sich und verließen die Praxis.

»Was für ein fieses Weib!«, stieß Irmi aus.

»Ja. Schön, klug, skrupellos. Eine sehr gefährliche Kombination. Ihr eine Beteiligung nachzuweisen wird schwer werden. Aber sag, Irmi, kann es sein, dass diese Barbara die Mörderin ist? Für ihren Mann?«

»Ihr Anwalt blockt. Und sie schweigt. Bisher zumindest. Wir brauchen ihn. Ohne Gabor Farkas treten wir auf der Stelle. Dieses fiese Weib!«, rief Irmi. »Da ist mir die Gesellschaft jedes Regenwurms lieber. Jedes Tieres!«

»Aber Irmi, gerade du tust so viel für die Menschen! Du bist eine hervorragende Polizistin.«

»Ja, das mag schon sein. Ich habe die Menschen noch nicht aufgegeben. Aber es gibt immer weniger, die ich um mich haben muss. Und eine Frau Dr. Rausnitz zählt ganz sicher nicht dazu!«

Genau genommen hatte Irmi nie viele Freunde gehabt. Sie hatte nie im Zentrum einer Clique gestanden, hatte niemandem nachgeeifert, und sie hatte auch gar nicht dazugehören wollen. Sie war nie übermäßig hübsch gewesen, und als Landwirtstochter, die dauernd helfen musste, hatte sie auch viel zu wenig an den Seen und in Schwimmbädern herumgelungert, wo man sich getroffen hatte. Wo man in endlosen bekifften Sommern zusammenhing, sich betrog, sich trennte – unter der hämischen Anteilnahme aller anderen. Es hatte ein paar Jungs und später Männer gegeben, dann den Ehemann, ein kleines Licht, ein unsouveränes Ego, ein Soziopath genau genommen. Die Scheidung hatte sie gebeutelt, sein Tod später auch. Jetzt gab es Jens, der immer da war und doch so fern. Nicht die schlechteste Lösung. Aber Freunde? Lissi war ihre Freundin, sie hatte ihre Kollegen, mit denen sie so viele Teilstrecken gegangen war. Und sie hatte ihren büffeligen Bruder, für den Sie getötet hätte. Das reichte.

»Und jetzt?«, fragte Irmi.

»Wir übernachten in Kerekegyháza in meinem Haus. Ich muss ein paar Telefonate führen. Frau Doktor wird jetzt erst mal ihren Bruder anrufen.«

Schweigend durchfuhren sie das Pusztastädtchen, vorbei an der reformierten Kirche und hinaus aus dem Ort. Sie folgten einem Sträßchen, das zum Sandweg wurde. Überall waren Schilder angebracht, die den Weg zum Hotel Varga Tanya mit angeschlossenem Reiterhof wiesen.

»Wir können nachher im Hotel essen gehen«, sagte Eszter und bog erneut ab. Inmitten von Büschen und Hecken tat sich eine fast kreisrunde Freifläche auf. Dort standen das blütenweiß gekalkte Haus und einige Nebengebäude. Einer der kleinen Höfe, wie es sie in der Puszta zu Tausenden gab. In den Neunzigerjahren waren viele zu Reiterhöfen geworden, bewegte Frauen und andere Aussteiger aus Deutschland, Österreich und der Schweiz hatten versucht, eine Existenz als Reitanbieter aufzubauen, doch die meisten waren gescheitert. Heute existierten vor allem die Höfe, die immer in ungarischer Hand geblieben waren. Man hatte Busladungen von Touristen herangekarrt, die Reitershows zu sehen bekamen, mit billigstem Fabriksprit abgefüllt wurden und jede Menge Stickdeckchen und Blusen made in Korea als feine ungarische Handarbeit gekauft hatten. Tourismus – dieses Thema verfolgte Irmi.

»War das Haus immer schon so klein?«, fragte Irmi, als sie ausgestiegen war. Sie sog die Luft ein, den Geruch nach Puszta.

»Ja, das wundert mich jedes Mal. Aber wir waren als Kinder auch kleiner, die ganze Welt war so viel kleiner. Unsere sowieso, sie ließ sich nur nach Osten ausdehnen. Komm!«

Eszter sperrte das Haus auf. Man stand gleich in der Küche, dahinter lagen eine Stube und ein weiterer kleiner Raum. Oben gab es ein Bad und drei Zimmer. Eszter hatte die alten dunklen Holzmöbel behalten, die karierten Tischdecken und Vorhänge. Es war eine Zeitreise in ein Puppenhaus, das so ganz anders war als die hochherrschaftliche Wohnung in Budapest.

Eszter holte von irgendwoher zwei Gläser und eine Flasche Unicum. »Egészségedre!« Sie kippten den Magenbitter. Und noch einen.

»War der immer schon so scheußlich?«, fragte Irmi lachend.

»Oh ja«, meinte Eszter und schenkte nach. »Aber nach dreien geht es!« Sie lehnte sich zurück. »Das bin ich mehr als die Frau in Budapest. Aber so ist das Leben.« Sie lächelte ein wenig melancholisch. »Ich komme gleich wieder, ich muss ein paar Dinge klären. Falls du duschen magst, das Wasser ist heiß.«

Irmi blieb sitzen. Es war still. Eine alte Uhr tickte monoton. Es war kühl im Haus und dunkel. Die Seele konnte ruhen. Schließlich ging sie nach oben, wo es warm war und jemand Handtücher hingelegt hatte. Eszter hatte sicher jemanden aus der Familie gebeten, das Haus herzurichten. Eszter tat vieles im Verborgenen. Das Wasser war nicht bloß warm, sondern brühend heiß, und wenn man kalt dazumischen wollte, fühlte es sich an wie ein Gletscherbach. Zumindest das hatte sich nicht geändert.

Irmi traf Eszter wieder in der Küche.

»So, jetzt gehen wir essen. Auf geht's!«

Es waren nur wenige Fahrminuten zur Varga Tanya.

»Wow!«, sagte Irmi. Das war Kathis Jargon, aber was hätte man sonst dazu sagen können? Die Varga war früher schon der größte und professionellste aller Höfe am Ort gewesen. Inzwischen war sie ein Business- und Konferenzhotel geworden. Eszter parkte neben ein paar sehr teuren Autos, dann gingen sie ins Restaurant. Sofort brach Tumult aus, es gab Umarmungen und Wein und Berge von Essen. Fleisch zum Fleisch, wenig »zöldség«, in ungarischen Speisekarten gerne als »Grünzeugs« übersetzt. Dieses Grünzeugs wurde doch überbewertet, fand man im alten Ungarn. Es war gut, wieder herzukommen, fand Irmi.

15

Samstagfrüh, nach drei Tassen nachtschwarzen Kaffees und mit leichter Blümeranz im Magen, war es Zeit aufzubrechen.

»Wir fahren nach Kétpó«, schmetterte Eszter, die eine ungarische Resilienz gegen Alkohol zu haben schien. »Das Handy vom sauberen Herrn Farkas ist da eingeloggt. Irgendwo dort hat er die Hunde. Wo genau, müssen wir noch rausfinden. Schwesterchen hat ihn natürlich angerufen. Hoffentlich ist er nicht schon abgehauen.«

Erneut kamen sie durch Kecskemét und fuhren dann ostwärts. Diese pastellige, meerglatte Landschaft zwischen Donau und Theiß, wo sich Felder, Haine und kleine, verwinkelte Flussläufe abwechselten – das war das Ungarnbild, das sich tief in Irmis Herzen eingebrannt hatte. Die Gegend war geografisch nicht besonders spektakulär, aber sie machte das Gemüt leicht und hell. Die bayerischen Berge hingegen waren schwer, wie Wagner-Opern oder Ölgemälde. Berge waren nicht immer gut auszuhalten, und Irmi verstand all jene, die das flache Land liebten. In den Bergen musste man die Schritte vorsichtig setzen, hier konnte man hinausgehen in die Weite, die so verführerisch war.

»Stille ringsum. Schon drängt heran, was seit Langem entschwand«, zitierte Irmi leise.

Eszter lächelte. »Liest du immer noch Attila József?«

»Ja, manchmal.«

»Irmi, Irmi, so ein großes Mädchen und so sentimental?«

»Manchmal schon.«

Sie lachten beide. Hinter Lakitelek bog Eszter in einen Feldweg ein. »Kurze Pause«, sagte sie lächelnd und fuhr in einem bestechenden Stil durch die Riesenschlaglöcher. An einem Altarm der Theiß stellte sie das Auto ab. Irmi folgte Eszter durch einen kleinen Hain, geradewegs auf das Wasser gingen sie zu: Seerosenteppiche, Auwälder mit mystischem Lichterspiel, ein weiterer Flussarm, eine kleine Bucht. Ein schneeweißer Reiher stieg auf, dann erhob sich ein Eisvogel in die Lüfte.

»Nagyon szép«, sagte Irmi. »Zu viel mehr als ›sehr schön‹ reicht mein Ungarisch nicht.«

»Ach, solange du in einer Fremdsprache etwas zu essen und trinken bestellen kannst, bist du auf der sicheren Seite. Komm!«

Eszter ging weiter. Plötzlich standen sie vor einem windschiefen Bau, einer Art Kiosk, vor den jemand ein paar verbeulte Stühle gestellt hatte. Am Kiosk hing eine alte Schultafel, auf der »Langos« angepriesen wurden, das leckere Gebäck, an das sich Irmi gut erinnerte. Am Ufer fischten ein paar Männer. Einer drehte sich um, stieß einen Schrei aus, und dann redeten alle durcheinander. Es dauerte eine Weile, bis Irmi begriffen hatte, dass diese Herren alle irgendwie mit Eszter verwandt waren, Onkel und Cousins. Die alte Dame mit Kopftuch war Tante Erzsébet, die auch Irmi noch kannte. Sie musste inzwischen weit über achtzig sein. Einer der Angler zerrte etwas aus dem Wasser: einen Wels, gut sechzig Zentimeter lang. Den wollten sie nun zubereiten.

Zur Feier dieses überaus glücklichen Tages förderte die Tante eine Flasche Obstbrand, den geliebten Barack Palinka, zutage, keinen Chemiefusel, sondern Selbstgebrannten, von einem der Onkel. Es gab den Fisch, einen Weißwein, der in Spriteflaschen abgefüllt war, und die obligatorischen Langos, die so fettig waren wie eh und je. Das war das alte Ungarn mit seiner grenzenlosen Herzlichkeit. Hier am Flussufer waren die Zeit und der Weltenlauf vorbeigezogen wie die träge Theiß.

Als die beiden Frauen aufbrachen, wurde Eszter noch genötigt, zwei Flaschen vom Selbstgebrannten, getrocknete Paprika und Knoblauchknollen mitzunehmen.

»Die sind mir lieber als die Menschen in Budapest. Sie hatten früher wenig, jetzt haben sie noch weniger. Aber sie haben sich und den Fluss.«

Auf dem Weg nach Kétpó schwiegen beide. Sie wussten, dass sie dem Leben etwas Zeit abgerungen hatten, bevor die Ermittlungen weitergingen.

Schon bald waren sie angekommen.

»Schau, da ist das Schloss Almásy«, sagte Eszter. »Das Schloss des englischen Patienten. Er hatte es besonders glanzvoll als Mitgift für die Tochter errichten lassen. Stattdessen wurden die Parkettböden und die Bäume des Parks verheizt und die Steine abgetragen. Das Schloss konnte dann auf eine steile Karriere als Betriebsleiterwohnung der örtlichen LPG zurückblicken, und den Dorfbewohnern diente es als Behelfsschule. Nun ist es Hotel – das sind typisch ungarische Karrieren. Ich geh mal kurz hinein.«

Ihr Blick hatte sich verändert, sie sprach schneller und

härter. Es ging los. Auch Irmi war ausgestiegen, lehnte am Auto und betrachtete das Hotel, vor dem nur drei Autos parkten. Wahrscheinlich hatte die Almásy-Ruine nicht unter Denkmalschutz gestanden, sonst hätte man sie bestimmt nicht zum Hotel machen dürfen. Doch ganz offenbar war kein Brennpunkt des Ungarntourismus daraus geworden.

Nach einer Viertelstunde kam Eszter wieder. »Ich habe die Adresse und eine Beschreibung, wo Farkas die Hunde hat. Eigentlich weiß natürlich keiner etwas. Und doch wohnen immer auch Bekannte von Farkas im Hotel. Scheißkerle!« Sie hieb ganz kurz aufs Autodach. »Und dann brüsten die sich auch noch damit, ein Tierfreunde-Hotel zu sein. Da, lies!« Sie reichte ihrer Freundin einen Prospekt. Irmi überflog den Text:

Die Gäste können die vielfarbige Dienstleistungen genießen, wie im 19. Jahrhundert war. Die wohleingerichtete Zimmer und Appartements sichern die Bequemlichkeit. Unsere Gäste sollen nicht die geliebte Hauslieblinge (kleiner Hund, Katze, usw.) zu Hause lassen, weil das Almásy Schlosshotel Tierfreundes Hotel ist, so man kann die Haustiere ins Hotel kostenlos mitbringen. Unsere Gäste sollen bei der Reservierung ankündigen, wenn Sie im Hotel mit einer Haustier absteigen möchte. Wir möchten für unsere Gäste gastronomische Erlebnisse auch geben. Wir haben in der alle Jahreszeit neue Speisekarte, wo wir wechsevolle Geschmäcke empfehlen.

»Tja, die wechsevolle Geschmäcke, das ist wirklich ein Lebensproblem«, meinte Irmi und verzog den Mund.

Eszter lächelte kurz. Dann stiegen sie ein und fuhren Richtung Norden, parallel zu einer Bahnstrecke. Sie erreichten den morschen Bahnhof von Pusztapó, wo man nach einer Piroschka vergeblich Ausschau hielt. Eszter rumpelte über einen Bahnübergang und blieb an einer Kreuzung kurz stehen. Sie folgte einem schmalen Weg und bog an einem halb verfallenen Gehöft scharf rechts ab. Ein paar kläffende Mischlingshunde jagten Gänse über den Sandweg, der immer schlechter wurde und an einem riesigen Tor endete.

»Gut«, sagte Eszter nur und rückte ihren Waffengürtel zurecht. »Ich habe Tibor angerufen. Er kommt mit ein paar Leuten her. Und die Polizei. Wir wissen ja nicht, was uns hier erwartet.«

Sie stiegen aus. Das Tor war mit einer Kette und einem Schloss versperrt. Eszter nahm einen Bolzenschneider vom Rücksitz, der durch die Kettenglieder fuhr wie ein Messer durch die Butter. Die Kette rasselte zu Boden. Der Weg war zugewachsen und erinnerte an einen giftgrünen Tunnel. Irgendjemand hatte ihn mit großen Steinen so präpariert, dass man mit einem normalen Auto punktgenau darüberbalancieren müsste. Sobald es abrutschte, würde der Autoboden durchschlagen.

»Deswegen fahre ich so ein großes Auto«, sagte Eszter nur. »Böse Buben haben böse Wege. Es gibt aber mit Sicherheit noch einen Schleichweg, den Farkas benutzt.«

Eszter fuhr hoch konzentriert, bis sich ein Hofraum auftat. Es schien niemand da zu sein, doch man hörte Hundegebell, das lauter wurde, als sie die Autotür zuschlugen. Sie sahen sich um. Rechts stand ein baufälliges Häuschen mit einer Veranda, deren Säulen vor sich hin bröckelten. Geradeaus gab es einen Schuppen und links ein lang gezogenes Gebäude, das sicher einmal ein Gänsestall gewesen war. Irmis Herz pochte schneller, jede Faser ihres Körpers war verspannt, vom Nacken zog ein Kopfschmerz herauf. Sie durfte jetzt nicht die Nerven verlieren.

Eszter bedachte sie mit einem kurzen Blick, dann gingen sie auf den Stall zu. Das Bellen nahm immer weiter zu. An der Stirnseite gab es eine Tür, die nicht abgesperrt war. Eszter stieß sie auf.

Der Mensch verfügte über ein Geruchsgedächtnis, und in diesem Raum schlug Irmi einer der Gerüche entgegen, den sie nie vergessen würde. Den sie abrufen können würde, sollte er in seiner stechenden Gemeinheit erneut auftreten. Es war ein Gemisch aus Urin und Exkrementen, beigemischt waren Gerüche aus der Geflügelhaltung, verstärkt durch mangelnde Belüftung. Im Raum herrschte Halbdunkel, die Fenster waren eher Luken. Dicht an dicht standen Käfige, in denen bestimmt fünfzig Hunde auf Beton lebten. In den Käfigen gab es nur ein wenig schmutziges Stroh. Die Tiere bellten in Panik, hüpften in purer Angst an den Käfigwänden hoch, einige duckten sich mit angstgeweiteten Augen in die Ecke.

»Jézusmária«, sagte Eszter sehr leise.

Von irgendwoher ertönte Geschrei, ein Mann kam hereingestürmt. Sofort zog Eszter ihre Waffe, ein gewaltiges Trum. So was hatte die deutsche Polizei nicht. Der Mann zögerte. Eszter scheuchte ihn vor sich her, er schäumte vor

Wut, und doch sah man die Angst in seinen Augen. Irmi fühlte sich wie in Trance, es gab schnelle ungarische Wortwechsel, und plötzlich zog auch der Mann eine Pistole. Eszter schoss, er jaulte auf, die Pistole trudelte durch die Luft, er ging in die Knie und hielt sich jammernd seine blutende Hand.

In diesem Moment fuhren zwei Autos vor. Das eine war die Polizei, aus dem zweiten stieg ein wahrer Hüne. Das musste Tibor sein. Ein Fels von einem Mann. Eszter sprach mit den Kollegen, während Tibor und zwei weitere Männer in den Stall gingen. Irmi konnte nicht anders, als ihnen zu folgen. Es war wie ein Wunder: Tibor sprach mit den Hunden, und es wurde merklich leiser. Irmi nahm wahr, dass auf der Seite des Gebäudes, wo keine Käfige waren, Tische standen. Darauf lagen gebrauchte Spritzen, aufgerissene Medikamentenpackungen, Dosen und Säcke. Und da standen Plastikwannen, aus denen ein bestialischer Geruch drang. Irmi wollte gar nicht wissen, was das war. In den schwachen Sonnenstrahlen, die durch die kleinen Fenster fielen, waberte der Staub so dicht, dass er fast wie Nebel wirkte.

Unter den Tischen gab es noch ein paar Verschläge, in denen Hundemütter mit entzündeten Gesäugen lagen. Der riesige Tibor und seine Leute hatten sechs Transportboxen geholt, in die sie sechs dieser armen Kreaturen mitsamt ihrer Welpen schoben. Die Welpen in den Boxen rührten sich nicht. Sie kannten keine freudigen Begegnungen, sondern nur Angst und Bedrohung durch die Menschen. Sie waren völlig verstört. Die Luft war so mit Ammoniak verseucht, dass Irmis Atemwege brannten und ihre Augen tränten. Es war Gift in der Luft. Das Gift des Todes. Das Gift der Gier.

Irmi half, die Boxen hinauszutragen. Tibor lächelte sie an. »Gut, dass du da bist. Gut, dass ihr Gabor sucht. Ohne euch wäre es viel schwerer gewesen.«

»Ihr wisst also wirklich, was hier vorgeht? Und keiner tut was?«

»Das hier ist noch gar nichts. Es sind relativ wenige Hunde. Es gibt Futter und Wasser. Wenn wir die Haltung bemängeln, bekommen wir zur Antwort, dass das Stroh natürlich ausgetauscht wird. Wir seien nur zum falschen Zeitpunkt da gewesen. Es gibt draußen Zwinger, aber natürlich kommen die Hunde auch raus. Wir waren nur zum falschen Zeitpunkt da. Das hier ist eine anerkannte Zuchtstätte für ungarische Pulis und Mudis. Die Amtsärztin kontrolliert das doch! Was glaubst du?«

»Seine verrohte Schwester? Das ist doch ein Witz!«

»Ja.« Tibor lächelte traurig und ging zu den Polizisten hinüber.

Eszter kam Irmi entgegen. »Am Ende des Grundstücks gibt es noch ein Haus. Das gehört Farkas, und wie vermutet gibt es eine weitere Zufahrt. Komm!«

Ein kleiner Pfad schlängelte sich etwa hundert Meter durchs Gestrüpp, dann kam ein Tor, das knarzend aufging. Dahinter befanden sich eine Rasenfläche und ein Haus. Eine Villa, ein kaisergelb gestrichenes Barockhaus, eine Fata Morgana mitten im Nirgendwo. Sie traten näher. Alles war ruhig. Man sah frische Reifenspuren.

»Ausgeflogen!«, rief Eszter. Dann führte sie ein schnelles Gespräch am Handy. »Wir sollten ihn noch in Ungarn aufhalten«, sagte sie zu Irmi. »Wenn er nach Serbien oder Rumänien flieht, wird es noch viel schwerer, ihn zu kriegen.«

Eszter hob einen Blumentopf auf, der die herrschaftliche Treppe zierte. Einen und noch einen. Unter dem vierten lag der Schlüssel. Die Haustür war weiß gestrichen, passend zu den weißen Zierbordüren der Fenster. Hinter der Tür befand sich der Eingangsbereich, aus dem eine geschwungene Treppe ins Obergeschoss führte. Eszter sicherte mit der Waffe im Anschlag die Räume. Es gab eine moderne weiße Landhausküche, sehr edel, sehr teuer. Im Esszimmer und im Wohnzimmer hingen Jagdtrophäen aus aller Herren Länder. Antilopen mit gewundenen Hörnern starrten sie an und ein Löwenkopf. Es war abartig. Über dem Kamin befand sich ein monumentales Bild mit einer Landschaft, die aussah, als würde sie eine Szene im Vorderen Orient zeigen. Eszter trat näher. Pfiff durch die Zähne.

»Wenn das ein echter Csontváry ist, dann hängt hier ein Gemälde vom Wert deiner kompletten Altersvorsorge.« Sie schüttelte den Kopf. »Unglaublich!«

Schon wieder ein Künstler, der Irmi nichts sagte. Sie musste mal was für ihre Allgemeinbildung tun. Das ganze Ambiente hier strotzte nur so von Geld und Bildungsbürgertum, es war nicht protzig eingerichtet, sondern eher so, als sei man schöne Dinge eben gewöhnt. Eszter schien Irmis Gedanken zu lesen.

»Altes Geld. Eine Familie, die schon zur K.-u.-k.-Zeit etwas darstellte und die im Kommunismus wusste, wie man das Fähnchen in den Wind reckt.«

»Aber warum dann diese Hundeschiebereien?«

»Weil altes Geld nicht zwingend ethische Werte und adliges Benehmen nach sich zieht.«

»Beide Geschwister sind Tierärzte! Und stecken mittendrin in quälerischem Tierhandel! Das ist doch schizophren!«, rief Irmi.

»Meine liebe Freundin! Wie viele Bauern kennst du, deren Schweine und Hühner nur noch Ware sind? Wie viele Richter, die ihre Urteile aus persönlicher Rache am Leben sprechen? Wie viele Polizisten, die menschenverachtende Faschisten sind? Wie viele Soldaten, die emotionale Krüppel sind? Es hat doch eine gewisse Logik, auf einem Feld kriminell zu sein, wo man sich auskennt. Irmi, du willst tief drinnen immer noch ans Gute im Menschen glauben. Bewahr dir das, es macht dich verwundbarer, aber auch schöner.« Eszter lächelte melancholisch, und Irmi spürte, dass Eszter hinter ihrer Fröhlichkeit an nichts mehr glaubte.

Langsam gingen sie ins Obergeschoss, wo es ein Bad mit goldenen Wasserhähnen gab, drei Schlafzimmer und eine Bibliothek, in deren Mitte ein schwerer Schreibtisch stand. Irmi trat näher. Auf der Schreibunterlage lag ein handgeschriebenes Blatt. Irmi las es langsam vor.

Ich habe schwere Schuld auf mich geladen. Ich bekenne mich schuldig, Gudrun Eisenschmied, Jasper Visser und Julius Danner vergiftet zu haben. Gudrun Eisenschmied wurde zu einem Risiko für mich, Julius Danner auch. Sie wollten alles öffentlich machen. Jasper wurde von meinen Partnern in Holland entsandt, er hat falsche Vorstellun-

gen gehabt. Ich habe Eisenhut verwendet, weil meine
Frau kundig ist in der Dosierung von Substanzen. Sie
hat mir den Rücken freigehalten und hat versucht, von
Julius Danner abzulenken und das Augenmerk der
Polizei auf seine Kontroverse mit dem Tourismusver-
band zu legen. Der Ausführende war aber ich. Den Rest
des Elixiers findet man in meinem Haus in Kochel. Im
Keller hinter einem Bauernschrank befindet sich ein
weiterer Raum. Zu spät habe ich bemerkt, dass fünf
Hunde mit Tollwut infiziert waren. Ich habe sie alle
getötet, es waren keine weiteren Tiere krank. Aber ich
muss nun gehen.

Gabor Farkas

Unter dem Brief stand ein Datum – das des Vortags.

»Den Brief muss er gestern geschrieben haben«, meinte Eszter.

»Ich glaube das alles nicht! Er war doch nicht der Typ, der so ein Schreiben verfasst. Und am Ende zieht er seine Frau mit rein. Da stimmt doch irgendwas nicht! Der ganze Brief, so schreibt doch keiner! Und auch noch auf Deutsch. Würde man so was nicht in seiner Muttersprache verfassen?«

»Irgendetwas ist seltsam, Irmi, keine Frage. Aber im Moment interessiert mich vor allem, wo er steckt«, meinte Eszter.

»Vielleicht hat einer der anderen Verbrecher ihn gezwungen, den Brief zu schreiben«, sagte Tibor, der leise hereingekommen war. »Und anschließend hat er ihn eliminiert. Ich kann euch sagen: Die wollen alle keine Öffentlichkeit.«

Tibor trat ans Fenster und zog den Vorhang zurück. Auf einmal ging ein Ruck durch den Riesenkerl. Er drehte sich um, sein Blick war purer Alarm. Eszter ging auch ans Fenster, Irmi folgte ihr. Eszter öffnete das alte Doppelfenster. Ein Bellen war zu hören, das Ehrfurcht gebot. Kein Kreischen von Kleinhunden. Kein Angstbellen.

Im Garten hinter dem Haus befand sich eine etwa zweihundert Quadratmeter große sandige Fläche, die mit einem zwei Meter hohen Maschendrahtzaun eingefriedet war. Darauf stand eine windschiefe Hütte. Zwei weiße Komondore blickten herauf zum Fenster. Zwischen ihnen lag ein Mann merkwürdig krumm auf der Seite, sein Gesicht war verdeckt.

»Ördög és pokol!«, fluchte Eszter. Sie eilten die Treppe hinunter und fanden eine Hintertür, die aus der Küche über eine kleine Treppe in den Garten führte. Die beiden Hunde bellten einmal, doch sie wirkten eigentlich nicht aggressiv. Ihre rosa Zungen hingen wie Waschlappen aus dem Flokatifell. Tibor wedelte mit der Hand und dirigierte Eszter und Irmi hinter einen weiteren Zaun, der einen völlig verwilderten Obstgarten begrenzte. Dann redete er leise mit den Hunden und öffnete das Tor. Irmi hielt die Luft an. Die beiden kamen langsam heraus, schnüffelten an Tibor, nahmen artig ein paar Hundekuchen, die er aus seiner Hosentasche zutage befördert hatte. Dann gingen sie davon. Tibor betrat den Hundezwinger und drehte den Mann zur Seite. An seinem Hals klaffte eine Wunde, sonst nichts.

Irmi und Eszter waren dazugekommen. Vor ihnen im Sand lag Gabor Farkas-Mann. Irmi wurde hundeübel, und ihr wurde bewusst, dass es so viele Ausdrücke gab wie hundserbärmlich, hundsmiserabel, Hundelohn, Hundeangst, feige Hunde, scharfe Hunde, Hundsfott …

»Die Hunde …«, stammelte sie.

»Komondore sind souveräne, eigenständige Hunde. Sie wissen, was zu tun ist«, sagte Tibor. »Tagsüber sind sie ruhig und still. In der Nacht wachen sie. Und verteidigen. Keine Bluthunde, keine Höllenhunde, ihnen genügt ein gezielter Biss.«

Während Eszter hektisch telefonierte, wurde irgendetwas in Irmi ganz still. Als hätte jemand die Zeit angehalten.

»Ist er freiwillig da reingegangen, Tibor? Kannten ihn die Hunde denn nicht?«, fragte Eszter, nachdem sie ihre Gespräche beendet hatte.

»Vielleicht kannten sie ihn nur zu gut? Er wird uns nichts mehr erzählen können. Ich glaube, jemand hat ihn gezwungen hineinzugehen. Aber ihr seid die Polizei. Ich bin nur der Fürsprecher der Tiere. Gerecht ist es allemal.«

Ein Fanal der Hoffnung? Es lag eine solche Symbolik in diesem Tod. Jemand hatte das Zeitrad wieder angeworfen, Irmi konnte sich bewegen, nur ihr Denken und Sprechen war blockiert. Schweigend ging sie hinter Eszter her ins Haus, wo die Polizei schon Spuren sicherte. Eszter holte einen Laptop und eine Kiste voller Akten aus dem Obergeschoss und gab alles einem Kollegen.

»Ich hoffe, darin etwas zu finden, was auch seiner Schwester das Handwerk legt.« Sie gab Irmi einen Schubs.

»Aufwachen! Du hast ein Geständnis für deine Morde, heureka!«

Tibor hatte aus den unergründlichen Tiefen seiner Arbeitshose drei kleine Fläschchen Unicum gezaubert. Sie tranken und waren sich für Sekunden sehr nahe.

Irgendwann legte sich Stille über das erhabene Haus. Ein Teil der Hunde war beschlagnahmt, andere wagten draußen in den Zwingern zögerliche Schritte. Man sah ihnen an, dass sie wohl nie vorher in der Außenanlage gewesen waren. Tibor dirigierte das alles mit leichter Hand. Die zwei Komondore strichen vorbei.

»Was wird aus ihnen?«, fragte Irmi.

»Lass Tibor nur machen. Tibor Fehér, der sanfte Riese.« Eszter lächelte.

Bevor sie zusammen mit Tibor zurückfuhren, hatte Irmi mit Kathi telefoniert und ihr ein Foto vom Geständnis gemailt. Kathi würde Barbara Mann konfrontieren und die Gesundheitsbehörde informieren, dass es wohl wirklich nur diese fünf infizierten Hunde gegeben hatte.

»Wann kommst du wieder?«, hatte sie gefragt.

»Morgen«, sagte Irmi. Es waren nur zwei Tage vergangen, lächerlich im Weltenlauf, aber ihr kam es vor, als wäre sie zum Mond gereist und zurück.

Als sie in Eszters Haus ankamen, hatte ein guter Geist Pörkölt gekocht. Sie aßen und waren sich einig, dass dieser Brief wirklich seltsam war.

Schließlich wurde es dämmrig und dann dunkel. Eszter war auf der Veranda in einer Hollywoodschaukel aus Holz eingenickt. Irmi hatte sich in eine Wolldecke eingewickelt.

Es hatte sicher zwanzig Grad, dennoch fror sie. Langsam durchschritt sie den Garten, vorbei an einem alten Stall und einem Brotbackhaus. Sie legte die Wolldecke auf den Boden und sah zum Himmel, wo der Vollmond immer wieder von Wolkenschwaden verdeckt wurde. Ihr liefen Tränen über die Wangen. Von irgendwoher war Tibor leise näher gekommen und reichte Irmi ein Taschentuch.

»Furchtbar, ich bin so eine Heulsuse!«, schniefte sie.

»Unsinn, wir alle fühlen Wut, Mitleid, Trauer und Hilflosigkeit. Die Gefühle überrennen uns, überfluten uns. Dazu kommen die körperlichen Belastungen durch den bestialischen Gestank und den unglaublichen Dreck. Vor Ort registrieren wir mechanisch. Erst wenn es ruhiger wird, kommen die Bilder. Weinen ist gut.«

»Wie kannst du das immer wieder hinter dir lassen oder gar verarbeiten?«, fragte Irmi.

»Es kann mir nur als Antrieb dienen, weiterzumachen«, sagte er und begann sanft Irmis Nacken zu massieren.

Dann drückte er ihr ein Glas Wein in die Hand. Sie tranken in milchigem Mondlicht. Irmi legte sich auf den Rücken und sah zum Himmel. Tibor lag neben ihr und nahm ihre Hand. Irmi lehnte ihren Kopf an seine Brust, und er strich ihr sanft über die Haare. Und die Schläfen. Seine Hände waren rau. Das war gut. Er war ein Mann, mit dem man bedingungslos überallhin gehen könnte. Er konnte sicher Häuser bauen, er konnte wilde Tiere und schlechte Menschen abwehren. Neben Tibor konnte einem nie mehr etwas passieren.

Die Nacht verging. Es war fünf Uhr, als Irmi aufwachte. Noch war es dunkel. Tibor war aufgestanden. Nackt wirkte er noch größer, wie eine antike Statue. Das Mondlicht spielte mit seinen Tätowierungen. Bei ihm waren sie schön.

»Kaffee?«, fragte er nur.

»Gerne.« Irmi zog sich langsam an, nahm ihre schützende Wolldecke mit und folgte ihm zum Haus. Eszter war nicht zu sehen. Tibor kochte Kaffee, sie tranken ihn wortlos in der Küche, bis Eszter kam. Sie wirkte frisch.

»Bin ich wirklich in der Hollywoodschaukel eingeschlafen? Unglaublich!« Eszter nahm sich eine Tasse Kaffee. Sie plauderten wie alte Freunde, keiner sprach über Hunde, über Farkas oder die Morde. Bis Eszter eben doch wieder zu telefonieren begann und Tibor sich verabschiedete. Irmi begleitete ihn zu seinem Auto.

»Viszontlátásra, Irmi. Hast du einen Mann zu Hause?«, fragte er sanft.

Hatte sie das? Nicht im klassischen Sinne, aber doch, sie hatte einen Mann. Einen großartigen dazu. »Ja«, sagte Irmi fest.

»Das ist gut.« Er gab ihr einen Kuss auf die Stirn und hielt sie noch eine Weile. Irmi war groß und kräftig, doch wenn Tibi sie umfasste, fühlte sie sich schlank und zart. Jens war nur wenig größer als Irmi, sie waren immer auf Augenhöhe. Mit einem leisen Lächeln ging Irmi ins Haus zurück und trank noch einen Kaffee.

Eszter berichtete, dass die Spurensicherer gerade die ganze Anlage auf den Kopf stellten. Sie waren eigentlich alle der Meinung, dass Gabor Farkas-Mann nicht freiwillig in den Hundezwinger gegangen war. Sicher war er ein maßgeblicher Mann im Ring der Hundeschieber gewesen, aber nicht der Kopf.

Nach dem Frühstück fuhren sie nach Budapest zurück. Um halb elf verabschiedete sich Irmi. Sie war komischerweise gar nicht müde. Eszter gab ihr eine Flasche Obstbrand mit und die Paprika. Auf der Straße umarmte Eszter ihre Freundin zum Abschied und gab ihr drei Küsschen auf die Wange. »Hast du ein schlechtes Gewissen?«, fragte sie lächelnd.

Irmi lächelte zurück. »Nein. Alles gut.« Es war eine andere Welt gewesen. Eine Welt von Nebel und Mondlicht. Eine, die keine Bezugspunkte in der Realität hatte.

»Gute Heimfahrt, Irmi! Ich melde mich, sobald ich was Neues erfahre. Und ich komme im Winter zu dir. Ich will Schnee sehen. Grüß mir den Berni.«

»Köszönöm, Eszter.«

Irmi fuhr bis zum Mondsee in einem Ruck durch, dann wurde sie doch etwas zittrig. Sie holte sich zwei Käsesemmeln, Kaffee und einen Energiedrink und blickte in die schroffen Berge des Salzkammerguts. Meerglatte Weiten waren schön, doch die Berge waren ihre Seelenlandschaft.

Um acht Uhr abends war sie endlich zu Hause. Irmi hätte es wissen müssen, denn es passierte ja immer wieder: Einer der Kater pinkelte sofort auf ihre Reisetasche. Und sie freute sich darüber. Er hatte sie vermisst.

Auf einmal merkte sie, wie müde sie war. Sie legte sich hin und schlief. Von neun Uhr abends bis um sieben in der Früh. Irmi erwachte vom Regen, der gegen das Fenster pladderte. Welcome back, Bayern. Bernhard saß in der Küche beim Kaffee, vor ihm lag die Zeitung.

»Und, ois klar bei dir?«

»Ja, ich soll dich von Eszter grüßen. Sie hat dich wieder Berni genannt.«

»Die Eszter«, sagte er nur. Eszter hätte ihm gefallen, das wusste Irmi. Aber sie lag ein wenig über Bernhards Möglichkeiten. Und sie hatte ihn immer Berni genannt, wie einen großen Bernhardiner.

Sie redeten noch ein wenig über den Tollwutfall, die Lage im Landkreis hatte sich inzwischen offenbar beruhigt. Bernhard zeigte ihr die Seite mit den Leserbriefen, in denen sich die Leute verbal die Köpfe einschlugen und wo es darum ging, wer warum versagt hatte. So gruselig das alles in Ungarn war, so war es zugleich ein Blick über den Tellerrand gewesen, der ihre Sicht auf die hiesigen Verhältnisse ein wenig veränderte.

16

Als Irmi ins Büro kam, war Kathi schon da. Sie wirkte so, als hätte sie es genossen, mal die Leitung zu übernehmen. Vielleicht, dachte Irmi bei sich, war sie ja wirklich zu übergriffig und riss zu vieles an sich.

Sie trommelte ihre Leute zusammen und brachte sie auf den neuesten Stand.

»Schad is es ned um den Farkas«, brummte Sailer. »Aber so an Brief hot der doch nia ned g'schrieben.«

»Geschrieben hat er ihn schon, meine Freundin Eszter hat mir heute früh eine SMS geschickt. Sie haben einen Schriftvergleich gemacht, und es ist definitiv seine Schrift, aber ich denke auch, er wurde zur Niederschrift gezwungen.«

»Ich hatte mit dem reizenden Anwalt dazu einen kleinen Diskurs, ich glaube, er wird eine neue Marschrichtung einschlagen. Denn momentan sieht es ja so aus, als wäre Frau Mann an den drei Morden beteiligt gewesen. Wenn er sie da raushauen will, muss sie reden. Er hat für heute Vormittag eine Aussage angekündigt«, berichtete Kathi. »Dieser Arsch! Sie ist mir ja echt nicht sympathisch, aber das ist schon krass, ihr das alles anzuhängen!«

Irmi grinste. Den »Diskurs« zwischen Kathi und dem Anwalt konnte sie sich nur zu gut vorstellen.

»Es geht noch weiter, Irmi. Ich wollte Nadja Danner informieren, aber ich habe sie nicht erreicht. Stell dir vor, sie hat den Mietvertrag für das Haus am Riegsee gekündigt. Die Miete für die nächsten drei Monate hat sie noch bezahlt, aber sie ist weg.«

Irmi sah in die Gesichter ihrer Leute. »Nun ja, alles erinnert sie wohl an ihren Mann. Und an Kira. An dieses ganze Drama. Irgendwie verstehe ich das.«

»Aber so plötzlich?«

»Vielleicht kommt es ja nur uns so plötzlich vor?«, erwiderte Irmi etwas lahm. »Wann will uns denn Barbara Mann beehren?«

Kathi sah auf die Uhr. »Heute Nachmittag. Ich dachte, wir fahren vorher nach Kochel. In die Praxis. Ich hab gewartet, weil du vielleicht dabei sein wolltest.«

»Ja, gut. Ich komm gleich«, sagte Irmi. Sie verschwand in ihrem Büro und rief in Ungarn an.

»Eszter, guten Morgen. Danke für den Schriftvergleich. Wenn er das wirklich geschrieben hat ...«

»Das hat er. Ist irgendwas nicht in Ordnung, Irmi?«

»Die Frau von Julius Danner, diese Nadja, ich hab dir von ihr erzählt, sie ist weg.«

»Weg?«

Irmi berichtete.

»Und du glaubst, sie hat doch von ihrer Erbschaft gewusst und alles inszeniert? Und nun, wo sie raus ist aus der Nummer, hat sie sich aus dem Staub gemacht? Mit dem ganzen Geld?«

»Nein, eigentlich nicht.«

»Irmi, ich muss in ein Meeting, lass uns später noch mal reden, ja?«

Erneut fuhren sie Richtung Osten. Es regnete, der Scheibenwischer quietschte. Auf einmal war es Herbst geworden, in drei Wochen würde die fieberhafte Sommerzeit in den Wintermodus gleiten. Die Abende würden dunkel werden, Irmi war das nur recht.

Schließlich erreichten sie die Praxis. Kathi hatte Irmi unterwegs von der Befragung der Arzthelferin erzählt, die wirklich nichts geahnt hatte und laut Kathi mit dem »IQ einer Seegurke« gesegnet war. Die beiden Kommissarinnen öffneten das Polizeisiegel und gingen in den Keller, wo sie den ausladenden Bauernschrank entdeckten, von dem im Brief die Rede gewesen war. Irmi öffnete die Schranktüren und schob die weißen Kittel und Wintermäntel zur Seite, die darin hingen. Dann betrachtete sie die Rückwand. Es gab einen Griff. Irmi rüttelte daran, und siehe da: Der Sesam öffnete sich. Eine Tür schwenkte auf. Irmi fingerte rechts an der Wand entlang und ertastete den Schalter. Kaltes Licht flackerte auf. Ein Raum mit Behandlungstisch, Hängeschränken und einem Computer.

»Das ist die Kommandozentrale! Wie in einem James-Bond-Film!«, rief Kathi.

»Wir werden die Spurensicherung brauchen«, meinte Irmi und zog eine Schublade auf, die voller Heimtierpässe, Kleber, Stempel war. Dann öffnete sie einen Kühlschrank mit Medikamenten, die man für die Euthanasie verwendete: Release, T61, Pentobarbital, Vetranquil … Und es gab eine braune Flasche mit einer Flüssigkeit.

»Ich habe keine Ahnung, ob das Eisenhut ist, aber ich schnüffel mal lieber nicht daran«, sagte Irmi und verschloss sie schnell wieder.

Sie sahen sich weiter um und entdeckten ein Navi. Und eine Tüte mit zwei Schnapsgläsern, einem Handy und einem Geldbeutel, der vier Pässe enthielt. Gleiches Konterfei, verschiedene Namen.

Kathi pfiff durch die Zähne. »Die Sachen des Niederländers! Da schließt sich der Kreis!«

»Lass uns gehen und Platz machen für die Spurensicherung«, sagte Irmi.

Draußen vor dem Haus gab es ein paar Gaffer unter Regenschirmen. Ja, da war mal was los im behäbigen Kochel am See.

Irmi und Kathi fuhren zurück nach Garmisch, wo Frau Mann schon auf sie wartete. Sie und ihr Anwalt hatten offenbar herumgetüftelt, und was sie nun präsentierten, war eine Kehrtwende. Barbara Mann sagte aus, dass ihr Mann über die Jahre angefangen habe, Hunde zu verkaufen. Erst solche aus seiner Zucht, aber Pulis und Mudis waren international nicht gefragt. Deshalb war er zu Trendrassen übergegangen. Barbara Mann hatte schon bald begriffen, dass es nicht so gut um die Gesundheit dieser Hunde stand. Sie hatte sogar mal interveniert, aber Gabor war auch mal die Hand ausgerutscht, und er hatte gedroht, sie zu verlassen. Sie war ihm ein paarmal gefolgt und hatte nach und nach die wahren Zusammenhänge erkannt. Und sie hatte erfahren, dass Gudrun Eisenschmied an Tollwut erkrankt war. Als sie ihrem Mann klarmachen wollte, dass er zu weit gegangen war, hatte er sie geschlagen und bedroht. Sie war ihm nach Mittenwald gefolgt, wo sie noch Zeugin wurde, wie er im Wohnwagen verschwand und später das Auto reinigte. Dann war sie zur Villa von Frau Eisenschmied gefahren, doch die alte Dame war bereits tot gewesen. Ihr Mann hatte versucht, sie zu beschwichtigen, indem er behauptete, dass niemand den Tod einer älteren Frau für unnatürlich halten würde. Kein Hausarzt werde jemals auf Tollwut als Todesursache kommen.

Fast wäre alles nach Plan gelaufen, wenn nur der Enkel nicht so penetrant gewesen wäre. Die Polizei hätte weiter in eine ganz falsche Richtung ermittelt, weil sie ja nur Danner und den Niederländer auf dem Schirm gehabt hätten. Farkas hatte sich das alles ziemlich perfide ausgedacht.

Barbara Mann erzählte, dass sie sich dennoch Sorgen um Danner gemacht habe. Deshalb hatte sie ihn beim Bulldogtreffen mehr oder weniger verfolgt, immer unter dem Deckmantel, mit ihm über die CoolCard reden zu wollen. Es war Gabor aber doch gelungen, die Bierflaschen auszutauschen und Danner das Gift unterzujubeln. Barbara Mann schwor, keinen Aconitumsud hergestellt zu haben. Und sie vergoss bittere Tränen, weil ihr Mann ihr genau das in seinem Brief untergeschoben hatte. Sie war ein Opfer. Das war der Grundtenor ihrer Aussage.

»Glaubst du ihr?«, fragte Kathi, als Barbara Mann wieder abgeführt wurde.

»Das werden die Prozesstage weisen. Vielleicht kommt sie als Mitwisserin davon. Was den Niederländer betrifft, hätte sie vielleicht sein Leben retten können, wenn sie in den Wagen gegangen wäre. Am Ende wird die Schießerei am See schwerer wiegen.«

»Immerhin hat sie begriffen, dass ihr Mann ein Scheißkerl war! Er hätte sie aus der Sache wirklich rauslassen können.«

»Ja, das verstehe ich auch nicht, zumal er ja mit hoher Wahrscheinlichkeit zum Abschiedsbrief gezwungen wurde.«

»Oder er hat das doch freiwillig geschrieben und wollte seiner Frau noch eine reinwürgen. Solche Typen gibt es. Purer Abschaum, oder!«

Irmi ging in die Waschräume und sah in den Spiegel. Es waren zwei harte Wochen gewesen. Da fiepte ihr Handy. Eszter war dran.

»Irmi, meine Liebe! Ich habe da was für dich! Deine Nadja Danner hat die Geschwindigkeit auf der M 5 massiv überschritten. Das war am Donnerstagabend. Ich habe das Radarfoto.«

»Sie ist nach Ungarn gefahren? Aber … wohin … also …«

»Irmi, ich habe sie gefunden. Oder zumindest ihren Kondensstreifen. Nadja Danner ist am Samstag von Budapest nach Astana geflogen.«

»Nadja Danner ist nach Kasachstan geflogen?« Irmis Herz raste.

»Ja, und dort ist sie auch gelandet. Warum eigentlich Kasachstan?«, fragte Eszter.

»Sie stammt daher! Aber ihre Eltern und ihre Schwester sind in Deutschland.«

»Kasachstan hat kein Auslieferungsabkommen mit Deutschland oder anderen europäischen Ländern«, sagte Eszter leise.

»Du glaubst, *sie* hat den schönen Gabor Farkas auf dem Gewissen? Und nicht die Mafia?«

»Glauben ist eben glauben«, sagte Eszter. »Ihr Auto steht am Flughafen.«

»Sie könnte ja zurückkommen.«

»Es war ein One-way-Ticket.«

»Sag mal, Eszter, könnte sie Gabor Farkas zu diesem Brief gezwungen und ihn in den Zwinger gejagt haben? Den Löwen zum Fraß vorgeworfen?«

»Was glaubst du?«

»Eszter, lass mal das Glauben! Sag mir deine Meinung!«

»Sie hat ihn wie auch immer gezwungen, den Brief zu schreiben. Vermutlich hat sie ihm den Text abschnittsweise diktiert. Ich habe mir mit dem Schriftsachverständigen den Brief noch mal genauer angesehen. Das Schriftbild bricht immer mal ab. Der Stift durchbohrt das Blatt fast. Er hat nicht flüssig geschrieben. Es hat ihm widerstrebt. Du hast mir diese Frau beschrieben. Sie hatte nichts zu verlieren, Irmi. Und keiner hatte sie auf dem Schirm. Sie hat ganz ruhig agiert. Sie war gleichzeitig mit uns in Ungarn.«

»Und etwas vor uns. Und sie ist mir zum zweiten Mal zuvorgekommen«, flüsterte Irmi.

»Eigentlich schade, sie hätte eine große Karriere bei der Kripo machen können. Sie ist sehr begabt.« Eszter lachte leise. »Irmi, die ganze Wahrheit werden wir nie erfahren. Ich reise auch nicht nach Kasachstan mit dir, falls du das vorhast! Und mit Gabor Farkas hat es nicht den Falschen getroffen. Komm mir nicht mit Recht und so weiter. Schließe du deine Akten!«

Irmi stand noch eine Weile ganz still vor dem Spiegel. Nur in ihrem Inneren tobte es. Natürlich ging es um Gerechtigkeit und Recht. Darum, dass beides nicht dasselbe war. Und es ging darum, dass man sich manchmal einfach nicht gegen das Leben stemmen konnte.

Als Kathi hereinkam, fand sie Irmi immer noch reglos vor dem Waschbecken.

»Ist dir schlecht?«

»Irgendwie schon, oder auch nicht.«

Irmi erzählte, und Kathi pfiff durch die Zähne. »Dieses Weib! Was für eine Nummer! Wenn sie ihm den Abschiedsbrief diktiert hat, dann wollte sie Barbara Mann vermutlich eins reinwürgen!«

»Oder ihr ein letztes Mal die Augen öffnen. Und das ist ihr ja gelungen«, flüsterte Irmi.

Sie schwiegen beide, bis Kathi sagte: »Dann schließen wir die Akten, oder? Wir haben ein Geständnis, wir haben die Aussage von Barbara Mann. Wir haben jede Menge Beweise gesichert. Der Vorhang ist gefallen. Aus, Ende, Klappe!«

Irmi lächelte müde. »Ja, Kathi. So wird es wohl sein.«

»Wir werden sicher beim Prozess von Barbara Mann noch häufiger mit dem ganzen Kuddelmuddel zu tun haben. Wir werden wegen der Schießerei am Walchensee als Zeugen aussagen müssen. Ich freu mich schon, dem Anwalt in seine fiese Visage zu blicken.«

Kathi lachte. Für sie war der Fall erledigt.

EPILOG

Am Mittwochabend stand Jens plötzlich vor der Tür. Er umarmte Irmi im Türrahmen und wirkte hektisch.

»Du musst mir helfen, das Auto auszuladen!«

»Du wirst doch wohl deinen kleinen Koffer allein tragen können.«

»Nein, ich hab es irgendwie im Kreuz.«

Irmi gab ihm einen Knuff. »Alter Mann, oder was?«

Sie gingen zum Wagen, und auf dem Beifahrersitz stand – nicht der Koffer, sondern eine Transportbox. Darin nur Augen. Und ein Nichts von einem schwarzen Hund.

»Ist das, ist das …«

»Eine kleine Chihuahuadame, die du schon mal getroffen hast in einer langen Nacht auf der B 2.«

»Jens, du …«

»Irmi, sie hat in die Box gepieselt. Das läuft grad alles in die Polster. Wenn du bitte so nett wärst, diese kleine Pissnelke mitzunehmen?«

Irmi trug die Box ins Haus, in die Küche, wo sie sie öffnete. Das kleine Tierchen trat gelassen hinein in eine neue Welt. Sie lief von Stuhl zu Stuhl, pinkelte noch einmal vor den Kühlschrank und wedelte vergnügt mit dem Schwänzchen.

Jens hatte sich auf einen Stuhl geworfen. »Na, da werde ich wohl keine Aufmerksamkeit mehr erwarten können.«

»Jens, du hättest mich fragen müssen!«

»Dann hättest du Nein gesagt. Du hast lange genug gewartet. Und sie braucht doch einen Platz, wo sie nicht in der Handtasche wohnen muss.«

Jens war schließlich wieder gefahren, und die Kater hatten beschlossen, das komische Ding einfach zu ignorieren.

Zwei weitere Wochen waren vergangen, als Bernhard eine Postkarte hereintrug.

»Es schreiben Leit oiwei no Postkarten«, sagte er und reichte Irmi die Karte.

Auf der Vorderseite war ein merkwürdiges Gebäude zu sehen, umgeben von Wolkenkratzern. Eine dicke Kugel wurde von Streben getragen. Irmi drehte die Karte um. »Bajterek-Tower by Norman Forster«, stand oben links. Darunter ein handgeschriebener Text.

Der Lebensbaum. Einer Sage nach legte der legendäre Vogel Samruk ein Ei in die Baumkrone. Die Turkvölker glauben an Wiedergeburt. Ich möchte das auch. Es ist geschehen, was geschehen musste. Sie verstehen das vielleicht. Seien Sie umarmt, und viel Freude mit dem neuen Hund.

Keine Unterschrift.

Nadja Danner! Woher wusste sie, dass Irmi einen Hund hatte? Irgendetwas in ihr rumorte, das Getriebe im Kopf sprang an, und wie bei einem alten stotternden Auto starb es wieder ab. Nadja Danner hatte sie alle zum Narren gehalten.

Irmi ließ die Ermittlung noch mal Revue passieren.

Nadja Danner hatte ganz zu Beginn von den Verbrechern aus dem Umfeld der Cool GmbH gesprochen und die Polizei auf eine falsche Fährte gelockt. Nadja Danner hatte mit ihnen gespielt. Von Anfang an.

Irmi schüttelte den Kopf. Nicht gegen das Leben stemmen. Nicht gegen das Leben stemmen. Nicht gegen das Leben stemmen. Sie lächelte.

»Was san des für greißliche Häuser?«, fragte Bernhard.

»Astana.«

»Aha, da fahrst aber ned hi?«

»Nein, das war nur eine Botschaft aus der Vergangenheit. Und ein Blick in die Zukunft.«

Bernhard verzog den Mund.

Die kleine Hündin bellte ihn zweimal an.

»Wie hoaßt sie denn jetzt? Die braucht doch an Nama!«

Irmi überlegte. »Fekete, die Schwarze, oder Kicsi, die Kleine?«

»Na, dann lieber Kicsi, dann kann i den Leuten sagn, des kimmt von Kitsch. Ein Kitschhund, schama muss ma sich mit so am Viech. Sieht aus wie zu heiß g'waschn«, brummte Bernhard.

Die frisch getaufte Kicsi sauste plötzlich los, ums Haus herum, und kam wenig später mit einer Maus wieder, die so groß war, dass der Hundezwerg sie kaum tragen konnte. Irmi war davon überzeugt, dass einer der Kater sie hatte liegen lassen. Die kleine Hündin war so was von stolz und legte das Ding vor Bernhard ab.

»Wuist di einschleimen?«, fragte er, und dann nahm er sie hoch. Kleinsthund in gewaltigen Pratzen. Und plötzlich lag so etwas wie Verliebtheit in seinen Augen.

DANKSAGUNG

Geiz ist nicht geil! Schon gar nicht, wenn es um Lebewesen geht!

Gefühlt gibt es immer mehr Hunde. Sie sind allüberall: in Parks, am Berg, im Restaurant. In der Tat gab es in Deutschland im Jahr 2000 rund fünf Millionen Hunde, 2015 waren es knapp acht Millionen. Etwa zwölf Millionen Menschen ab vierzehn Jahren leben in einem Haushalt mit Hund. Nicht jeder ist ein Fan des Vierbeiners, manche sprechen schon von einer »Überhundung« der Republik. Hunde sind heute omnipräsent. Sie sind ein Thema im Fernsehen, sie sind Werbebotschafter, am Hund wird viel Geld verdient, Hundeschulen schießen aus dem Boden.

Das Problem des modernen Menschen ist der hohe Zeit- und Erfolgsdruck. Es muss alles schnell klappen, der Trainer steht unter Druck, der Hund und dasjenige Familienmitglied, das ausbildet, muss sich bei mangelnden Lernfortschritten dauernd rechtfertigen. Der Hund ist oftmals von Ansprüchen überfrachtet und muss ins heutige Leben passen. Klein, praktisch, gut – und für die Nachfrage muss ein Angebot her. So entstehen die Vermehrer im Osten.

Jedes Tier hat eine Mama. Auch Tiermütter trauern. Geiz ist nicht geil! Kämpfen Sie mit! Halten Sie dagegen! Weitere Informationen finden Sie im Internet unter: www.wuehltischwelpen.de und www.stopptwelpendealer.org

Mein allergrößter Dank geht an Birgitt Thiesmann, Kampagnenleiterin bei Vier Pfoten. Ich kann sie gar nicht genug bewundern für ihren Mut und ihre Bereitschaft, dem Grauenvollen in die Augen zu sehen und immer weiterzukämpfen.

Annette Hackbarth danke ich auch diesmal für Ideen und viele inspirierende Gespräche. Ein großes Dankeschön geht an Tessy Lödermann und das Tierheim Garmisch. Zu besonderem Dank verpflichtet bin ich Professor Matthias Graw vom Institut für Rechtsmedizin in München und Dr. Juds, bis Frühsommer 2016 Leiter des Gesundheitsamts in Garmisch, ohne den die Schilderung des Tollwutfalls weit weniger plastisch ausgefallen wäre.

Ich danke dem Rechtsanwalt Oliver Ahegger aus Kempten einmal mehr für juristischen Rat und außerdem all jenen, die mir als Interviewpartner für meine Tierseite im *Münchner Merkur* zur Verfügung gestanden haben. Vieles von dieser Seite ist in diesen Roman mit eingeflossen.

Zu guter Letzt danke ich meinen Katzen, die bei der Arbeit dekorativ und bereichernd auf meinem Schreibtisch lagen, auch wenn es in diesem Text vor allem um Hunde ging, und natürlich der ebenso pfiffigen wie empathischen Lektorin Annika Krummacher, die sich nun schon so viele Jahre mit meinen Wortschöpfungen und kruden Satzstellungen quält …